KB0034633

꿈을 꾼다면
일론 머스크처럼

꿈을 꾼다면 일론 머스크처럼

초판 1쇄 인쇄 2024년 6월 14일
초판 1쇄 발행 2024년 6월 18일

지은이 | 다니엘 킴
펴낸이 | 임종관
펴낸곳 | 미래북
편　집 | 정윤아
본문 디자인 | 디자인 [연:우]
등록 | 제 302-2003-000026호
주소 | 경기도 고양시 덕양구 삼원로73 고양원흥 한일 윈스타 1405호
전화 031)964-1227(대) | 팩스 031)964-1228
이메일 miraebook@hotmail.com

ISBN 979-11-92073-55-2 (03800)

값은 표지 뒷면에 표기되어 있습니다.
잘못된 책은 구입하신 서점에서 바꾸어 드립니다.

꿈을 꾼다면 일론 머스크처럼

다니엘 킴 지음

MIRAE BOOK

PROLOGUE

인생의 비밀은, 일곱 번 넘어지고 여덟 번 일어나는 데 있다

당신의 삶에 가장 큰 영향을 준 인물은 누구인가? 부모님이나 지인, 학교 선생님?

내 답은 놀랍게도 일론 머스크이다. 사람마다 다양한 대답이 있을 것이다. 질문에 대한 나의 대답은 애슐리 반스가 저술한 『일론 머스크, 미래의 설계자』를 읽고 완전히 바뀌었다.

첫 번째, 나는 일반적인 직장인에서 더 큰 목표와 목적을 꿈꾸는 도전자이자 사업가의 삶을 살겠다는 결단을 내렸다. 두 번째, 책을 읽고 나서 갖고 있던 모든 현금으로 테슬라 주식을 매수했다. 이는 2020년 시작되었던 역사적인 테슬라 주식의 상승 랠리 이전이었다. 내 선택은 매우 성공적인 투자였고, 나는 수억 원을 들여 사업을 시작했다. 세 번째, 2023년 1월 테슬라 주식의 폭락 전 매도에 실패했다. 나의 투자는 과거만큼 대단한 성공이 아니게 되었다. 그리고 러시아-우크라이나 전쟁, 금리 인상의 영향을 받으며 사업은 종이로 만든 집처럼 무너져내렸고 나의 자산과 현금은 놀라울 정도로 한순간에 증발해버렸다. 나는 한순간에 돈도, 직장도 없는 30대 중반의 남성이 되어버렸다. 대한민국에서 이러한 타이틀은 그 어디서도 환영받지 못했다.

모든 것을 다시 시작해야 했던 시기에, 나는 본능적으로 다시 한번 일론 머스크의 스토리를 찾았다. 그의 삶에서 4년 전에는 공감하지 못했던 부분이, 지금은 색다르게 다가왔다. 그건 다름 아닌 일론이 겪은 실패와 고난의 순간들이었다. 그는 아마존의 제프 베이조스, LVMH의 아르노와 세계 1, 2위를 다투는 억만장자가 되었지만, 그렇게 되기까지의 과정에서 인간이 상상할 수 있는 최고 수준의 고통을 겪었다는 사실을 우리는 대부분 모르고 있다. 모든 것을 걸었던 스페이스X와 테슬라는 몇 번씩이나 파산의 위험 직전에서 살아남았다. 모든 것이 불타버려 더는 희망이 없을 거라 생각했던 바로 그 순간, 타버린 재 속에서 불사조처럼 날아올라 찬란하게 빛났기 때문에 더욱 화려했다.

모든 것을 잃었다는 생각이 든 내가 겪었던 고통처럼, 그에게도 고통스러운 시간이 있었다는 사실이 나에게 안도감을 주었다. 실패란, 결코 끝이 아니며 딛고 일어서면 된다는 사실이 마음의 가장 깊숙한 곳에 와닿았기 때문이다. 일론 머스크의 스토리는 가야 할 길을 잃고 어둠 속을 헤매던 나를 더 이상 흔들리지 않게 붙잡아 주었다. 2019년 처음 만났던 그가 나에게 성공의 우상이었다면, 2023년의 그는 나에게 실패를 딛고 일어난 희망의 우상이 되었다. 인간의 실패와 고난에 대한 스토리는 저 하늘의 별처럼 무수히 많다. 나는 수많은 별들 가운데 내 삶에 새로운 희로애락을 안겨준 일론 머스크의 스토리를 '가장 닮고 싶은 별'로 정하게 되었다.

책을 쓰기 위해 21세기 인류의 기술 진보에 가장 큰 영향을 준 두 기업, 스페이스X와 테슬라가 어떻게 만들어졌는지 그 과정을 낱낱이 파헤쳤고, 일론 머스크가 보여준 언어와 행동이 어떤 결과를 만들었는지 그 인과관계를 분석했다. 우리는 그가 어떤 꿈을 가졌고, 그 꿈을 이루기 위해 어떤 실패와 고난을 겪었는지 살펴볼 것이다. 그가 어떤 원칙을 갖고 어떤 방식으로 남들과는 다르게 자신의 일에 몰두했는지 알아보며 한 인간이 자신의 꿈을 이루기 위해 견뎌 낸 고통과 희생의 크기를 가늠해볼 것이다. 각 챕터와 함께 그의 가장 인상적인 어록을 인용했다. 작은 말 한마디에서 큰 영감을 얻기를 바란다.

마지막으로, 한 가지 부탁이 있다. 책을 읽고 나서 자신의 꿈이 무엇이었는지, 지금은 무엇인지, 앞으로 무엇이 될 수 있는지 생각해보는 시간을 가져보길 바란다. 모두가 불가능하다고 말했던 일을 이루어 낸 사람들의 스토리는 우리의 마음을 움직이는 큰 힘을 갖고 있기 때문이다. 이 책을 쓰며 내가 그랬던 것처럼, 이들이 해냈다면 나도 할 수 있다는 작은 목소리에 귀를 기울이자.

'똑같은 사람이잖아. 나는 왜 안 돼? 나도 할 수 있어.'

당신의 꿈을 이루는 여정은 이 목소리를 신뢰하는 데서 시작된다. 결코 늦지 않았다. 나와 함께 새로운 여정을 시작하자.

CONTENTS

3 PART 일론 머스크의 7가지 성공 비밀

4 PART 일론 머스크의 끝나지 않은 꿈

PART 1

ELON MUSK

SECRETS TO SUCCESS

일론 머스크의 오직 하나의 꿈

남아공의 남다른 아이

• 일론 머스크의 오직 하나의 꿈 •

미래는 정말 근사할 것입니다.
오늘 하루가 너무나 기대되어 아침에 들뜬 마음으로
잠에서 깨어나게 만드는 일이 우리에게 필요합니다.

프리토리아는 무척이나 아름다운 도시였다. 남아프리카 공화국 건국의 지도자 중 하나였던 안드리어스 프레토리위스의 이름을 받은 이 도시는, 아프리카 대륙 최남단에 위치한 남아프리카 공화국의 행정 수도로 요하네스버그, 케이프타운에 비해 인지도가 낮았지만, 기후와 경관이 매우 좋아 아프리카에서 가장 많은 백인이 거주하는 곳이었다. 매년 9월이 되면 도시의 가로수로 심은 수만 그루의 '자카란다 나무'가 아름다운 보라색 꽃을 피우며 환상적인 자태를 뽐내곤 했다. 세계의 관광객들이 화사한 절경을 보기 위해 수천 마일을 날아왔다.

일론 리브(외할머니에게 물려받은 미들네임) 머스크는 1971년 6월 28일, 프리토리아의 아름다운 저택에서 태어났다. 일론의 아버지 에롤 머스크는 전기 기계 엔지니어이자 부동산 개발업자였고, 어머니 메이 머스크는 미스 사우스아프리카 최종 후보까지 오른 모델이자 영양사였다.

에롤 머스크의 가문은 200년 이상 남아공에 자리 잡은 집안으로, 탕가니카 호수 근처의 잠비아 에메랄드 광산을 소유한 부자 가문이기도 했다. 반면에 메이의 가족은 캐나다에서 신대륙으로 이주를 온 모험가 집안이었다. 에롤과 메이는 동갑내기로 11살에 서로 처음 만난 소꿉친구였다. 사춘기가 지나고, 몇 년 뒤 눈부시게 아름다워진 메이를 본 에롤은 다른 여자들을 외면하고 오로지 그녀에게 구애하기 시작했다. 메이의 큰 키와 금발, 아름다운 몸매에 반해버린 그는 무려 7년이라는 긴 시간을 그녀를 따라다니며 결혼해달라고 말했다. 한 여자만을 바라보기엔 여러모로 꽤 긴 시간이었다. 메이는 "당신은 내 고른 치아와 긴 다리 때문에 날 사랑하는 건가요?"라고 그의 마음을 시험하기도 했지만, 결국 에롤의 진심을 느끼게 되었고 그들은 결혼에 성공했다. 어려서부터 남아공 최고의 미녀와 반드시 결혼하겠다는 꿈을 이룬 에롤 머스크의 강한 의지는 그의 장남 일론에게도 큰 영향을 준 것이 분명하다.

그들은 에롤의 가족이 소유하고 있던 300평이 넘는 거대한 저택에서 누구나 부러워할 만한 행복한 결혼 생활을 시작했다. 삶에 열정적이었던 두 사람은 신혼여행에서 첫아이를 임신했고, 메이는 자신의 할아버지 '일론' 할데만의 이름을 아이에게 붙여 주었다. 그가 바로 일론 머스크였다. 일론에게는 곧이어 1살 어린 남동생 킴벌과 3살 어린 여동생 토스카가 생겼다. 그들의 삶은 행복했고, 넘치는 부모님의 관심과 사랑 아래 영원할 것 같은 평온한 어린 시절을 보낼 수 있었다.

어린 시절의 일론은 여느 아이와 같이 밝고 천진난만한 소년이었다. 하지만 그는 다른 아이들과 확연하게 다르다고 느껴지는 3가지 차별적인 특징을 보여주었다.

첫 번째 특징은 '모든 것을 차단해버리는 극단적인 집중력'이다.

"일론, 일론, 일론… 일론!"

"아! 미안해요, 엄마. 저 하늘을 나는 새들이 너무 신기해서 보고 있었어요."

메이는 어린 일론을 키우며 이처럼 무아지경에 빠져 옆에서 말을 걸어도 듣지 못하는 아들의 모습을 자주 볼 수 있었다고 회상했다. 그는 지나가는 새들을 보며, 땅 위를 기어 다니는 개미를 보며, 나무 위에서 울부짖는 매미의 모습을 보며 오직 그 하나에 집중해 나머지 세상을 차단하곤 했다. 가족들이 그를 불러도, 옆에서 손뼉을 치거나 소리를 질러도 꿈쩍하지 않았다. 그를 처음 보는 사람들은 그가 무례하거나 정말 이상하다고 생각하기도 했다. 일론의 부모는 그에게 청각 장애가 있을지 모른다고 의심할 정도였다. 실제로 의사를 만나 청력을 개선하는 치료를 받기까지 했지만, 별다른 효과는 없었다. 청력의 문제가 아닌 상상력, 집중력과 같은 정신의 활동이었기 때문이다.

일론은 성인이 된 후, 자신이 이미 5~6살 때 세상을 차단하고 정신을 집중해서 한 가지 일에 몰두하는 법을 찾았다고 말했다. 눈앞에 펼쳐진 환경에서 단 하나의 사물에 집중할 수 있는 능력은 그가 누구에게도 뒤처지지 않는, 훌륭한 공학적인 마인드를 가질 수 있게 만들어 주었다. 그는 이 능력을 통해 자신의 두뇌를 정보를 처리하는 하나의 컴퓨터처럼 운용하기 시작했던 것이다.

두 번째 특징은 '독서에 대한 놀라울 정도의 강력한 욕구'다.

쇼핑몰에서 아이가 없어져 찾아보니, 서점 구석에서 책을 읽고 있었다는 신화 같은 이야기의 주인공이 바로 일론이었다. 머스크 가족은 조금만 시간만 나면 무엇이든 읽으려 하는 첫째 아들을 너무나 신기하게 여겼다. 1살 어린 동생 킴벌 역시 하루에 10시간씩 책을 읽는 형의 모습이 어릴 적 기억에서 가장 많은 장면을 차지한다고 말했다. 킴벌에 따르면 당시 일론은 '깨어 있는 시간에는 대부분 책을 읽고 있는 아이'였다. 그는 남아공 초등학교의 작은 도서관에 있던 모든 책을 다 읽어버리고, 사서에게 책을 더 사달라고 조르기까지 하는 희대의 기록을 남겼다.

그의 독서는 대부분의 소년처럼 만화책으로 시작했다. 『배트

맨』, 『슈퍼맨』, 『아이언맨』과 같은 슈퍼히어로 만화를 보며 상상력을 키워나간 그는 곧이어 『반지의 제왕』, 『파운데이션』, 『달은 무자비한 밤의 여왕』과 같은 판타지, SF소설을 읽었다. 어린 일론은 오랜 전설 속 이야기, 가상의 대륙, 용이 불을 뿜는 마법의 세계, 미지의 우주와 같은 상상력을 자극하는 책을 통해 스스로 영웅이 되어 악당을 무찌르고 세상을 구하는 환상을 키우기 시작했다. 이때부터 그는 우주에서 맞이할 인류의 운명을 보호해야 한다는 생각을 갖기 시작했다. 그는 당시를 이렇게 회상했다.

"아마도 어렸을 때 만화책을 지나치게 많이 읽었나 봅니다. 만화 속 인물들은 언제나 적으로부터 지구를 구하려고 애씁니다. 인간이라면 누구나 세상을 더욱 살기 좋은 장소로 만들기 위해 노력해야 합니다. 그 반대의 경우(인간이 스스로 세상을 더 살기 나쁜 곳으로 만든다)는 상상할 수 없으니까요."

어린 남자아이라면 누구나 흔히 우주에서의 큰 싸움과 영웅이 된 자신의 모습을 상상한다. 아이들이 만화와 게임에 열광하는 이유는 너무나 분명한 선악의 구분 안에서 자기 자신을 명확히 대입하고, 존재감을 상상할 수 있기 때문이다. 하지만 일론에게 놀라운 점은 성인이 된 이후로 이런 공상을 진지하게 발전시켰다는 점이다.

세 번째 특징은 '세상의 모든 지식을 알고 싶어 하는 놀라운 호기심'이다. 사실 이 특징으로 인해 앞의 두 특징이 발현되었다고 판단하는 것이 옳다.

삼라만상에 대한 호기심은 어린 일론이 미친 듯이 책을 읽는 가장 근원적인 이유였다. 그는 집 앞에 나가면 보이는 곤충부터 어릴 때부터 길렀던 요크셔테리어와 고양이, 동네 사람들이 부르는 노래, 파란 하늘과 어두운 밤의 별들까지 주위 모든 것의 원리와 특징에 호기심을 가졌다. 그렇게 초등학교 4학년이 되고 나서부터는 브리태니커 백과사전을 섭렵하기 시작했다. 그는 특출난 집중력을 이용해 백과사전의 내용을 머릿속에 사진을 찍듯 상세하게 기록했다. 일론이 가장 많은 관심을 가졌던 것은 티라노사우루스와 같은 공룡도, 사자나 호랑이 같은 동물도 아닌 심연과도 같은 '우주'였다.

어느 날, 가족과의 저녁 식사 자리에서 여동생 토스카가 무심하게 말했다.

"저기 저 달은 지구에서 얼마나 멀리 있어?"

일론이 기다렸다는 듯이 대답했다.

"가장 가까울 때는 35만 km이고 가장 멀 때는 40만 km야."

에롤과 메이의 어안이 벙벙해졌음은 말할 나위 없었다. 이처럼 일론의 우주에 대한 비상한 호기심과 집착을 보여주는 일화는 계속되었고, 그는 백과사전을 통째로 외우다시피 하며 세상에 대한 지식을 쌓아나갔다.

프리토리아에서의 시간은 빨랐다. 일론은 어느새 10살이 되었고, 지나친 호기심으로 부모님을 귀찮게 하는 시간이 점점 늘어났다. 이때 그는 그의 삶을 완전히 바꾸어 놓는 하나의 제품을 만나게 된다. 그건 바로 컴퓨터였다. 아버지와 함께 놀러 간 남아공의 수도 요하네스버그의 한 쇼핑몰에서 컴퓨터라는 신기한 물건을 본 일론의 얼굴은 경이로운 호기심으로 가득 찼다. 이 정체를 알 수 없는 기계는 그가 읽었던 만화책이나 SF소설에서 인간이 도저히 꿈꾸지 못하는 일을 해내는 가젯(Gadget)으로 보였다. 반드시 가져야만 했다.

뼛속까지 엔지니어였던 아버지 에롤은 새로운 기술에 흥미가 전혀 없었다. 그에게 공학은 현장에서의 재료의 예술이었고 컴퓨터가 어떤 변화를 만들 수 있을 것이라고는 생각하지 않았다. 뛰어난 공학적 재능을 가진 만큼 그에게는 괴팍한 고집이 있었다. 하지만 자식을 이기는 부모가 없듯이 그는 일론에게 가정용 컴퓨터를 사주었다.

일론 머스크와 컴퓨터의 역사적인 만남은 이렇게 이루어졌다. 이후 컴퓨터와 함께 한 그의 삶의 행적을 깊게 생각해본다면 매우 의미 있는 순간이었다. 결국 그가 살면서 이룩한 모든 것들은 컴퓨터가 없으면 만들 수 없었기 때문이다. 5KB의 RAM을 가진 최초의 컴퓨터에는 베이직 프로그래밍 언어를 설명하는 가이드북이 부록으로 따라왔다. 일론은 컴퓨터가 마치 알라딘의 마법 양탄자처럼 너무나 신기하게 느껴졌다. 프로그래밍이 라는 세상은 그가 태어나서 본 것 중 가장 멋져 보였다. 이 기계를 켜서 키보드를 누르면, 내가 만든 명령을 수행하는 컴퓨터의 모습을 볼 수 있었다. 공상과학 소설에서 미래의 모습을 생생하게 그려왔던 일론에게 컴퓨터는 '미래로 가는 타임머신' 그 자체였다.

컴퓨터가 너무나 신기하고 멋지다고 생각했던 일론은 보통 사람들이 6개월에 걸려 터득하는 가이드북을 4일 만에 모두 깨우쳤다. 프로그래밍에 대한 그의 열정은 대단했다. 12살에는 독학한 언어로 167줄의 코드를 작성해 '블래스타'라는 게임을 만들었다. 우주선을 조종해 외계 우주선의 공격을 피하면서 먼저 파괴하는 이 간단한 게임은 현재도 'Blastar'라고 구글링하면 바로 플레이해 볼 수 있다. 또한 우주선으로 외계인을 물리쳐야 하는 이 게임에서 '인류의 멸망을 막아야 한다'는 일론의 꿈이 시작되었음을 알 수 있다.

일론은 이 게임의 코드를 〈PC와 사무 기술〉이라는 남아공 컴퓨터 잡지사에 500달러를 받고 판매했다. 12살 아이가 만든 게임이 실제 시장성이 있다는 평가를 받고, 다른 회사에서 구매를 한 것이다! 지금 이 순간 수많은 게임이 탄생하고 시장성이 없다는 이유로 우리에게 알려지지 못한 채 사라지는 걸 떠올리면, 놀라운 일이 아닐 수 없다. 게다가 그가 게임을 판 이유는 '더 많은 게임'을 사기 위해서였다. 그는 그저 더 많은 게임을 플레이하고, 더 좋은 컴퓨터를 갖고 싶을 뿐이었다.

컴퓨터라는 기계를 만지며 그 원리와 가능성을 최대한 활용하고자 했던 것이 일론의 놀라운 사고방식이었다. 과거는 물론 지금 이 순간에도 전 세계의 수많은 가정에서 다양한 배경의 아이들이 처음으로 컴퓨터를 만나 키보드를 두드리고 있을 것이다. 하지만 일론은 이 신기한 네모 박스에서 남들과는 다른 가능성을 상상하고, 자신이 상상만 해왔던 외계인을 물리치는 게임을 창조했다.

나 역시 13살의 나이에 처음 컴퓨터를 접했지만, 그것을 통해 내가 뭔가를 만들 수 있다는 생각은 한 번도 해본 적이 없었고, 당신도 그랬을 것이다. 일론 머스크는 확실히 뭔가 다른 아이였다. 그는 사물의 구성 원리를 이해하는 걸 즐겼고, 그를 통해 자신만의 방식으로 새롭게 창조하는 프로세스를 정립하기 시작했다. 남아공의 남다른 아이는 그렇게 만화책과 공상과학 소설, 컴퓨터에 파묻혀 하루하루가 다르게 성장해나가기 시작했다.

인생은 하나의 큰 모험이다

• 일론 머스크의 오직 하나의 꿈 •

어렸을 땐 어둠이 정말 무서웠습니다.
그러나 그때 나는 어두움이란 가시 파장의 광자가 없다는 것을
의미한다는 것을 이해하게 되었습니다. 그러다가 광자의 부족을
두려워하는 것은 정말 어리석은 일이라고 생각했습니다.
그 이후로는 더 이상 어둠이 두렵지 않았습니다.

6살의 한 아이는 사촌의 생일 파티에 가고 싶었다. 하지만 지난주에 짓궂은 장난을 치다가 부모님께 외출 금지 명령을 받았기에 혼자만 집에 남아야 하는 상황이었다. 정말 가고 싶은 파티여서 몇 번이고 떼를 써보았지만, 어머니의 마음은 바뀌지 않았다. 맛있는 케이크가 기다리고 있는 사촌의 집은 15km 정도 떨어진 곳에 있었다. 끝내 어머니가 차에 태워주지 않자, 일론은 자전거를 타고 혼자라도 가겠다고 했다. 어머니가 아이에게 겁을 주었다.

"자전거 면허도 없이 멀리 가려 하면 경찰이 널 붙잡을 거야."

아이는 고개를 갸우뚱하며 말했다.

"그러면 걸어서라도 가겠어요."

"할 수 있다면 그러려무나."

오후 2시가 되자, 어머니와 형제자매들은 사촌의 집으로 떠났다. 혼자 남은 일론은 조금 생각을 하다가, 무작정 집을 나서 걷기 시작했다. 15km는 생각보다 먼 거리였지만, 출발한 이상 돌아갈 수는 없었다. 일론이 사촌의 집에 도착한 것은 4시간이 지난 뒤였다. 파티가 끝난 뒤였고, 모두가 뒷정리를 하고 있는 사이, 어머니는 집에 두고 온 일론이 눈앞에 나타나자 깜짝 놀랐다. 금지 명령을 어겼다는 사실에 화가 난 그녀가 다가오자 일론은 날렵하게 나무 위로 올라가 내려가지 않겠다고 외쳤다.

이 사건은 일론이 태어나 처음으로 '규칙'을 깬 일이었다. 일론은 성장해가며 점점 정해진 규칙을 깨는 '모험 정신'을 보여주기 시작했는데, 가장 큰 영향을 준 인물은 그의 외할아버지 조슈아 할데만이었다. 조슈아는 굉장히 특이하고 괴팍한 사람이었다. 그는 자신의 조국 캐나다가 개인의 삶에 너무 많은 통제를 하고 있다고 생각했다. 성공한 척추 교정의로 활동 중이었던 그는 아마추어 고고학자였는데, 신비의 세계에 대한 모험에 식을 줄 모르는 열정을 가지고 있었다. 그는 몇 개월에 걸쳐 병원을 정리한 후 더 쾌적한 기후를 찾아 가족들을 거느리고 한 번도 가본 적 없는 남아공으로 이주했다. 남아공에 도착한 후 그들은 전국을 샅샅이 뒤지며 살 집을 찾다가 결국 프리토리아에 자리를 잡고 척추 교정 의원을 열었다.

조슈아의 모험 정신에는 한계가 없었다. 1952년 조슈아 부부는 비행기를 타고 남아공에서 노르웨이까지 2만 마일이 넘는 도전적 여행을 했다. 1954년에는 오스트레일리아까지 3만 마일을 비행했다. 당시 남아공 신문에는 유일하게 단발 비행기로 아프리카에서 오스트레일리아를 비행했다는 기록이 남겨졌다. 비행뿐 아니라 아프리카 남부에 버려진 도시를 탐험하기도 했다. 대초원과 정글을 헤치며 하이에나와 표범, 사자를 쫓아내는 진정한 모험이었다. 그들은 10년 넘게 전설적인 비행기를 찾아 칼라하리 사막을 돌아다니며 시간을 보냈다.

외할머니 조세핀 할데만은 일론에게 여행을 하다가 어떻게 몇 번이나 죽을 고비를 넘겼는지, 정글에서 어떻게 살아남았는지 아무리 들어도 싫증 나지 않는 이야기를 들려주었다. 짐바브웨의 정글에서 옷이 없어 맨몸으로 비행기를 몰고, 무선통신기도 없이 지도만 딸랑 들고 떠난 모험 이야기는 너무나 생생했고 재미있었다. 이야기를 들을수록 일론은 외할아버지와 외할머니의 탐험과 모험에 대한 동경과 열망을 강렬하게 느낄 수 있었다. 할아버지와 할머니의 모험 이야기를 듣고 자란 그는 위험을 무릅쓰고 도전하는 정신과 미지의 세계에 대한 동경심을 갖게 되었다. 일론 머스크가 성인이 되어 우주 진출과 성간 여행에 대한 꿈을 갖게 된 것은 세기의 모험가였던 외할아버지의 정신을 계승한 것이 아닐까.

머스크 가족의 생활은 오랫동안 원만했으나 어린 일론이 고등학교에 가면서 변화가 생기기 시작했다. 에롤과 메이가 이혼하게 되었기 때문이었다. 이 부부는 한때 너무나 열정적으로 사랑했던 만큼 열정적으로 싸웠고, 성격 차이로 인해 별거에 들어갔다. 곧이어 아버지 에롤이 혼외정사에 연루되며 결국 이혼 서류에 도장을 찍어버리게 되었다. 영원할 것 같았던 그들의 결혼생활은 그렇게 10년 만에 끝났다.

메이는 아이들을 데리고 남아공의 항구도시인 더반(Durban)에 있는 외가의 별장으로 이사했다. 그녀는 아이들을 위한 행복한 가정을 만들어 주려 노력했지만, 안타깝게도 새로운 도시와 새로운 학교는 타지에서 온 일론에게 결코 친절하지 않았다.

일론이 입학한 브라이언스톤 고등학교의 아이들은 체구가 작고 이름이 특이한(머스크(Musk)는 사향이라는 동물성 향료로 사향쥐에서 채취하기도 했다. 그래서 아이들은 일론을 사향쥐 '머스크랫(Muskrat)'이라고 부르며 놀렸다.) 이름을 가진 일론을 놀리고 심하게 괴롭혔다. 아이들의 폭력은 상당히 가혹한 수준이었는데, 한번은 계단에서 밀어 굴러 떨어뜨린 뒤에 의식을 잃을 때까지 때리기도 했다. 일론을 괴롭히기 위해 그가 친구로 생각하는 아이를 집요하게 괴롭혀서 일론과 더 이상 놀지 않겠다는 맹세를 받아낼 정도였다. 하지만 일론은 이런 괴롭힘을 크게 신경 쓰지 않았다. 이 아이들은 인생이라는 큰 모험에서 자기가 만나는 아주 작은 언덕 정도일 뿐이었기 때문이다.

더반에서 2년 정도 지낸 뒤, 일론은 문득 혼자 지내고 있는 아버지가 생각났다. 그의 눈에 비친 아버지는 항상 쓸쓸하고 외로워 보였다. 괴팍하고 엄격한 아버지였지만, 일론은 그를 사랑했고 존경했다. 그는 어머니에게 아버지와 함께 살고 싶다는 솔직한 자신의 심정을 이야기했고, 메이는 안타까운 마음을 참고 그를 다시 프리토리아로 보내게 되었다.

고향에 돌아온 일론은 프리토리아 남자 고등학교에 입학했다. 남아공 고등학교는 5년제였고, 그에게는 아직 3년의 학기가 남아있었다. 100년의 역사를 가진 프리토리아 고등학교는 상록수 숲에 연못과 영국식 건물들이 자리한 〈해리 포터〉 영화 세트장과 같은 아름다운 곳이었다. 역사와 전통의 중후한 기숙사를 갖고 있었고, 교사와 학생들의 수준도 더반에 비할 것이 못 되었다. 이제 부쩍 커버린 일론은 프리토리아 고등학교에서 의식 수준을 더욱 높일 수 있었다.

프리토리아 고등학교에서의 일론은 호감이 가고 조용하면서 눈에 띄지 않는 학생이었다. 그는 뛰어난 성적으로 학년에서 주목을 받는 학생이 되지 못했고, 스포츠에도 흥미가 없었기에 운동을 중요하게 여기는 영국식 학교 문화에서 소외되었다. 학급에서 리더를 맡은 적은 한 번도 없었으며, 오히려 보통 학생들과는 완전히 다른, 기이한 언행을 보였다. 그는 학교에 로켓 모형을 가져와서 쉬는 시간에 쏘아 올렸고, 과학 토론 수업 시간에는 태양열 발전을 해야 한다고 주장하면서 화석 연료를 사용하는 현 산업을 맹렬하게 비난했다. 지금은 모두가 태양열 발전의 중요성을 인정하지만 1980년도에 태양열 발전에 대해 확고하게 주장하는 사람은 많지 않았다. 고등학생이었던 시절부터 일론은 새로운 에너지 개발의 필요성을 사람들에게 이야기하기를 즐겼고, 처음 만나는 학생들에게 열정적으로 본인의 주장을 퍼뜨렸다.

일론의 머릿속에는 '내가 원하는 일을 하기 위해서는 학교를 몇 학년까지 다녀야 하는 거지?'라는 생각이 떠나질 않았다. 그는 하루라도 빨리 세상에 나가 자기가 생각하는 기술을 시험해보고 싶었고, 그 외의 학문은 불필요하다고 여겼다. 당시 남아공의 학교에서는 네덜란드어에서 파생되어 남아공과 나미비아에서 사용되는 아프리칸스라는 언어를 가르쳤는데, 이 과목을 대체 왜 배워야 하는지 일론은 도저히 이해할 수 없었다. 약 600만 명의 인구가 아프리칸스를 원어로 사용했는데, 수억 명이 쓰는 영어를 두고 이 언어를 배워야 할 필요성을 전혀 느끼지 못했던 것이다.

그가 훌륭한 점수를 받았던 과목은 물리학, 컴퓨터와 같은 실용적인 학문이었고, 그 외 과목은 낙제하지 않을 정도의 점수에 만족했다. 어릴 적부터 스스로 의미가 있다고 판단하는 일에 완전히 집중하는 능력이 매우 뛰어났기 때문이었다. 이는 자녀들에게 자신의 발자취를 보여주고 자유방임주의로 키운 외가 할데만 가문의 영향이 매우 컸으며 일론의 부모 역시 같은 방식으로 자녀를 양육했다. 그들은 아이들이 세상을 직접 느끼고 발전을 위해 적절하게 행동하는 법을 직감적으로 알아가리라 믿었다. 결코 아이들에게 벌을 주지 않았고 무엇이든 할 수 있다고 생각하도록 만드는 유전자가 그들의 피 속에 있었다.

남아공은 풍족한 백인이 살기에는 어려움 없는 나라였지만 일론에게 부족한 것은 물질적인 것이 아니었다. 그는 세계 최고의 잠재력과 가능성으로 가득 찬 나라, 미국에 가고 싶었다. 인류 최첨단의 기술을 보유한 국가에서 자신의 상상력을 발휘하고 싶었다. 어린 일론이 그동안 만난 새로운 게임과 멋진 기구들은 모두 미국에서 왔다는 걸 잘 알고 있었다. 곧이어 어른들로부터 실리콘 밸리라는 멋진 장소가 있다는 이야기를 들었다. 모든 기술의 요람이라는 실리콘 밸리에 대한 수식어는 17살 일론의 마음속에 신화적인 존재로 자리 잡았다. 그는 곧 미국이 자기 꿈을 이룰 수 있는 나라라는 생각을 굳혔다.

이때까지만 해도, 일론은 자신이 사업가가 될 것이란 생각을 하지 못했다. 학창 시절을 보내면서도 커서 무엇을 하고 싶은지에 대한 확신은 없었다. 그는 그저 '뭔가 멋진 것을 발명하고 창조하는 일'을 하고 싶다는 생각으로 가득 차 있었다. 수년이 지난 뒤 그는 그런 일을 한다는 의미가 곧 사업이라는 사실을 깨닫게 된다.

시간이 흘러 17살이 된 일론은 외할아버지의 나라인 캐나다로 가는 큰 결정을 내렸다. 캐나다를 선택한 이유는 캐나다 시민권자인 어머니로부터 자녀에게 시민권이 주어질 수 있도록 법이 개정되었기 때문이었다. 그리고 캐나다 시민권자들은 미국의 영주권 또는 시민권을 취득하기가 매우 용이했다. 일론은 캐나다에 가서 시민권을 얻으면 미국 시민권을 곧이어 얻을 수 있으리라 생각했다. 또한 남아공에 남아 있으면 군대에 징집되는 이유도 있었다. 그는 아파르트헤이트의 인종 갈등이 만연한 남아공에서 아무 이유 없이 군 복무를 하고 싶지 않았다.

그렇게 1988년 6월, 일론은 홀로 캐나다 몬트리올에 도착했다. 하지만 그곳에 있을 거라 기대했던 어머니의 숙부는 이미 미국 미네소타로 이민을 떠난 뒤였다. 할 수 없이 그는 가방을 들고 다른 사촌 집을 찾아갔다. 일론의 가족들은 비자 문제로 인해 아직 남아공에 남아 있었다. 혼자였던 일론은 가족들을 기다리며 캐나다에서 1년을 기다렸다. 사촌의 농장에서 채소를 재배하거나 곡식을 옮겼고, 밴쿠버에서 통나무를 자르고 나르는 일을 했다. 가장 힘들었던 일은 시급 18달러를 받는 목재 제재소의 보일러 청소 일이었다. 몸이 겨우 들어갈 비좁은 터널 속에서 펄펄 끓는 모래와 찐득한 잔여물을 삽으로 퍼내는 일이었는데, 월요일에 30명이 시작했다가 다음 주가 되면 3명만 남곤 했다. '보일러 청소부' 일은 그가 겪은 육체노동 중 가장 고통스러웠기에 그가 경험한 가장 기억에 남는 직업이었다.

사실 일론이 프리토리아를 떠난 것은 평범한 사람들에게는 도저히 이해할 수 없는 비범한 선택이었다. 그의 아버지는 남아공의 성공한 사업가였고, 일론은 아버지의 길을 따라 공학자가 되어 그의 부를 물려받고 사업을 이어나갈 수 있었다. 그것이 일론에게 놓인 안전한 길이었다. 하지만 그는 그보다 더욱 멋진 미래를 스스로 만들고 싶었기에 프리토리아를 떠났다. 그는 미국에 가야만 자신이 원하는 기술적인 위대함을 추구할 수 있다고 믿었기 때문이다. 아버지 에롤은 남아공을 떠나면 더 이상의 경제적 지원을 하지 않겠다고 말했지만, 일론이 원한 건 아버지의 돈이 아니었다. 과거를 뒤로하고, 일론은 새로운 출발을 맞이했다.

세상을 과학으로 보는 눈

• 일론 머스크의 오직 하나의 꿈 •

저는 대학에 다닐 때 세상을 바꿀 수 있는 일에 참여하고 싶었습니다.
첫 번째 단계는 무언가가 가능하다는 것을 확인하는 것입니다.
그러면 확률이 발생할 것입니다.

일론이 일생일대의 고생을 하는 동안, 그의 어머니와 두 남매도 드디어 캐나다에 도착했다. 메이는 영양사로 직업을 구했고, 동생이자 가장 친한 친구인 킴벌과 재회한 일론은 의기투합해 캐나다 온타리오에 있는 퀸스 대학교(Queen's University)에 입학을 신청했다. 그들은 캠퍼스를 한 바퀴 돌며, 다른 대학보다 예쁜 여학생들이 훨씬 많이 보인다는 유치한 이유로 퀸스를 선택했다. 일론은 대학에서 더 폭넓은 지식을 쌓고 싶었기에, 경영학을 전공하기로 했다.

퀸스에서의 대학 생활은 일론에게 신세계 그 자체였다. 그는 온타리오의 400만 평에 달하는 커다란 대학 캠퍼스와 금방 사랑에 빠졌다. 무엇보다 놀라운 점은 이곳에서 만난 사람들은 에너지이든, 우주이든 일론이 가진 의견이나 야망을 결코 쉽게 비웃지 않았다는 사실이다. 퀸스에서 일론은 오히려 그의 지적 능력을 존중하고, 호응해주며 관심을 가지는 사람들이 굉장히 많다는 사실을 깨달을 수 있었다. 머릿속이 공상으로 가득한 한 소년이 꿈에 대한 자신감을 갖기 시작한 태동기였다.

그는 파티에서 만난 사람들에게 "나는 일론 머스크라고 해. 전기 자동차에 대한 아이디어를 몇 가지 갖고 있어. 너도 전기 자동차에 대해 생각해본 적이 있니?"라고 묻는 괴짜적 천재성을 보여주었다. 어릴 적부터 희미하게 생각했던 기후 변화, 신재생 에너지, 우주 진출에 대한 비전이 점점 뚜렷해지는 과정이었다. 또한 일론은 괴짜 같은 아이디어로 사람들을 놀라게 하기도 했다. 그는 음식을 먹지 않고 책을 읽거나 하고 싶은 일을 더 할 수 있는 방법이 있다면 그렇게 하고 싶다면서 식탁에 앉아 음식을 먹지 않아도 영양분을 섭취할 수 있는 방법이 있었으면 좋겠다고 말했다. 그가 가진 일에 대한 집념을 보여주는 일화였는데, 사업을 하며 하루에 20시간씩 일하는 그의 미래를 보면 이때부터 그 낌새가 있던 것으로 보인다.

퀸스 대학교에서 일론은 고등학교 시절보다 더욱 학구열을 불태웠다. 경영학을 공부했고 연설 대회에 나갔으며 높은 집중력으로 우수한 학생들 사이에서 두각을 나타냈다. 결코 우등생이었던 적이 없던 고등학교와는 다르게 경제학 등 일부 수업에서는 수석을 차지하기도 했다. 그렇게 2년의 시간이 지났고, 일론은 드디어 꿈꾸던 기술의 메카, 미국으로 들어갈 기회를 얻었다. 성적 우수 장학생으로 아이비리그 최상위권에 속하는 펜실베이니아 대학에 편입하게 된 것이다.

미국 동부 필라델피아에 위치한 펜실베이니아 대학교는 1740년 미국 건국의 아버지 중 한 명인 벤자민 프랭클린이 설립한 미국에서 네 번째로 오래된 교육기관이다. 이 학교는 미국 대통령 2명, 대법관 3명, 상원 의원 32명, 주지사 46명, 하원 의원 163명, 독립선언서 서명자 8명, 헌법 서명자 7명, 36명의 노벨상 수상자, 16명의 퓰리처상 수상자, 64명의 백만장자를 배출한 세계 최고의 대학 중 하나다. 대학교 입학과 더불어 일론은 꿈에 그리던 미국이라는 나라에 입성한 사실이 무엇보다도 기뻤다.

그는 펜실베이니아 대학의 상경대학인 와튼 스쿨에 입학했는데, 이곳은 북미 최초의 경영 전문 대학원이자 전 세계 최고의 상경대학 중 한 곳이었다. 일론은 와튼 스쿨에 편입해 경제학 학사와 함께 물리학부 부전공을 하며 경제학과 물리학을 함께 공부하게 되었다. 경제 전반에 대한 시스템을 배우면서, 어릴 때부터 좋아했던 '자연에 대한 보편적 법칙'을 배울 기회를 얻은 것이었다. 와튼 스쿨은 퀸스 대학과는 비교도 되지 않는, 일론에게는 완벽한 장소였다. 그는 드디어 자신과 같은 언어(일반인들이 알지 못하는 물리학 용어가 뒤섞인 대화 방식)를 사용하고, 같은 생각(물리학적 사고방식)을 하는 사람들을 만나게 되었다. 물리학 전공 학생들이 그들이었다. 일론은 그들과 어울리며 난생처음으로 강한 소속감과 정서적 안정을 찾을 수 있었다.

20대의 대학생 일론이 보여준 가장 놀라운 특징은 '철저한 자기 관리'였다. 법적 성인으로 인정받은 한 인간에게 부모로부터 해방되었다는 감정은 매우 짜릿하다. 우리는 모두 '드디어 나도 성인이 되어 자유롭게, 내가 하고 싶은 대로 살 수 있다'라는 희열을 느낀 순간을 기억한다. 대부분은 대학교에 입학해 부모 곁을 떠나면서 그 기분을 느낀다. 이 해방적인 경험은 대단한 것이다. 그렇기에 갓 스무 살이 된 청년들이 기절할 때까지 술을 마시고, 인사불성이 되어 거리를 헤매며, 아무도 예상하지 못한 기행을 벌이는 것이다. 하지만 놀랍게도 일론에게서는 그 어떤 '일탈적인 행동'을 찾아볼 수 없었다.

와튼 스쿨에 다니던 시절, 일론은 그의 단짝 친구 아데오 레시와 함께 방 10개짜리 남학생 클럽 하우스에 상대적으로 싸게 세를 주고 살기 시작했다. 두 사람은 주중에는 공부하고 주말이면 그들의 집을 파티 하우스로 만들었다. 쓰레기봉투로 창문을 가려서 집 안을 캄캄하게 만들고 벽을 밝은색 페인트로 꾸몄다. 5달러를 내고 들어오면 무제한으로 맥주를 제공하니 하루에 500명이 넘는 학생들이 그들의 하우스를 찾아와 파티를 벌이기 시작했다.

이런 젊음의 향연 속에서도 일론은 이따금 보드카 칵테일을 홀짝거리기만 할 뿐 정신을 잃을 정도로 술을 마시거나 마약에도 절대 손대지 않았다. 그는 이렇게 말했다.

"파티가 열리는 동안 누군가는 정신이 멀쩡해야 하지 않겠어요? 나는 당시 하우스를 통해 내 힘으로 대학 학비와 생활비를 충당했고 하룻밤이면 월세를 벌었습니다."

그는 결코 스스로의 통제를 잃어버리지 않았고, 그로 인해 타인에게 피해를 끼치는 일도 결코 없었다. 대학 시절 그가 일으킨 문제라고는 비디오 게임에 너무 빠져서 며칠씩 방에서 나오지 않자 친구들이 그를 끄집어낸 일뿐이었다.

일론은 와튼 스쿨에서 오랫동안 하고 싶었던 재생 에너지에 대한 연구를 마음껏 할 수 있었다. 그렇게 그는 「태양열 발전의 중요성」이라는 제목의 첫 논문을 제출했다. 태양 전지의 작동 원리와 전지의 효율을 높일 수 있는 다양한 화합물에 대한 연구 자료였다. 미래에는 어떤 모습의 태양열 발전소를 만들지를 상세히 기술했다. 그가 상상한 발전소는 너비가 4km인 공간에 거대한 태양 전지판을 설치하고 지름 7km에 이르는 안테나로 전력을 전송하는 방법이었다. 이때 그가 시각화한 발전소는 기가팩토리 솔라시티라는 이름으로 가까운 미래에 완벽하게 만들어지게 된다.

그의 두 번째 논문은 일론이 좋아하는 슈퍼 축전기에 관한 내용이었다. 축전기란 전력을 충전했다가 짧은 시간에 높은 출력으로 바꾸어 뿜어내는 에너지 장치로 오늘날 전기 자동차 개발의 핵심이 된 기술이다. 그는 연구 결과를 토대로 "전기 에너지를 상당량 저장할 수 있는 이 축전기는 같은 무게의 배터리보다 100배 이상 빠른 속도로 에너지를 전달하고 충전할 수 있다"고 기술했다. 게다가 이 논문은 학문적 성격뿐 아니라 철저한 재정 계획을 포함시켜 기술적 연구를 '완성도 높은 사업 계획'으로 연결시키는 모습을 보여 여러 교수를 놀라게 했다.

일론의 두 논문은 '씨앗'이었다. 그리고 그의 논문은 와튼 스쿨의 세계적인 높은 기준에서 각각 98점과 97점을 받으며 씨앗이 매우 건강하다는 사실을 입증했다. 이 씨앗은 오늘날 '거대한 나무'가 되었다. 태양열 에너지 기업 '솔라시티'와 전기 자동차 '테슬라'가 바로 그것이다. 일론이 어릴 적 품었던 공상과학적 꿈은 10~20대를 거쳐 가며 전혀 그 색이 바래지 않은 것이다. 오히려 현실에서의 실현 가능성이 점차 높아지며 뚜렷한 색을 가지기 시작했다고 표현하는 것이 옳았다.

비디오 게임을 워낙 좋아하던 일론은 게임 사업에 뛰어드는 것도 잠깐 고민했다. 하지만 이내 자신의 꿈과 야심을 채울 수 있을 만큼 원대한 사업이 아니라고 판단했다. 컴퓨터 게임을 정말 좋아해서 설사 사업으로 성공한다 해도 인류의 미래나 세계에 큰 영향을 미칠 수 없을 것이라 생각했기 때문이다.

퀸스 대학교와 와튼 스쿨에 다니며 그는 계속해서 같은 꿈을 꾸기 시작했다. 인류는 지구라는 유일한 보금자리를 망가뜨리고 있었고, 오랜 시간이 지난 뒤에는 언젠가 멸종할 것이 분명했다. 그는 인류의 멸망을 늦추거나 방지하는 데 도움이 되는 일을 하고 싶었다. 취업해서 돈을 버는 것보다 인류라는 종을 위해 스스로 더 중요한 역할을 수행할 수 있다고 믿었다.

성인이 되며 일론은 인류의 미래에 중대한 변화를 이끌 분야는 인터넷, 재생 에너지, 우주 산업이라고 확신했다. 물론 그 역시 당시에 이 모든 것들에 자신의 삶이 연관될 거라고는 상상하지 못했다. 놀랍게도, 한 대학생이 예상했던 21세기 인류의 미래를 이끌어 갈 섹터는 바로 적중했다. 마치 운명처럼, 그가 가진 꿈의 세 분야는 예술적으로, 연쇄적으로 이루어졌다. 인터넷의 ZIP2와 페이팔, 재생 에너지의 솔라시티와 테슬라, 우주 산업의 스페이스X. 한 대학생이 가졌던 각기 다른 분야의 청사진이 모두 현실 세계에 고스란히 구현된 것은 인류 역사상 전례가 없던 일이었다.

실리콘 밸리의 따스한 햇살

• 일론 머스크의 오직 하나의 꿈 •

나는 실리콘 밸리 사람입니다.
그리고 나는 실리콘 밸리의 사람들이
어떤 일이든 해낼 수 있다고 생각합니다.

1994년, 와튼 스쿨의 졸업 시기가 오자 일론은 동생 킴벌과 함께 미국을 횡단하는 자동차 여행을 떠났다. 거대한 미국이라는 나라를 서부에서 동부까지 가로지르는 여행이었다. 일론과 킴벌의 삶에 대한 열정으로 가득 찬 가장 행복한 시기였다. 그들은 젊었고, 패기가 넘쳤으며, 세상에 무슨 일이라도 해낼 것 같은 기분에 휩싸여 있었다.

두 청년은 젊음의 표상과도 같은 20년 된 낡은 BMW를 타고 샌프란시스코를 출발했다. 모하비 사막을 지나고 콜로라도의 대평원과 로키산맥을 보았다. 와이오밍의 옐로스톤 공원을 지나고 사우스다코타에서 러시모어산을 구경했다. 일리노이의 농업 지대를 보았고 시카고에서 비프 샌드위치를 먹었다. 두 젊은 이는 흥겹게 놀며 미래의 사업 운영에 대한 아이디어를 마음껏 나누고, 토론했다.

당시는 야후와 넷스케이프와 같은 인터넷 검색 서비스가 최초로 시작되며 일반 대중이 인터넷에 접근하기 시작하는 시대였다. 전자 메일, 인스턴트 메신저, 화상 통화가 가능해지며 사람들은 신기함과 두려움을 가졌다. 일론과 킴벌은 "인터넷에 어떤 서비스를 만들면 좋을까?"라는 대전제를 놓고 의논하기 시작했다. 미국이라는 커다란 나라의 변화를 두 눈으로 면밀히 관찰하며 형제는 하루하루 상상력을 더해갔다.

마침내 와튼 스쿨의 마지막 학기를 마친 일론은, 아무도 예상하지 못한 희한한 행보를 보여주었다. '동시에 두 회사에서의 인턴 생활'을 시작한 것이었다. 지금 와서 보면 너무나도 일론 머스크다운 선택이었다. 그는 자신의 몸과 마음이 2개라고 생각하는 것 같았다. 하루를 9~5시, 6~12시로 나누어서 각각 2개의 회사에서 보내기 시작했다. 그가 선택한 실리콘 밸리에 위치한 두 회사는 모두 그가 어렸을 적부터 많은 관심을 갖고 공부해왔던 분야의 기업이었다. 일론이 낮시간을 보내기로 선택한 곳은 그가 논문을 작성했던 '슈퍼 축전기'에 관련된 회사였다. 실리콘 밸리 남부에 위치한 '피너클 연구소'는 전기 자동차와 하이브리드에 들어가는 혁신적인 연료를 연구하는 과학자 집단이었다. 일론은 이곳에서 축전기를 이용해 화석 연료를 대체

할 재생 에너지의 미래에 대한 자신의 연구를 이어갈 수 있었다.

밤이 되면, 그는 실리콘 밸리 북부로 차를 몰았다. 그가 선택한 곳은 최첨단 비디오 게임과 컴퓨터 소프트웨어를 만드는 신생 기업 '로켓 사이언스 게임(일론의 미래를 생각하면, 회사 이름이 의미심장하다)'이었다. 그는 회사가 요청하는 기초적인 코드를 만들며 그들이 일하는 방식을 배웠다. 조이스틱과 마우스 드라이버를 설치하는 프로그램을 만들고, 컴퓨터에 명령을 전달하고 프린터나 스캐너를 작동시키는 기능을 수행했다. 단순한 일이었지만, 주위 사람들에게 코드 만드는 법을 배우기도 하며 성장할 수 있었다. 이 회사는 안타깝게도 일론이 떠나고 얼마 지나지 않은 1997년 폐업했다.

무엇보다도 일론은 미국 첨단 산업의 요람으로 성장해가는 실리콘 밸리의 장엄한 에너지를 느낄 수 있었다. 1939년 휴렛팩커드의 창업 이래 수많은 벤처 기업들이 태어난 실리콘 밸리는 모든 구석 구석마다 가능성을 꿈꾸는 사람들로 가득 찬 꿈과 희망의 나라였다. 반도체에 쓰이는 실리콘(규소)과 샌프란시스코 동남쪽에 펼쳐져 있는 산타클라라 밸리(계곡) 두 단어가 만나 만들어진 실리콘 밸리에서 벤처 기업들이 성공하게 된 이유는 인간과 자연이라는 두 요소의 아름다운 합작 덕분이었다.

인간적 요소는 캘리포니아 주정부의 아낌없는 성장 정책이었다. 캘리포니아는 전자 사업의 유치를 위해 초기에 엄청난 규모의 세제 혜택을 제공했고, 더불어 인적 교류 활성화를 위해 고용계약서에 비경쟁 조항을 넣는 것을 금지시켰다. 보통의 회사들은 영업비밀과 기술경쟁력의 보호를 위해 퇴사 후 다른 곳에서 최소 1년간 일하지 못하도록 하는데, 이것을 방지한 것이었다. 이는 수많은 인재가 회사에서 떠오른 아이디어로 신속하게 창업을 할 수 있게 만들어 주었다. 또한 미국 최고의 대학인 스탠퍼드, 버클리, UCLA, 캘리포니아 공과대학교 등이 가까워 이 학교의 수많은 졸업생이 실리콘 밸리에서 벤처 창업을 이끌어 나갔다.

자연적 요소는 지구에서 인간이 가장 살기 좋은 날씨를 가진 도시라는 점이었다. 캘리포니아 해안 지역 특유의 날씨는 1년 내내 지나치게 덥거나 춥지 않고, 바다에 접해 있음에도 습하지 않았다. 대부분의 해양 도시가 높은 습도로 인해 에어컨을 틀지 않으면 살기 어려운 것과는 대비되어 매우 쾌적했다. 언제나 상쾌한 날씨 덕분에 실리콘 밸리의 사람들은 온도 변화에 따른 의복 변화를 최소화할 수 있었고, 이는 높은 업무 효율성으로 이어졌다. 캘리포니아 사람들은 대한민국처럼 사계절에 맞는 옷을 매년 준비하는 불필요한 스트레스를 겪을 필요가 없다는 뜻이었다. 애플의 스티브 잡스나 페이스북의 마크 저커버그가 항상 똑같은 옷을 입는다는 사실은 이를 대변한다.

일론은 실리콘 밸리가 매우 마음에 들었다. 이곳 사람들은 자신의 열정을 위해 회사에서 먹고 자며 24시간 일했고, 본인의 일만 해낸다면 어떤 복장이든, 몇 시에 출근을 하든 전혀 개의치 않았다. 그는 성과에 대해 최고의 효율성을 중시하는 실리콘 밸리의 문화와 재능 있는 사람들의 조합이 마음에 들었다. 이때부터 그는 무언가 일을 해내야 한다면 반드시 실리콘 밸리에서 해야 한다는 생각을 가지게 되었다. 그리고 자신의 꿈을 이룰 장소 역시 실리콘 밸리가 틀림없다고 믿기 시작했다.

1995년이 되자 일론은 고체물리학 슈퍼 축전기 분야로 스탠퍼드 대학교 박사과정에 합격했다. 처음에 그는 박사과정에 들어가 재료과학과 물리학을 전공하고 피나클 연구소에서 진행하던 슈퍼 축전기에 대한 연구개발을 이어갈 계획이었다. 어릴 적부터 가장 관심 있었던 에너지 분야였기 때문이다. 슈퍼 축전기를 이용한 연료 기술로 전기 자동차를 만들어 화석 연료를 대체하는 것이 당시 그의 가장 큰 목표였다. 하지만 주위를 둘러보니, 인터넷의 등장으로 인한 여파가 엄청나다는 사실을 깨달았다. 인터넷은 세상이 움직이는 방식을 크게 바꾸기 시작했다. 그리고 일론은 축전기 연구는 기다릴 수 있지만, 인터넷의 빠른 물결은 그를 기다려주지 않을 것이라 생각하게 되었다.

그는 인터넷 대중화 초기에 브라우저의 표준이었던 넷스케이프에 관심을 가졌다. 이곳에 들어간다면 인터넷의 발전과 함께 뭔가를 만들어 낼 수 있을 것 같았다. 그는 호기롭게 프로그래밍 이력서를 넷스케이프로 보냈지만, 예상과는 다르게 답장은 금방 오지 않았다. 2주 뒤 일론은 넷스케이프 본사의 로비에 서 있었다. 답장을 기다리다 답답한 나머지 직접 찾아간 것이었다. 하지만 기세 좋게 로비에 들어간 것은 좋았으나 막상 넷스케이프 사람들에게 말을 걸기는 쉽지 않았다. 20여 분을 서성인 일론은 조용히 '젠장'이라고 외치며 나가버렸다. 일론 머스크라는 인물이 넷스케이프에 입사했더라도 오래 다니지 않았을 것이라 예상되지만, 만약 넷스케이프에 들어갔더라면 어떻게 되었을까 하는 재미있는 상상을 해볼 수는 있을 것이다.

인터넷 회사 취업에 실패한 일론은 동생 킴벌과 함께 직접 인터넷 사업에 뛰어들어 보기로 결심했다. 그때까지만 해도 그는 인터넷 회사를 만들었다가 잘되지 않으면 스탠퍼드 대학원으로 돌아올 심산이었다. 그는 스탠퍼드 대학원장을 만나 입학 유예를 신청하며 이렇게 말했다.

"제 생각에는 아마 6개월 안에 돌아오지 않을까 싶습니다."

현명한 대학원장이 웃으며 대답했다.

"우리는 다시 보지 못할 것입니다."

ZIP2 : 사업을 시작하다

• 일론 머스크의 오직 하나의 꿈 •

일이 잘 안 풀리는데도 잘되고 있다고 스스로 속여서는 안 됩니다.
그렇게 되면 나쁜 해결책에 집착하게 됩니다.

성공은 오로지 준비된 자에게 찾아오는 법이다. 인터넷에서의 사업을 꿈꾸고 있었으나 확실한 비즈니스 아이템을 정하지 못했던 일론에게 놀라운 일이 생겼다.

실리콘 밸리에서 인턴으로 있던 시절, 옐로우 페이지(미국의 전화번호부 회사)의 세일즈맨이 찾아왔다. 이 세일즈맨은 옐로우 페이지의 온라인 목록을 만드는 사업을 권유하기 위해 찾아왔지만 정작 인터넷이 무엇인지 잘 모르는 느낌이었다. 그의 설득력 없는 권유가 상사에게 거절당하는 모습을 본 일론이 생각했다. '이거야말로 내가 할 수 있는 일 아닐까?' 가슴이 두근거리기 시작했다.

일론은 킴벌과 지역 사업체들이 업체 정보를 인터넷에 등록

할 수 있는 서비스를 제공하는 것에 대한 논의를 시작했다. 인터넷은 미국 전역으로 퍼져 나가고 있었고, 사업체들은 자기 사업장에 대한 정보를 인터넷에서 쉽게 찾을 수 있기를 원할 것이 분명했다. 당시 작은 사업체들은 인터넷의 영향력과 가능성을 알지 못했다. 어떻게 인터넷이 진입할 수 있는지 몰랐고 인터넷이 자신들의 사업에 도움이 될 수 있다는 것 역시 알지 못했다. 이것은 마치 "이제 자동차의 시대가 왔으니 마차는 그만 타십시오"라고 외치는 것과 같았다. 일론과 킴벌은 새로운 인터넷의 시대가 왔다는 사실을 사람들에게 알리는 데 주도적인 역할을 하고 싶었다. 마차를 버리고 자동차를 타야 할 때라 외쳤던 헨리 포드처럼, 세상을 바꾸고 싶었다.

더 이상 미룰 수 없었던 형제는 유한책임회사를 창업했다. 일론의 첫 도전은 그렇게 시작된 것이었다. 회사 이름은 '글로벌 링크 정보 네트워크(Global Link Information network)'라고 지었다. 머스크 형제가 품은 커다란 야심의 크기가 느껴지는 회사명이었다. 이들은 자신들의 고객인 음식점, 옷가게, 카페, 미용실, 주유소 등 지역 사업체의 목록을 만들고 지도 위에 보여주는 웹사이트를 만들었다. 고객들은 이들의 서비스를 통해 자신의 사업체를 웹 서핑하는 사람들에게 알릴 수 있었다. 예를 들어, 가장 가까운 이탈리아 레스토랑이 어디 있는지, 그곳에 어떻게 가야 하는지 등의 내용이었다. 현재 구글맵과 네이버, 카카오 지도를 사용하는 우리가 생각하면 대단한 일인가 싶지만 1995년 당시에는 이러한 기술을 구현하는 서비스가 가능할 거라고 생각하는 사람은 아무도 없었다.

일론과 킴벌은 실리콘 밸리에서 가장 임대료가 싼 지역의 17평 남짓의 사무실을 계약했다. 엘리베이터는 없었고 화장실을 공동으로 사용하는 낡은 건물이었다. 아버지 에롤은 두 아들이 창업을 잘 해나갈 수 있도록 2만 8천 달러를 지원해주었다. 이 자금은 사무실을 빌리고 필요한 컴퓨터 및 장비를 구입하는 데 소중하게 사용되었지만, 금세 동이 났다. 형제는 집을 구할 돈이 없어 3달 동안 사무실에서 살며 근처에 있는 커뮤니티 센터에서 샤워를 하고 돌아와 다시 일해야만 했다. 식사는 매일 동네에서 가장 저렴하게 판매하는 햄버거와 소다로 이루어졌다. 형제가 가지고 있던 20년 된 BMW의 바퀴가 세월을 이기지 못하고 떨어져 나갔지만, 새 바퀴를 교체할 돈이 없어 차 없이 다녀야만 했다.

일론은 당시에 '일론 머스크의 욕구 실험'이라는 것을 진행하기도 했는데, 하루를 1달러로 살아가는 것이었다. 그는 창업을 앞두고 혹시나 실패했을 때 뒤따를 가난을 감당할 수 있을지에 대해 진심으로 걱정했고, 1달러 프로젝트에 돌입했다. 대형 마트에서 냉동 핫도그와 오렌지를 사서 컴퓨터를 끼고 한 달 동안 매일 그것들만 먹으며 생활했다. 돈이 없는 삶이 어떠한지를 직접 체험해본 것이다. 한 달을 지내보니 어디 아픈 데도 없고 꽤 할 만한 느낌이었기에, 그는 실패에 대한 큰 두려움 없이 더욱 일에 매진할 수 있었다.

회사의 프로그래밍을 담당하며 웹사이트를 만드는 일을 했던 일론은 잠을 잘 시간이 너무 부족하다는 사실을 깨달았다. 글로벌 링크의 서비스는 끝없이 개선을 요구했기 때문이다. 그는 사무실에서 일하다 도저히 잠을 참을 수 없어지면 옆의 푹신한 의자에 쓰러졌고, 일어나면 다시 일을 했다. 그리고 자신의 몸에서 나는 냄새가 도저히 견딜 수 없어지면 샤워를 했다. 이 시기는 그에게 있어 지독한 고통과 고난의 연속이었다. 매일같이 싸구려 햄버거와 오렌지를 먹으며 하루 17시간을 일하는 모습을 상상해보면 그의 심정이 이해될 것이다. 그렇게 악착같이 생활하며 일론은 글로벌 링크의 소프트웨어를 계속해서 발전시켰고, 그들의 서비스는 실제 온라인 노출 효과를 입증하며 경쟁력을 갖기 시작했다. 킴벌과 세일즈맨들이 데려오는 고객의 숫자가 하나둘 늘어났고, 그 인터넷에 정보를 올리면 어떤 이익을 얻을 수 있는지 설명하고 돈을 받아냈다.

그렇게 1년이 지나 이제 형제는 고객을 꾸준히 늘려가는 데 성공했고, 사업을 더욱 확장하기 위해 벤처 투자자들을 만나기 시작했다. 일론은 여기서 특유의 훌륭한 세일즈맨 기질을 보여주었는데, 투자자가 회사를 방문하면 컴퓨터 모니터를 거대한 틀에 넣은 다음 서비스를 보여주며 마치 슈퍼컴퓨터가 작동하는 것처럼 보이게 만들었다. 그의 이런 세일즈맨십은 스페이스X와 테슬라에서도 색다른 방법으로 대중들을 놀래키곤 했다.

하지만 투자자들이 회사에 대해 가장 마음에 들어 한 점은 그런 유치한 쇼 때문이 아니었다. 그들은 일론이 자신의 회사에 보이는 엄청난 헌신과 죽음을 각오한 듯한 결사적인 모습을 크게 평가했다. 뼈만 앙상하게 남은 초췌한 몰골이었지만, 누구보다 반짝이는 눈빛을 하고 열정적으로 사업에 대해 설명하는 모습은 투자자들의 마음을 움직이기에 충분했다. 그렇게 작은 투자들이 이어지던 중, 인텔의 수석 부사장이었던 윌리엄 데이비도우가 설립한 벤처 회사에서 무려 300만 달러의 거대 투자를 받아내게 되었다.

일론이 이루어 낸 첫 성공이었다. 세상이 일론과 킴벌의 가능성을 알아보기 시작한 것이었다. 이들은 다소 복잡했던 회사의 이름을 ZIP2로 변경하고 더 큰 사무실, 더 많은 직원과 함께 사업을 확대했다. 일론은 다 망가진 BMW를 고물상에 던져 버리고, 아름다운 스포츠카인 재규어 E 타입을 구입했다. 스스로 만들어 낸 첫 경제적 성과였기에 더욱 이 멋진 자동차를 온몸으로 누리고 싶었던 일론이었다.

데이비도우 벤처는 ZIP2에서 각각의 개인 사업체를 직접 만나 서비스를 판매하는 대신, 언론사에 판매할 수 있는 소프트웨어를 만들기를 원했다. 언론사는 ZIP2의 서비스를 통해 얻은 부동산, 자동차 대리점, 은행 등에 광고를 판매하고 싶어했기 때문이었다. 사업 전략을 바꾸면서 ZIP2는 미국 서부를 넘어서서 전국적 네트워크를 만들기 시작했다. 뉴욕 타임스, 나이트 리더, 허스트코프 등 미디어 기업들이 ZIP2의 서비스를 신청했다. 추가적인 5,000만 달러의 투자도 이어졌다. 신문사들은 부동산, 자동차, 오락 분야의 항목별 안내와 목록을 원했고 이 모든 온라인 서비스를 제공하는 플랫폼으로 ZIP2를 활용할 수 있었다. 언론사의 후원에 힘입어 ZIP2의 사업은 폭발적으로 성장해나갈 수 있었다.

하지만 이 모든 일은 일론에게 긍정적이지만은 않았다. 벤처캐피탈의 투자와 함께 그는 이사회 의장직을 박탈당하고 CEO로서의 경영권을 양보할 수밖에 없었기 때문이다. 투자자들은 일론에게 최고기술경영자 자리를 맡아달라고 요청했고 회사의 CEO로는 인터넷 신생 기업에 경험이 있는 리치 소킨을 영입했다. 경험이 많이 없었고, 자기가 지금 뭘 하고 있는지 감이 잡히지 않았던 일론 역시 CEO 외부 영입에 찬성했다. 자신보다 폭넓은 경험을 가진 뛰어난 인물이 와서 회사가 성공할 확률을 높이길 기대했다. 자신은 소프트웨어를 계속 개발하면서 방향을 잡으면 된다고 생각했다.

그러나 새로운 CEO 리치와의 협업은 생각만큼 원활하지 않았다. 일론이 보기에 리치는 자신보다 훨씬 뛰어난 인물이 아니었고, 회사의 성장을 이끈다기보다는 오히려 뒤처지게 하는 느낌이었다. 또한 그는 계속해서 소비자 중심의 서비스를 개발하고 싶었지만 리치와 이사회는 새로운 연구 비용에 대한 우려로 계속해서 그의 발목을 잡았다. 회사의 상황은 점차 나빠졌고, 어느 시점이 되니 총체적 난국이었다. 일론은 불안했다. 마이크로소프트와 함께 수많은 후발 주자들이 인터넷 지도 서비스에 뛰어드는 상황이었다. 미래를 위한 확실한 변화의 결정을 내려야만 했다.

1999년 2월이 되자, 일론과 이사회는 당시 미국 최대 컴퓨터 판매량을 기록하며 전성기를 달리고 있던 컴팩으로부터 ZIP2 인수 제안서를 받았다. 컴팩은 PC 판매에 이어서 IT 서비스 사업 진출을 계획하고 있었다. 시장에서 가장 높은 위치에 있던 컴팩답게, 제안은 현금 3억 700만 달러로 엄청나게 관대한 것이었다. 신생 기업들의 탄생으로 불안에 떨고 있던 ZIP2 이사회는 엄청난 횡재라며 제안을 받아들였다. 당시 일론과 킴벌의 지분은 각각 2,200만 달러와 1,500만 달러였다. CEO가 아니었고, 이사회와 마찰이 있었던 일론 역시 별다른 의견 없이 매각에 동의했다.

ZIP2는 사업적으로 보면 대단한 성공이었다. 벤처 캐피탈 데이비도우는 투자금의 20배를 회수했다. 머스크 형제가 아버지로부터 받았던 3만 달러는 정확히 4년 뒤 3천만 달러로 돌아왔다. 1996~2000년 사이에 있었던 닷컴 열풍에서, 일론은 그 물결을 훌륭하게 탄 사업가로 평가받았다. 그는 28살의 나이에 2천만 달러가 넘는 자산의 억만장자가 되었고, 거대한 회사를 이끌었던 경험은 그를 강하게 성장시켰다. ZIP2의 경험은 일론에게 2가지 큰 교훈을 남겼다.

첫 번째는 절대로 스스로 만든 회사의 통제권을 포기하지 않겠다는 점이었다. 일론은 돈이 조금 없었더라도, 킴벌과 함께 둘이 ZIP2를 이끌던 시절이 더 좋았다고 회상했고, 데이비도우의 투자를 받아들인 일을 후회했다. 킴벌은 이렇게 말했다.

"우리는 그들이 경영에 대해 잘 알고 있으리라 생각했습니다. 하지만 일단 자리를 차지하고 나면 비전이 온데간데없이 사라졌습니다. 투자자와 사이좋게 지내는 일은 쉽지만 그 이후부터 비전은 사라지고 말았습니다."

이후 일론은 평생에 걸쳐 자신이 세운 회사의 지배권을 유지하고 CEO로 남아 있기 위해 투쟁하게 된다.

두 번째는 너무나 공격적인 리더십에 대한 반성이었다. 사실 그는 태어나서 사람들을 이끌어본 경험이 없었다. 창업 과정에서 그는 처음으로 수백 명의 사람을 이끄는 리더의 역할을 수행해야만 했다. 아쉽게도 그에게는 고등학교나 대학 시절 팀워크를 다진 경험이 없었고, 팀을 운영하기 위해 알아야 하는 것들에 대해서도 생각해 본 적이 없었다. 그는 물리학적, 공학적 재능이 뛰어난 프로그래머였지만 사람에 대한 경험은 매우 부족했다. 게다가 '다른 사람들도 나처럼 생각하고 행동하겠지'라는 기본적인 사고방식은 동료들과 많은 문제를 일으켰다. 하지만 ZIP2에서의 경험을 통해 그는 그 생각이 옳지 않다는 것을 분명하게 깨달았고, 그 가르침이 이번 경험에서의 가장 큰 교훈이라고 생각했다.

그는 아무런 언질 없이 밤새 직원들의 업무를 바꾸어 놓거나 '어떻게 그런 식으로 일할 수 있느냐'며 핀잔을 주곤 했던 일, 안 된다고 말하는 사람들에게 분통을 터트리며 욕설 섞인 비판을 던지고 회의실을 나가버렸던 일을 반성했다. 이러한 모습에 주위 사람들이 그가 CEO로서 제대로 일할 수 있을지 걱정했기 때문이다.

페이팔: 작은 성공에서 큰 성공으로

• 일론 머스크의 오직 하나의 꿈 •

지금이 바로 위험을 감수할 때입니다. 시간이 지날수록
여러분의 의무는 늘어날 겁니다. 가족이 생기면 당신은 자신뿐 아니라
가족을 위해서도 위험을 감수해야 하기 때문에 더욱 어려워집니다.
지금이 해야 할 때입니다. 과감한 일을 하세요. 후회하지 않을 것입니다.

ZIP2가 매각된다는 사실이 분명해지기 무섭게 일론은 다음 매달릴 프로젝트를 찾기 시작했다. 원한다면 회사에 남아 컴팩 소속으로 계속 일할 수 있었지만, 그는 대기업에 머무를 생각이 결코 없었다. 하지만 지금의 벤처 트렌드를 따라가는 데 급급하게 생각하지도, 더 큰 부자가 되겠다는 생각에 집착하지도 않았다. 스스로 투자자가 아닌 사업가라고 정의하기 시작했기 때문이다.

일론은 프리토리아 고등학교 시절 친구들과 '서류 없는 은행이 존재할 수 있을까?'라는 주제에 관해 대화한 적이 있었다. 그리고 퀸스 대학에서 캐나다의 은행 및 금융지주회사인 '스코샤뱅크'에서의 인턴 생활을 떠올렸다. 그가 느낀 금융업계는 자기

주장을 절대 굽히지 않는 답답한 세상이었다. 은행가들은 결코 재정적 모험을 하지 않았고, 오직 다른 사람들이 하는 대로, 정해진 방식대로 행동했다. 아무리 좋은 기회처럼 보여도 다른 은행가가 가지 않는 길은 가지 않는 것이 금융 전문가들의 오래된 전통이었다. 그렇기에 일론은 인터넷을 이용해 금융업계의 관습과 관행을 넘어선다면, 더 많은 사람에게 영향력을 끼치는 새로운 금융 사업을 만들 수 있을 거라고 생각했다.

당시 금융업계는 과도기에 있었다. 인터넷의 발전과 함께 미래에는 반드시 온라인 금융 시스템을 구축되는 방향으로 나아간다고 보았으나, 당시 온라인 보안 기술은 시스템을 구축할 역량이 턱없이 부족했다. 일론은 그 기술적 간극을 자신이 좁힐 수 있다고 분석한 것이었다. 인터넷 매핑 서비스에 이어서, 과거에 존재하지 않았던 새로운 기술적 서비스를 만들겠다는 두 번째 도전이었다.

인터넷 은행은 2024년을 사는 우리에게는 매우 보편적인 개념이지만, 계좌 이체를 하기 위해서는 은행을 찾아가야 했던 시대였다. 온라인 웹사이트를 통해 금융 서비스를 제공하겠다는 생각은 실제 은행들도 쉽게 개시하지 못한 분야였다. 그만큼 수많은 기술적 규제와 코드 구현에 한계점이 있었기 때문이다. 일론은 실제로 사람들이 이용할 수 있는 저축예금과 당좌예금 등 온라인 금융 서비스를 포괄적으로 제공하는 인터넷 은행을 만들고 싶었다. ZIP2가 그랬듯이, 과거 누구도 시도했던 일이 아니었기에 정부의 규제와 끝없이 펼쳐진 기술적인 문제들을 포괄한 매우 커다란 목표였다.

일론은 몇 주에 걸쳐 ZIP2에 근무하는 프로그래머들과 기술적인 파트를 논의했고, 은행업에 종사하는 사람들과도 오랜 시간 이야기를 나누었다. 그리고 컴팩의 ZIP2 인수가 발표된 직후인 1999년 3월, 온라인 금융 서비스 회사 엑스닷컴(X.com)을 설립했다. 물리학과 수학을 사랑하는 일론은 모든 방정식에서 기본적으로 사용되는 X라는 알파벳을 특별하게 여겼다. 과학과 기술의 발전은 결과물을 산출하기 위해 필요한 X라는 값이 얼마인지를 구하는 데서 시작한다고 믿었기 때문이다. 그렇게 정해졌던 X는 일론의 여섯째 아들의 이름 '엑스 애쉬 에이트웰브'의 일부가 되었고, 최근 인수한 트위터의 사명을 X로 바꾸기도 했다.

일론은 ZIP2의 지분 매각으로 번 수익으로 정확히 3가지 제품을 구입했다. 동생과 함께 살기 위한 50평 아파트, 종종 친구들과 자동차 경주를 하기 위한 맥라렌 스포츠카, 외할아버지 조슈아를 떠올리며 구입한 소형 프로펠러 비행기가 바로 그것이었다. 그리고 그는 남은 1,200만 달러를 모두 엑스닷컴에 쏟아부었다. 이러한 과감한 재투자가 캘리포니아주 세금을 감면받기 위해 그랬을 것이란 주장이 있으나 본인의 큰 재산을 온라인

은행이라는 불확실한 사업에 투자하는 것은 리스크를 즐기는 성향이 강한 실리콘 밸리의 기준으로도 흔하지 않은 일이었다. 닷컴 사업으로 성공한 사업가들은 자신이 번 돈은 다른 곳에 쌓아두고, 새로운 아이디어로 투자자들을 설득해서 다음 사업에 도전하는 것이 일반적이었기 때문이다. 일론 역시 외부 투자를 유치하기 위해 항상 애썼지만, 자신의 전 재산을 함께 베팅하는 것은 다른 사업가들과 일론이 구별되는 엄청난 차이점이었다.

일론은 스코샤 은행 인턴 시절 만났던 해리스 프리커와 크리스토퍼 페인, ZIP2의 엔지니어였던 에드 호를 실리콘 밸리의 팰로 알토에 불러 모았다. 인터넷 은행이라는 기발하면서도 무모한 아이디어에 몸을 싣기로 결정한 네 사람은 엑스닷컴의 공동 설립자가 되었다. 일론은 가장 큰 금액을 투자한 덕에 최대 주주의 자리를 차지했다. 다른 사람들이 보유한 현금이 적었기 때문이 아니었다. 누구보다도 일론이 사업에 대한 확신이 가장 컸기 때문이었다. 그에게는 엑스닷컴이 수십억 달러의 가치를 가지게 될 것이라는 강력한 믿음이 있었다.

일론과 파트너들은 은행 산업이 인터넷 시대에 뒤떨어졌다는 인식을 공유했다. 전 세계가 인터넷으로 연결되고, 지구 반대편의 사람과 실시간으로 대화할 수 있게 된 세상에서 은행 창구에 찾아가 금융 업무를 보는 것은 시대에 적합하지 않다고 생각했다. 하지만 커다란 목표를 이루기 위한 길은 너무 멀게만 느껴졌다. 이들은 스스로 매우 현명하다고 생각했지만, 실제로 은행업에서의 경험은 3명을 합쳐봐야 3년이 되지 않았다. 금융 사업체가 소비자와 어떤 관계를 맺는지, 어떤 시스템으로 운영되는지에 대한 이해도가 터무니없이 부족했다. 이들이 보유한 금융업무 지식은 책에서 읽은 것이 전부였다. 게다가 금융업은 정보의 격차로 인한 사업체의 횡포를 방지하기 위해, 소비자를 보호하는 가장 많은 법적 제한과 규제가 있는 분야였다. 기존 질서를 유지하려는 업계의 반발 역시 무시할 수 없었고, 엑스닷컴과 같은 인터넷 은행이 태어나지 못하게 만드는 수십 개의 연방법과 주 규정이 존재했다. 그렇기에 엑스닷컴의 시작에는 많은 어려움과 난제가 있었다. 일론은 처음에는 그들이 가진 자본과 투자 자금을 이용해 실제 영세 은행을 인수해 온라인 시스템을 구축하려고 시도해보기도 했지만, 적절한 조건을 가진 은행을 찾지 못해 포기할 수밖에 없었다.

모든 것을 처음부터 쌓아 올려야 했다. 그들은 뱅크 오브 아메리카에서 근무하는 회계 담당자를 영입해 대출과 송금, 계좌를 보호하는 복잡한 은행 실무에 대해 몇 주간 배웠다. 일론은 특유의 '24시간 사무실에서 햄버거와 오렌지 먹고 자기'를 실행했다. ZIP2 시절과 다른 점이 있다면, 이번에는 목표를 이루겠다는 의지뿐 아니라 본인이 모르는 것을 알려줄 사람을 고용할 자금이 충분히 있었다. 엑스닷컴 팀의 숫자는 하나둘 늘어갔고 엑스닷컴의 앞길을 가로막았던 문제들은 일론의 강력한 리더십 앞에 하나씩 무너지기 시작했다. 그 엑스닷컴은 은행 영업 허가를 취득했고 더 많은 프로그래머와 금융 엔지니어를 채용했다. 모여들기 시작한 탁월한 금융 전문가들은 매우 효과적으로 일했다. 그들은 뮤츄얼 펀드를 운용하는 허가를 득했고 영국 바클레이즈 은행과 계좌 협력 계약을 맺었다. 그렇게 1년이 지난 1999년 11월, 드디어 엑스닷컴은 대중에게 서비스를 제공하기 시작했다.

최초의 인터넷 은행이라는 타이틀을 얻었지만, 사실 엑스닷컴이 제공하는 서비스는 간단했다. 고객들이 이메일 주소로 로그인하면 인터넷에서 어디든 송금하거나 사고 싶은 제품을 결제하는 것이었다. 기존의 은행처럼 지불 결제에 며칠씩 걸리지 않았고, 수수료도 훨씬 저렴했다. 이제 사람들은 은행에 찾아갈 필요 없이 컴퓨터 앞에 앉아 마우스 클릭 몇 번만으로 상품을 구매할 수 있었다. 하지만 탁월한 서비스만으로는 부족하다고 여긴 일론은 엑스닷컴의 고객을 초기부터 폭발적으로 늘리기 위해 과거에 시도하지 않았던 매우 강력한 마케팅 전략을 도입했다. 엑스닷컴의 서비스를 사용하는 고객에게는 20달러의 현금 카드를 주고, 다른 고객을 소개할 때마다 10달러짜리 현금 카드를 주는, 시대를 앞서갔던 바이럴 마케팅이었다.

전례 없는 홍보 방식에 시장의 반응은 가히 폭발적이었다. 인터넷의 신속성과 편리한 금융 서비스를 융합한 엑스닷컴은 혁신 그 자체로 평가하기에 충분했다. 엑스닷컴의 가입자는 서비스 개시 두 달 만에 20만 명을 넘어섰고, 수십 개의 미디어에서 앞다투어 뉴스 기사를 내보냈다. ZIP2의 창업자 일론 머스크가 '인터넷 지도'에 이어 '인터넷 은행'이라는 아이디어를 성공시켰다는 사실이 미국 전역에 순식간에 퍼졌다.

하지만 ZIP2에서도 금세 경쟁자가 나타났듯이, 엑스닷컴의 서비스를 모방하는 경쟁자들이 하나씩 모습을 드러냈다. 가장 큰 경쟁 회사는 유럽 최고의 투자 은행 '크레딧 스위스' 출신의 변호사 피터 틸이 만든 콘피티니라는 기업이었다. 피터는 원래 엑스닷컴과 같은 사무실에서 전혀 다른 결제 시스템을 개발하고 있었는데, 이메일 기반 결제 서비스의 잠재적 가능성이 가장 크다는 것을 깨닫고는 사무실을 옮긴 뒤 경쟁 서비스를 출시한 것이었다.

실리콘 밸리의 두 인터넷 금융 회사의 피 터지는 제로섬 경쟁이 시작되었다. '누가 더 빠르게, 더 많은 고객을 확보하는가'의 시합이었다. 경쟁에서 이기기 위한 일론의 전략은 정공법이었다. 그에게 정공법이란 '상대방보다 더 많이 일한다'는 뜻이었다. 그리고 그는 결코 패배할 생각이 없었다. 패배는 죽음과도 같다는 생각으로 시간은 물론 가지고 있는 모든 것을 쏟아부었다.

수개월이 지나자, 두 회사가 고객 확보를 위한 광고비로 쓴 돈이 수천만 달러를 넘어서게 되었다. 이런 치킨 게임을 계속하다가는 함께 망하고 말 것이라는 의견이 여기저기서 나오기 시작했다. 결국 일론과 피터는 중간에서 만났다. 현금이 바닥난 콘피니티를 엑스닷컴이 인수하기로 합의가 이루어졌다. 2000년 3월, 두 회사의 합병이 이루어지자 거대 온라인 금융의 탄생을 직감한 도이체방크와 골드만삭스 등 투자 은행들이 1억 달러의 투자 의사를 전달했다. 이들의 고객의 수는 100만 명을 넘어섰기 때문이었다. 회사명은 콘피니티에서 제공하는 가장 인기 높은 상품의 명칭이었던 페이팔로 결정되었다. 새로운 시작을 맞으며, 일론은 이제 회사의 미래가 장밋빛으로 가득할 거라고 생각했다.

하지만 신생 기업 페이팔의 성공은 결코 순탄하지 않았다. 사내에는 리눅스 위주의 오픈소스와 마이크로소프트 개발 방식을 두고 갈등이 일어났다. 외부인의 눈에 그게 정말 중요한 일인가 싶었지만, 분쟁은 엔지니어들에게는 마치 종교와도 같은 철학적 의미를 내포했다. 결국 이로 인해 합병 2달 후 피터 틸이 사임하고, 일론은 분열된 회사를 혼자 운영하게 되었다. 직원이 한마음이 아닌 회사의 성과는 점점 떨어져 갔다. 대규모 투자에도 불구하고 비용은 순식간에 눈더미처럼 커졌고, 적자가 쌓이기 시작했다. 폭발적으로 증가하는 고객의 수요를 시스템은 따라가지 못했고 웹사이트는 일주일에 한 번꼴로 시스템 에러를 보이며 무너졌다. 일론은 회사에 자신의 100%를 던지고 있었지만, 이제 힘에 부치다는 생각이 드는 순간이 점점 늘어났다. 외부에서는 페이팔을 사칭하는 사기 행각이 기승을 부리고, 은행과 신용카드 회사에 내는 수수료는 계속해서 늘어났다. 하나의 위기는 다른 위기로 이어졌고, 회사의 미래는 점점 불안해졌으며 일론의 리더십에 대한 의심과 직원들의 불만 역시 늘어만 갔다.

2000년 9월, 조용히 끓어오르던 냄비가 순식간에 터져버렸다. 쿠데타가 일어난 것이다. 퀸스 대학 시절 만났던 여자친구 저스틴 윌슨과 결혼했던 일론은 신혼여행과 해외 투자 유치를 겸한 시드니행 비행기에 몸을 실은 상황이었다. 두 사람이 탑승한 비행기가 이륙한 직후, 엑스닷컴에서 소집된 긴급 이사회에서 일론에 대한 불신임 서류가 제출되었다. 일론의 부재를 노리고 있었던 이사회는 회사 외부에 있던 피터 틸을 다시 데려와 CEO 자리에 앉혔다. 그들은 피터가 일론보다 훨씬 심리적으로 안정적이고, 거대 기업을 이끄는 일에 적합하다고 판단했다.

시드니에 도착해서 소식을 들은 일론은 당황했으나 곧 침착을 되찾았다. 그는 꼭 자신이 CEO여야 할 필요는 없다고 생각했다. 페이팔에서 자신이 만들어야 하는 프로그램과 서비스를 구현할 수 있다면 외부에 보여지는 타이틀은 그에게 중요하지 않았다. 캘리포니아로 돌아와 피터와 대화한 그는 상황이 그렇게 나쁜 것만은 아니라고 생각했다. 과거 ZIP2에서의 경험과는 달리, 피터에게는 자신과 비슷한 높은 수준의 비전과 실행력이 있었기 때문이었다. 엑스닷컴 초창기 직원들은 비겁한 쿠데타에 거칠게 항의하기도 했지만, 일론은 그들을 좋게 타일렀고 덕분에 피터는 금방 조직을 안정시키고, 페이팔의 브랜드 이미지 쇄신에 들어갈 수 있었다.

2002년이 되자 실리콘 밸리에 강하게 불었던 닷컴 열풍은 빠르게 그 막을 내리기 시작했고, 투자자들은 서둘러서 투자한 돈을 회수하고자 했다. 그러던 와중, 당시 미국 최고의 인터넷 경매 회사였던 이베이가 15억 달러라는 거금으로 페이팔의 인수를 제안했다. 이베이는 페이팔의 가장 큰 고객 중 하나로, 많은 사람이 이베이에서 페이팔을 이용해 결제하자, 장기적인 비용을 절감하기 위해 아예 인수해 버리기로 결정한 것이었다. 매각에 대한 결정을 논의하는 이사회가 열렸지만, 결정은 신속하게 이루어졌다. 성공적인 엑싯(스타트업에 투자한 투자자들이 투자금을 회수하고, 이익을 얻는 것)이었다. 일론이 가지고 있던 지분은 2억 5천만 달러에 달했다. 이는 그가 엑스닷컴을 창업한 뒤, 매일 17시간 일하며 같은 시간을 살아온 그 어떤 사람보다 더 많은 고통을 견디고 희생했기에 이룬 성취였다. 그의 성공을 간단하게 숫자로 본다면, 1995년 아버지에게 받은 3만 달러를 1999년

2천만 달러, 2002년 2억 달러로 만들어 낸 것이었다. 당신의 돈 3천만 원이 7년 뒤 2천억 원이 되었다고 생각하면 이해가 쉽다.

일론의 엄청난 경제적 성공 뒤에는 다시 한번 쓰라린 상처가 남기도 했다. 과거 ZIP2 때처럼 일론은 또다시 CEO 자리를 빼앗기는 경험을 겪었다. 일론을 쫓아낸 사람들의 말에 의하면 그는 '모든 문제를 매우 감정적으로 받아들여 싸우자고 달려들었고', '똑똑한 티를 내면서 대립을 일삼아 균열을 만들었으며', '자사 기술을 지나치게 부풀려 강매하는 장사꾼'처럼 굴었다. 그럼에도 불구하고 페이팔은 닷컴 열풍의 역사 속에서 사그라진 수많은 거품과 몰락에서 살아남았고, 실리콘 밸리 역사상 가장 성공한 사례 중 하나로 꼽히게 되었다. 페이팔의 창업자들은 매각 이후 유튜브, 링크드인, 팔란티어, 옐프, 야머 등을 만들어 실리콘 밸리를 쥐어 잡는 인물들로 성장했기 때문이다. 일론과 피터의 인재를 알아보는 안목은 매우 성공적이었던 셈이다.

스페이스X : 일론 머스크의 진정한 꿈

• 일론 머스크의 오직 하나의 꿈 •

1969년 우리는 사람을 달에 보낼 수 있었습니다.
그리고 우주 왕복선이 있었죠. 그러다가 우주 왕복선이 은퇴했고,
미국은 더 이상 지구 궤도로 사람을 보내지 않았습니다.
그것은 하나의 경향이었습니다. 원점으로 돌아와 버린 거죠.
기술이 자동적으로 발전한다고 생각하는 것은 커다란 오류입니다.
기술은 오로지 사람들이 열심히 노력해서 더 좋게 만들어야 발전합니다.
가만히 두면 그저 퇴보할 뿐입니다.

2002년 30살 일론의 통장에는 세금을 제한 1억 8천만 달러, 한화로 2천억 원이 넘는 막대한 돈이 들어왔다. 이제 그는 이 무한한 가능성으로 어떤 새로운 도전에 매진할지 고민하기 시작했다. 가야 할 곳은 우주였다. 어릴 적 게임에서 외계인을 물리쳤던 우주, 오랫동안 꿈꿔온 파란 하늘 너머의 우주였다.

오랜만에 대학 친구들과 모인 자리에서, 그는 서점에서 구입한 로켓 제조 매뉴얼을 읽으며 우주 여행에 대해 이야기를 꺼내기 시작했다. 일론만의 논리로 따지면 이번에는 태양열 에너지 사업에 도전하는 것이 순서였다. 하지만 아무리 생각해도 당장 태양 에너지 사업으로 돈을 벌 수 있는 '기술적 방법'이 떠오르지 않았다. 게다가 무엇보다도 우주 항공 사업은 어릴 적부터

꾸어온 그의 가장 큰 꿈이었다. 일론은 여러 분야에서 가지고 있는 비전 중, 오직 하나의 분야를 골라야 한다면 우주 산업을 선택하고 싶었다. 그리고 지금 그에게는 새로운 우주 산업체를 개발하기에 턱없이 부족하다고 느껴지지 않는, 상당한 크기의 자금이 있었다.

일론은 먼저 미국 우주군과 공군, 항공우주국(이하 NASA), 보잉(세계 최대 항공기 제조사)과 같은 우주 항공 산업이 모여있는 로스앤젤레스로 거주지를 옮겼다. 어떤 일을 하려면 그 일을 최고로 잘하는 사람들과 함께 시작해야 한다는 것이 그의 원칙이자 철학이었기 때문이었다. 샌프란시스코에 있는 실리콘 밸리에 남아서는 우주에 진출할 수 없었다. 그의 최대 관심사는 태양계에서 가장 지구와 비슷한 환경을 가진 '화성'이었다. 인류가 먼 미래에 다행성종(지구뿐 아니라 여러 행성에서 거주하는 종)이 되지 않고, 지구라는 하나의 행성으로 서식이 국한된다면, 언젠가는 필연적인 멸종 사건이 발생할 것이라고 믿었기 때문이었다. 물론 수십억 년 뒤의 그가 생각하는 인류의 미래는 결국 2가지 방향이었다. 멸종하거나, 살아남거나. 살아남기 위해서는 가장 테라포밍(지구가 아닌 다른 행성 및 위성, 기타 천체의 환경을 지구의 대기 및 온도, 생태계와 비슷하게 바꾸어 인간이 살 수 있도록 만드는 작업) 가능성이 높은 행성인 화성으로 가야만 했다.

우주 항공의 메카인 로스앤젤레스에서 일론은 우주 진출에 대한 꿈을 함께 펼쳐나갈 사람들을 모으기 시작했다. 그는 먼저 화성 탐사와 정착을 목표로 연구 활동을 펼치던 마스 소사이어티라는 조직에 가입했다. 이들은 화성 탐사에 큰 관심을 가진 과학자와 엔지니어들이 모인 미국의 연구 단체였다. 일론은 거대한 호텔 컨벤션에 우주 산업 분야의 최고의 인재들을 불러 모아 2,000만 달러를 지원할 테니 화성 이주에 대한 실현 가능한 계획을 세워달라고 요청했다.

전문가들은 우주 진출에 지대한 관심을 갖고 자금을 대줄 부자가 나타났다는 사실에 매우 기뻐했다. 이들이 처음에 논의했던 내용은 마스 오아시스라는 일종의 공익 프로젝트였다. 마스 오아시스(화성의 오아시스)라는 이름처럼, 이 프로젝트는 작은 식물을 채워 넣은 온실을 로켓에 실어 화성으로 보낸 다음, 식물이 성장하는 모습을 세상에 보여주어 대중이 화성에 관심을 갖게 만들자는 계획이었다. 이들은 화성의 빨간 토양과 우주를 배경으로 지구의 녹색 생명이 자라나는 모습을 보면 더 많은 사람이 화성 진출의 가능성을 깨달을 것이고, 더 큰 계획으로 이어질 거라고 생각했다. 일론 역시 이 아이디어에 관심을 보였다. 그는 혹시 화성에서 식물들이 자라지 못하고 죽어버리면 어떡하냐는 질문을 듣는 둥 마는 둥 하더니 그 자리에서 전문가들을 자신의 컨설턴트로 임명하고 로켓에 들어갈 식물 온실에 대한 설계를 요청했다.

하지만 이 프로젝트의 가장 큰 문제점은 '공익'이라는 점이었다. 일론은 일을 진행하면서도 마스 오아시스에 들어가는 돈은 100% 손실이라는 것을 알고 있었다. 화성에 보내는 로켓에 기업 광고나 스폰서를 받는다면 작은 수익을 기대할 수 있겠지만, 본질적으로 지속 가능하게 가져갈 수 있는 사업 모델이 가늠되지 않았기 때문이었다. 그래도 현재로서는 이것만이 그가 평생을 꿈꿔오던 '화성 탐사'라는 꿈에 가까이 갈 유일한 방안으로 보였다. 어떤 방향으로든, 화성으로 쏘아 올릴 로켓 기술 개발을 시작하는 것이 우선적 과제였기 때문이다. 그렇게 마스 소사이어티와 함께 하기로 한 일론은 소련 해체 이후 러시아의 군축으로 폐기를 기다리고 있는 ICBM(대륙간 탄도 미사일)을 구입해서 발사용 로켓으로 사용하기로 했다. 결정은 신속하게 이루어졌다. 계획을 세우고, 실행에 옮기기까지 시간을 언제나 극단적으로 축소하는 일론이었기 때문이다. 이와 같이 일론의 세 번째 사업적 도전이 다시 한번 시작되었다.

2001년 10월, 일론은 펜실베이니아 대학교의 절친한 친구 아데오 레시, 러시아와의 협상 경력이 있는 로비스트(특정한 집단이나 국가 및 지역의 이익을 위해 정치적 공작을 하는 전문가) 짐 캔트렐, 응용물리학 및 항공공학 전문가 마이클 그리핀과 함께 모스크바로 향하는 비행기에 올랐다. 일론의 친구들은 돌아가며 그에게 전화를 걸어 로켓을 사느라 돈을 낭비하지 말라고 말했다.

모두가 이 일을 '정신 나간 짓'이라고 말했다. 국가 기관이 아닌 개인이 러시아의 ICBM 로켓을 구입하겠다고 미팅을 요청한 것도 전례가 없던 일이었다.

당연하게도 로켓을 가지고 있는 러시아인 역시 회의적이고, 부정적인 태도를 보였다. 그들은 일론 일행 앞에서 보드카를 마시고 담배를 피우며 미리 전달된 제안서 따위는 받아본 적 없다는 듯한 태도로 "당신들이 사고 싶은 물건이 무엇인가요?"라고 물었다. 일론은 러시아 특유의 접대 문화가 익숙하지 않았다. 러시아인들은 계속해서 보드카를 마셨고 일론은 마지못해 건배했다. "우주를 위해", "러시아를 위해", "미국을 위해" 분위기가 무르익자 그는 ICBM 로켓 한 대가 얼마인지를 조심스레 물었다. 술에 취한 러시아인이 한 대에 8백만 달러라고 대답했다. 일론이 예상하고 제안했던 가격보다 50% 이상 높은 숫자였다. 그는 조심스레 8백만 달러에 2대를 사고 싶다고 말했다. 러시아인은 마치 잘못 들은 것 마냥 고개를 절레절레 저으며 말했다. "그 가격에는 팔 수 없소. 혹시 로켓을 살 돈이 없는 것 아니오?" 이 시점에 이르자 일론은 이들이 진지하게 거래할 생각이 없다는 결론을 내릴 수밖에 없었다.

일론 일행은 청사 밖으로 나와 택시를 잡아타고 공항으로 향했다. 네 남자는 택시에서 아무도 입을 열지 않았다. 어두운 분위기는 비행기에 탑승할 때까지 계속되었다. 일론은 비행기 맨

앞줄에 앉아 컴퓨터를 두드리기 시작했다. 다들 그가 무얼 하는지 의아해했지만 각자 볼일을 볼 뿐이었다. 짐과 마이클은 아무런 외교적 문제가 생기지 않고 러시아를 성공적으로 탈출한 것이 다행이라고 생각했고 오히려 잘된 일이라고 생각하자며 술을 마시기 시작했다. 그렇게 몇 시간 뒤, 다들 잠이 들 무렵, 일론이 고개를 들고 소리를 질렀다.

"친구들! 우리가 로켓을 만들 수 있습니다."

일론의 노트북에는 로켓을 만들고 조립하고 발사하는 데 필요한 재료와 비용이 상세히 적혀 있었다. 러시아인들과 거래가 불가하다는 걸 깨달은 순간부터, 그의 머릿속에는 '그럼 어떻게 계획을 추진해야 하지?'로 가득 차 있던 것이다. 그의 계산에 따르면 ICBM과 같은 비싼 로켓을 사용하지 않더라도, 소형 위성이나 연구 물자를 우주로 운반할 수 있는 적당한 크기의 로켓을 만들면 훨씬 싼 가격에 목표를 달성할 수 있었다. 러시아인들과의 만남은 오히려 그에게 우주 산업에 뛰어들기 위해서는 '최대한 경제적인 로켓 개발이 필요하다'라는 아이디어를 심어주었다.

화성에 콩나무를 쏘아 보내는 유치한 아이디어는 잊기로 했다. 아무도 한 달 뒤면 언제 그랬냐는 듯 시들어 버릴 식물이 화성에 가는 것을 신경 쓰지 않을 것이 분명했다. 화성에는 살아있는 인간을 보내야 했다. 화성의 메마른 땅 위에 우뚝 서 있는 한 인간을 상상하게 만드는 것만이 대중의 관심을 얻을 유일한 방법이었다. 1960년대 NASA에서 유인 달 착륙 프로젝트를 성공적으로 완수했던 방식을 그대로 답습해야만 했다.

하지만 일론은 미국 연방 정부처럼 막대한 자금과 지원을 보유하고 있지 않았다. 그러기 위해서는 전반적인 우주 탐사 비용을 낮춰야 했다. 현존하는 로켓을 구입하는 방법은 천문학적인 비용이 발생한다는 걸 러시아에서의 경험이 말해주었다. 그리고 미국 정부가 우주 산업에 집중하지 않으면서, 그 비용을 낮추기 위한 기술을 개발하는 주체는 지구상에 존재하지 않았다. NASA는 기존의 발사체를 이용해 항상 해오던 방식으로 일할 뿐이었다. 일론이 우주 사업이라는 꿈을 이루기 위해 가장 먼저 해야 할 일은 '세상에서 가장 경제적인 로켓의 개발'이라는 걸 깨달았다.

일론 머스크의 꿈, 스페이스X는 그렇게 탄생했다. 이번 회사명은 단순히 우주를 뜻하는 스페이스에 그가 가장 좋아하는 알파벳 X를 붙인 것이었다. 2002년 6월, 그는 로스앤젤레스 엘 세군도에 있는 2천 평의 오래된 창고를 구입했고, 세상에서 가장 경제적인 우주선과 로켓을 만드는 것을 구체적인 목표로 삼았다. '전 우주의 최저가 항공 업체'라는 흥미진진한 사명을 세운 스페이스X 첫날에 출근한 직원은 정확히 10명이었다. 로스앤젤레스에 거주하는 우주 항공 엔지니어인 이들에게는, 실리콘 밸리의 개발자들과는 또 다른 방향의 열정과 사명감이 있었다. NASA의 우주 탐사를 동경하며 일생의 업을 엔지니어링에 쏟은 이 사람들은, 누구보다도 우주를 사랑하는 '진정한 맹신자들'이었다. 일론은 이들에게 자신이 가진 자금으로 2년간의 일자리를 보장할 수 있다고 솔직하게 말했다.

스페이스X는 자체적으로 로켓 엔진을 만들고, 다른 업체들로부터 우주선의 부품을 조달받을 계획을 세우기 시작했다. 일론은 실리콘 밸리에서 배운 창업 경험을 이용해서 스페이스X의 체구를 가볍게 만들었다. 우주 산업의 가장 큰 고질적인 문제는 '낭비'에 있었다. 1960년대 미국 정부의 무제한적인 지원을 받으며 작은 나사에서부터 엔진까지 모든 부품에 대한 '비용의 과다 청구'가 관습으로 자리 잡았기 때문이었다. 그렇기에 스페이스X는 정부 기관이 아닌 민간 기업으로서 자원의 낭비와 비용 발생을 최소화하는 것을 목표로 삼았다. 아폴로 계획(1961년부터 1972년까지 NASA의 주도로 이루어진 미국의 유인 달 탐사 계획) 이후 30년 동안 멈춰버린 우주 산업에 파동이 일기 시작했고, 항공 엔지니어들의 가슴이 두근거렸다. 미국의 우주 항공 산업에 새로운 피가 순환하기 시작한 순간이었다.

팰컨 1호. 스페이스X가 선택한 최초의 로켓 명칭이었다. 전 세계에서 가장 잘 알려진 스페이스 오페라(우주에서 펼쳐지는 모험과 전쟁을 주요 소재로 삼은 SF 소설의 하위 장르) 〈스타워즈〉에 등장하는 '은하계에서 가장 빠른 우주선 밀레니엄 팰컨'에서 따온 것이었다. 비디오 게임과 공상과학 소설, 만화의 열렬한 팬인 일론과 그의 동료들다운 선택이었다.

그는 자신이 보유한 1억 8천만 달러 중 1억 달러 이상을 아무 망설임 없이 스페이스X에 투자했다. 닷컴 열풍으로 수많은 억만장자가 생겨났지만, 1억 달러가 넘는 현금을 아무도 관심을 기울이지 않는 '우주 산업'에 투자하는 인물은 없었다. 막대한 규모의 투자가 이루어진 만큼 ZIP2와 페이팔 때와 달리 누구도 스페이스X의 지배권을 놓고 일론과 맞설 수 없었다. 그리고 어마어마한 자본력으로, 스페이스X는 항공 우주 산업에서의 최고의 인재들을 영입할 수 있었다. 보잉에서 델타 로켓과 타이탄 로켓을 생산했던 크리스 톰슨, 세계 최고의 로켓 실험 전문가로 평가받는 팀 버자, NASA 제트 추진 연구소의 선임 기술자 스티브 존슨, 항공 우주 엔지니어 한스 쾨히스만, 위기 운영 관리 능력이 뛰어난 그웬 숏웰 등이 그들이었다. 항공 우주 산업의 '어벤저스'라고 불러도 모자람이 없는 뛰어난 인재들이었다.

10명으로 시작했던 스페이스X는 매주 신입사원이 한두 명씩 들어오기 시작했다. 일론은 모든 신입사원의 면접을 직접 진행했다. 새로운 직원은 채용이 결정되면 직접 사용할 컴퓨터와 사무용품을 골라왔고, 하루 12시간 일하고 집에서 잠을 잔 뒤에 다시 돌아와 일을 했다. 당연하게도 일론은 집에 가지 않고 사무실에서 살다시피 했기에, 스페이스X의 직원들은 아무도 과도한 업무 시간에 대한 불평을 할 수 없었다.

아무것도 없었던 거대한 창고는 점차 그럴듯한 로켓 연구소로 바뀌어 갔다. 스페이스X는 로켓 발사에 가장 기본적으로 필요한 압축 가스를 만들어 내는 가스발생기에서 시작해, 로켓 기술의 핵심이나 다름없는 멀린, 케스트렐 엔진 제작에 착수했다. 멀린 엔진은 1단 로켓에 들어가는 엔진으로 팰컨 1호을 지상에서 대기권에서 들어 올리는 역할을 수행했고, 케스트렐 엔진은 멀린보다 크기가 작은 엔진으로 분리 후 2단 로켓이 우주로 나아갈 수 있는 추진력을 만들었다.

일론은 직접 개발에 참여하진 않았지만, 엔지니어들을 도우며 종종 시험 과정에 참여했다. 로켓 엔진의 열기를 식히기 위해 사용하는 냉각기를 시험할 때 재밌는 일이 있었다. 그들은 개당 7만 5천 달러짜리 냉각기를 사서 압력을 어디까지 견디는지 성능을 측정해야 했다. 첫 시험을 진행하며 냉각기 하나가 금이 가버렸고, 곧이어 2번째 냉각기는 순식간에 굉음을 내며 깨져 버렸다. 일론이 계속해서 추가적 실험을 요청하자 엔지니어들은 비싼 냉각기를 또 망가뜨릴까 봐 망설였지만, 그의 뜻은 단호했다. 역시나 3번째 냉각기도 실험 후 10초 만에 균열이 생기자, 일론은 재킷을 벗어 던지고 밤새 시험을 반복하더니 결국에는 해당 냉각기를 쓸 수 없음을 인정했다. 자신의 물리학적 지식의 한계를 항상 끝까지 실험해야만 하는 것이 그가 일하는 방식이었다.

공통된 하나의 목표를 향해 달려가는 경험은 이처럼 매우 괴로운 만큼이나 생산적이었다. 그들은 대부분 일주일에 하루 집에 가거나 하루 12시간을 일했다. 하지만 놀랍게도 혹독한 근무 환경에도 불구하고 직원들의 사기는 굉장히 높았다. 그들은 동료들과 스스로를 하나처럼 생각했고, 함께 똘똘 뭉쳐 세상의 법칙과 맞서 싸우는 가족과 같다고 믿었다. 젊고 똑똑한 엔지니어들은 누가 요청하지 않아도 모험 정신을 발휘해서 한 번도 배워 본 적이 없는 소프트웨어 정비 등의 업무까지 해내곤 했다. 목표를 이루기 위해서 의무와 책임을 미루지 않았고, 오로지 해결책에만 집중했다. 일론과 스페이스X 리더십이 직원들에게 부여한 신뢰가 만든 놀라운 저력이었다.

하지만 일론은 불안했다. 3개월이 지나고, 6개월이 지나며 스페이스X의 계획이 점차 진행될수록 그의 자산은 순식간에 사라져갔다. 회사에서 발생하는 모든 비용은 그의 예상치를 넘어섰고, 주어진 시간 내에 성공이 가능한 것인지 불안과 의심이 들기 시작했다. 그는 스페이스X의 사람들에게 솔직하게 말할 수밖에 없었다. 자신이 가진 돈으로 아마 로켓을 3번 정도 발사할 수 있을 것이고, 실패하면 이 모든 것이 끝나버릴 것이라고.

아침에 일어났을 때 살고 싶은 이유가 있을 것입니다.
왜 살고 싶습니까? 무엇이 당신에게 중요합니까?
단순히 당면한 문제만 해결할 게 아니라
삶의 이유를 찾아야 합니다.
아침에 눈을 뜨면 펼쳐질 삶과 미래를
기대하게 만들어야 합니다.
화성은 내게 그런 의미입니다.

- 일론 머스크

PART 2

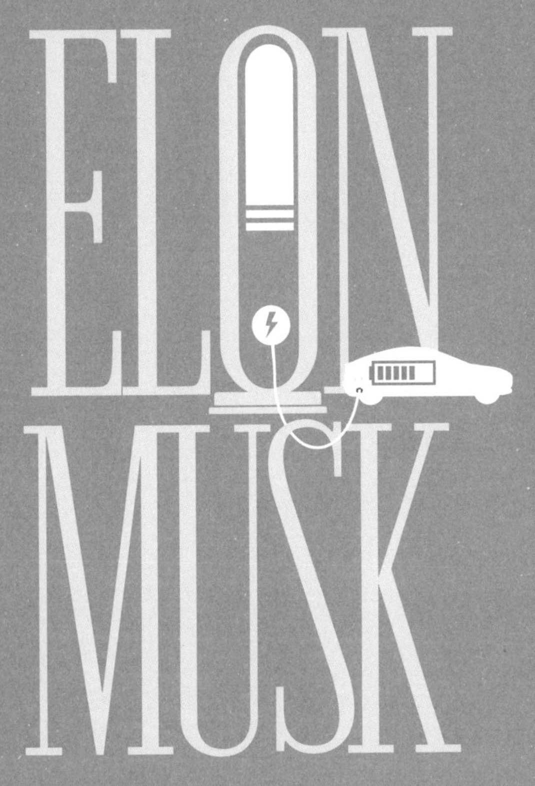

SECRETS TO SUCCESS

일론 머스크의 목숨을 건 도전

태평양 야자수 숲에서의 모험

• 일론 머스크의 목숨을 건 도전 •

만약 어떤 일을 이루는 것이 당신에게 충분히 중요하다면
승산이 없더라도 시도해봐야 합니다.

무언가의 집중하면, 상대적으로 시간은 빠르게 지나가는 법이다. 일론은 스페이스X를 설립하고 지난 3년이 삶의 그 어느 때보다 쏜살같이 지나갔다고 느꼈다. 2004년 가을에 접어들자, 스페이스X의 멀린 엔진은 드디어 균일한 힘으로 지속적으로 점화하는 조건을 충족할 수 있었다. 인류가 달에 쏘아 보낸 새턴 로켓의 H-1 엔진 이후, 멀린 엔진은 지금까지 만들어진 로켓 엔진 중 가장 효율성이 높아 보였다. 스페이스X의 뛰어난 엔지니어들이 일론의 꿈을 현실화하기 시작한 것이었다. 하루라도 빨리 결과를 만들어 외부의 투자를 받거나 매출을 만들어야 했던 일론은 팰컨 1호의 발사를 위해 매우 촉박한 일정을 세웠고, 스페이스X 팀은 그의 터무니 없는 일정을 최대한 맞추기 위

해 한 명도 빠짐없이 하루 15시간씩 일해야 했다. 완성된 로켓을 외부에서 구입하는 것이 아닌, 무에서 유를 창조하는 일에는 피라미드를 쌓는 일과 같이 수많은 사람의 피와 땀과 고통이 요구되었다. 2번의 사업을 통해 리더십을 기른 일론은, 매일 공장에서 엔지니어들을 격려하고, 모두의 꿈을 위해 끝까지 포기하지 말자고 외쳤다.

발사는 차곡차곡 준비되었고, 마침내 모두가 고대하던 팰컨 1호의 발사 계획이 착수되었다. 발사 장소로는 산타 바바라에 위치한 반덴버그 공군기지(미국 우주군이 창설되며 우주군 기지로 개칭)가 가장 적합해 보였다. 로스앤젤레스와 150km 떨어져 있어 접근이 용이했고, 과거 군사용 정찰위성을 발사했던 기지였기에 여전히 사용 가능한 로켓 발사대가 있었다. 하지만 현실은 생각처럼 호락호락하지 않았다. 스페이스X라는 회사를 처음 들어보는 미공군은 냉랭했다. 기지를 관리하는 대령은 스페이스X의 담당자를 만나주지 않았고, 발사 허가 요청에는 묵묵부답이었다. 일론은 과거 반덴버그에서 로켓을 발사했던 보잉과 록히드(미국 최대 규모의 방위산업체 기업)에 도움을 요청했으나, 경쟁사인 그들 역시 "스페이스X는 뭐 하는 곳이야?"라고 말하며 매몰차게 거절했다. 마침내 공군으로부터 답변이 왔지만 복잡한 법적 절차 안내와 함께 실제로 로켓 발사대에 팰컨 1호를 세우기까지는 몇 달을 기다려야 한다는 이야기가 돌아왔다.

스페이스X는 팰컨 1호를 쏘아 올릴 수 있는 다른 장소가 필요했다. 장소의 조건은 2가지였다. 첫째, 지구를 북반구와 남반구로 나누는 가상의 선인 적도에서 가까울수록 좋았다. 지구는 자전하기 때문에 로켓을 쏘아 올릴 때 지구 회전에 의한 속도를 이용하면 추진력을 얻고 연료를 아낄 수 있기 때문이었다. 그렇기에 세계의 국가들은 자기 영토의 가장 남부 지역에 우주 발사 기지를 짓고는 했다.

둘째, 건설 비용을 아끼기 위해 기존에 로켓 발사대가 있는 장소여야 했다. 일론과 스페이스X 팀은 태평양의 마셜 제도에 있는 콰절린 섬이라는 곳을 찾을 수 있었다. 콰절린 섬은 하와이에서 남서쪽으로 3,900km 떨어진 곳에 위치한 섬으로 2차 세계 대전 당시 미군이 원자폭탄 실험을 진행했던 곳이었다. 이곳은 적도에서 매우 가까웠고, 2000년 10월 오비탈 사이언스 코퍼레이션(1982년 설립된 미국의 우주 항공 기업)에서 페가수스라는 로켓을 발사한 적이 있어 로켓 발사대를 새로 지을 필요가 없었다. 스페이스X의 최고운영책임자가 된 그웬 숏웰은 콰절린 섬에 주둔한 미군 대령에게 이메일을 보냈고, 3주 뒤 발사대를 빌려주겠다는 허가를 받을 수 있었다.

아름다운 태평양의 무지갯빛 산호초 섬, 콰절린에서 스페이스X의 모험이 시작되었다. 2005년 6월, 엔지니어들은 길이 1km에 달하는 거대한 화물선 컨테이너에 그들이 가진 모든 팰컨 1호 부품을 싣고 섬에 도착했다.

섬에서의 모험은 모두에게 매우 신선한 경험이었다. 그들은 야자나무와 초목으로 뒤덮인 섬에 나무를 자르고 콘크리트를 부어 발사 시험장을 만들었다. 트레일러를 연결해 사무실을 만들고 매트리스와 냉장고, 그릴을 가져와 잠을 자고 바비큐를 해 먹었다. 로켓을 운반하기 위해서 옛 이집트인이 거대한 돌을 옮길 때처럼 통나무 위에 로켓을 올린 뒤, 나무를 굴려 가며 발사대로 옮겼다. 엔지니어들은 해가 뜨는 아침 7시부터 해가 지는 저녁 7시까지 한숨도 쉬지 않고 로켓 발사를 준비했다. 낮에는 피부를 태워버릴 것 같은 뜨거운 태양과 싸우고 밤에는 끊임없이 그들을 공격하는 모기, 파리와 전쟁을 벌여야 했다. 일론은 로스앤젤레스 본사에서 섬으로 보낼 로켓 부품을 점검하고, 섬에 있는 엔지니어들을 위해 전용 비행기를 제공했다. 그들이 해야 할 일은 끊이지 않았다. 로켓 엔진을 점검하고, 항공 전자 기기와 소프트웨어의 문제를 해결했다. 로켓을 수직 상태로 놓고 정비하다가 소금기가 많은 바람에 볼트가 부식되는 문제 때문에 다시 수평으로 눕혀서 나무로 만든 격납고에 넣어야 했다.

긍정적인 점은 로스앤젤레스에서 각각의 부서로 나뉘어 따로 작업했던 팀들이 모두 한 장소에서 일하게 되었다는 사실이었다. 모든 직원이 서로 어떤 일을 하는지 알고 있었고, 자연스럽게 협동적인 분위기가 조성되었다. 로켓을 만드는 엔지니어들과 소프트웨어를 만드는 개발자들이 서로 마찰 없이 신속하게 문제를 해결했고 더욱 많은 지식을 공유하고 팀워크를 굳혔다.

콰절린 섬에서의 모험은 스페이스X 직원들이 완벽하게 하나로 뭉치게 만들었다. 그들은 '인간은 어려운 환경에서 더욱더 강해지며, 극심한 환경에서는 서로 강하게 결합한다'는 교훈을 배울 수 있었다. 스페이스X가 오늘날 미국 최고의 우주 항공 산업체가 되고, 우주 항공 산업의 새로운 역사를 쓰게 된 데에는 콰절린 섬에서의 고난과 성장이 그 뿌리에 있었던 것이다.

오지에서 피어난 스페이스X의 도전은 위험하면서도 때로는 낭만적이었지만 궤도 로켓 발사는 결코 호락호락한 목표가 아니었다. 우주 산업이 인간의 가슴을 뜨겁게 만드는 만큼, 지구의 중력을 이겨 내는 도전에는 수없이 많은 실패가 있었기 때문이다. 미국에서만 아폴로 계획, 제미니 계획(1960년대 중반 NASA에 의해 이루어진 미국의 유인 우주 진출 계획) 등을 진행하며 발사한 400대의 로켓 중 100대가 추락해 실패했고, 5번의 사고에서 19명의 우주 비행사가 목숨을 잃었다. 미국 연방 정부의 막대한 예산을 지원받은 NASA도 이와 같은 시행착오를 겪었는데, 일론 머스크라는 한 '개인의 재산'으로 운영되는 스페이스X의 성공 가능성을 높게 보는 사람은 많지 았다. 스페이스X가 태평양의 조그마한 섬으로 무대를 옮겼다는 이야기를 접한 언론과 대중의 눈길은 매우 부정적이었다. 아무도 억만장자의 벤처 회사가 만든 로켓이 성공할 거라고 생각하지 않았다. 일론의 주위 사람들은 물론 동생 킴벌을 포함한 가족까지도 "이건 미친 짓이야 일론. 이제 그만 포기하고 안전한 금융 자산에 투자하자"라고 말했다. 일론이 할 수 있는 일은 자신의 꿈을 믿고, 지금 가고 있는 이 방향이 옳다고 믿는 것뿐이었다.

실패, 실패 또 실패

• 일론 머스크의 목숨을 건 도전 •

인내는 미덕이고 나는 인내를 배우고 있습니다.
하지만 이것은 실제로는 매우 힘든 교훈입니다.

2005년 11월, 팰컨 1호 발사를 위한 준비가 끝났다. 콰절린 섬에 도착하고 6개월이 지난 뒤였다. 발사 일정은 새벽 3시부터 시작되었다. 밤을 새우다시피 한 100여 명의 엔지니어들이 바쁘게 움직였다. 제대로 씻지 못해 초췌했고, 일부는 마치 원주민처럼 보일 정도였지만 그들의 눈은 언제보다도 초롱초롱했다. 일론은 미군이 만든 육중하고 창문이 없는 콘크리트 건물에서 모니터를 지켜보고 있었다. 하지만 발사 직전의 점검에서, 로켓의 연료인 액체 산소가 순식간에 엄청난 속도로 증발하고 있다는 것이 발견되었다. 액체 산소통의 문제를 해결하고 나니 그들이 계산한 최적의 발사 시간이 이미 지난 뒤였다. 로켓의 발사라는 건 기후 변화와 지구의 자전과 공전 위치 등 다양한 변수를 계산해 절대적으로 최고의 성공 확률일 때 할 수 있었기 때문이다. 발사를 미뤄야만 했다.

12월 중순, 스페이스X는 다시 한번 발사를 시도했으나 이번에는 날씨가 따라주지 않았다. 자연은 결코 인간의 소원대로 움직여주지 않는다. 바람이 너무 거세게 불었고, 예상치 못했던 연료 밸브에서 예상치 못한 문제가 생겼으며, 로켓에 안정적인 전기를 공급하는 축전기까지 제대로 작동하지 않았다. 하나의 문제를 해결하면 곧 3개의 새로운 문제가 등장했고, 발사는 계속해서 연기될 수밖에 없었다.

3번의 발사 시도 실패 후, 마침내 2006년 3월 24일 토요일 10시 30분, 높이 21미터에 달하는 거대한 팰컨 1호가 하늘을 향해 불을 뿜었다. 유튜브에 'SPACEX LAUNCH'를 검색하면, 당시 로켓에 달린 카메라의 영상을 생생하게 볼 수 있다. 당시 로켓 발사대 옆에는 엉성하게 만든 초라한 천막이 보이는데, 바람에 위태롭게 흔들리는 모습이 스페이스X의 '작은 시작'을 적나라하게 보여주었다.

카메라를 통해 커다란 세모 모양의 콰절린 섬은 순식간에 작아지는 걸 볼 수 있었다. 로켓 아래에는 초록색 섬들과 드넓은 태평양 바다가 펼쳐졌다. 로켓은 금방 구름 위로 올라갔다. 일론과 스페이스X 팀은 반바지에 샌들 차림으로 제어실에서 두 손을 모아 성공을 기도했다. 하지만 발사 후 로켓은 앞뒤로 약간 흔들리며 눈에 띄는 롤링 모션을 보였고, 정확히 26초가 지나자 카메라에 커다란 불꽃이 나타났다. 엔진에 불이 붙은 것이었다. 불은 빠르게 연료 라인으로 옮겨 붙었고, 팰컨 1호는 빙글빙글 회전하며 추락했다. 수백 명의 사람들이 3년간 매달렸던 노력의 결과가 그렇게 1분 만에 태평양의 암초로 곤두박질쳐버린 것이었다.

스페이스X 엔지니어들은 태평양에 잠수해 로켓의 파편을 회수했다. 발사의 실패 원인은 콰절린 섬의 소금기 있는 공기에 오랫동안 노출된 너트가 부식되어 생긴 균열 때문이었다. 로켓 외부의 염분은 지상 연소 시험에서는 문제를 발생시키지 않았지만 높은 고도에 올라가자 조그만 파손을 일으켜 커다란 로켓의 밸런스를 망가뜨린 것이었다.

실패는 아쉬웠지만 첫 시도일 뿐이었다. 사실 첫 발사에서 극적인 성공이 되리라 생각한 사람은 없었다. 신생 항공 우주 산업체에서 만든 로켓이 처음부터 성공하는 케이스는 전무했기 때문이다. 스페이스X 엔지니어들은 이틀 동안 술을 퍼마시며 재충전을 한 뒤, 다음에는 작은 너트에도 문제가 없는 로켓을 만들 것을 다짐했다. 로켓의 외부 부품의 90%를 부식에 강한 스테인리스로 교체했고, 안전 점검의 숫자를 기존보다 30배(!)로 늘렸다. 당시 일론은 이렇게 말했다.

"한 친구가 과거 로켓의 발사 성공률을 나에게 보내주었습니다. 오비탈 사이언스의 페가수스는 9번 중 5번, 유럽 우주국(유럽의 22개국이 모여서 만든 우주 기구)의 아리안은 5번 중 3번, 미국 공군의 아틀라스(미국 최초의 대륙간 탄도 미사일)는 20번 중 9번, 러시아의 소유즈(러시아의 유인 우주선)는 21번 중 9번이 성공했습니다. 지구 궤도(일반적으로 해발 고도 100km의 카르만 선을 넘는 것을 경계로 간주한다)에 진입하는 것은 매우 어려운 일입니다. 하지만 스페이스X는 이 사업을 장기적으로 계속 추진할 것입니다. 어떤 역경이 오더라도 반드시 성공시킬 것입니다."

일론은 6개월 안에 2차 발사를 시도하고 싶었다. 그는 스페이스X의 팀을 닦달하면서 격려했다. 그는 엔지니어의 새로운 시도와 실패에는 관대했지만, 향후 행동 계획이 없거나 변명을 하면 그 자리에서 가차없이 질책하는 것이 그의 방식이었다. 스탠퍼드 대학의 로켓 공학 석사를 한 엔지니어에게 그는 이렇게 말했다.

"당신이 맡은 일은 회사의 중요한 문제입니다. 많은 것이 여기에 달려있습니다. 당신은 지금보다 훨씬 더 나은 방법을 찾아야만 합니다."

스페이스X 엔지니어들은 번갈아 가며 일론에게 이와 같은 말을 들었다. 그와 동시에 일론은 엔지니어들이 오로지 자기 일에 집중할 수 있도록 방해가 되는 요소를 없애는데 그 어떤 것도 아끼지 않았다. 콰절린 섬에서 안경을 잃어버린 엔지니어가 일하느라 안경점에 갈 시간이 없다고 짜증을 내자 라식 수술의 비용을 지원해주었고, 작업의 효율성을 증대시키기 위한 인프라 투자에만 매달 20만 달러(2억 원 이상)를 투자했다. 유별난 일론의 리더십 아래 엔지니어들은 한마음 한뜻을 모을 수 있었고, 새로운 팰컨 1호를 만드는 엄청난 작업량을 소화해냈다.

일론에게 시간은 돈과 동일했다. 매일 스페이스X에서 발생하는 부품 구매 비용과 매달 엔지니어들에게 지급해야 하는 임금 그리고 그 외의 수많은 부대 비용을 감당하고 있는 그에게는 하루하루가 피 말리는 기간이었다. 정확히 1년 뒤, 2007년 3월 팰컨 1호는 다시 한번 하늘을 향해 도약했다. 26초 만에 폭발한 1차 발사에 비해 2차 발사는 1분 이상 하늘을 가로지르며 좋은 시작을 보여주었다. 구름 위로 날아오른 로켓이 지속 상승하는 모습을 보며 일론과 스페이스X 팀은 가슴을 졸였다.

2분 51초, 모든 연료를 소모한 1단 로켓이 분리되었다. 엔지니어들은 모든 시스템이 정상이라고 일론에게 전달했다. 사실 분리 단계에 도달했다는 것(고도 50km를 통과했다는 의미)도 대단한 업적이었다. 미 항공우주 역사상 그 어떤 민간 기업도 연방 정부의 지원 없이 로켓을 발사해 1단 분리를 이루어 낸 적이 없었기 때문이다. 일론은 분리된 1단 로켓이 파란 지구로 떨어지는 모습을 초조하게 바라보고 있었다. 곧이어 2단 로켓을 지구의 궤도에 진입시키는 케스트렐 엔진이 새빨갛게 점화되었다. 팰컨 1호에 부착되어 있던 카메라를 통해 지구가 점점 작아지는 광경을 볼 수 있었다. 천천히 우주로 나아가는 로켓을 보며, 제어실에 있는 스페이스X 팀은 발사가 성공이라고 생각했다. 몇몇 엔지니어들이 "해냈어!"라고 소리쳤고, 서로 얼싸안으며 눈물을 흘리기도 했다.

3분 30초, 안정적으로 상승하던 로켓에 미세하게 진동하기 시작했다. 순식간에 로켓이 크게 흔들렸다. 분리 단계에서 1단 로켓이 2단 로켓의 노즐에 충격을 주었고, 안전성 문제를 일으킨 것이었다. 연료의 슬로싱 현상(구조물의 움직임으로 인해 연료가 탱크 내에서 동요하는 현상)이 부가적으로 로켓의 진동을 증가시켰다. 이러한 상태는 모니터를 통해 관찰되었지만, 더 커다란 문제로 이어지지 않기를 기도할 수밖에 없었다.

4분 50초, 팰컨 1호는 스페이스X가 원하던 위치와 고도에 도달했다. 하지만 그들에게 중요한 건 속도였기에, 환호성을 지르는 사람은 없었다. 예상하지 못했던 진동과 충격으로 로켓이 목표 속도에 도달하지 못했고, 궁극적 목적인 탑재된 화물을 궤도에 올릴 수 있는 수준이 되지 못한 것이었다. 게다가 적정선을 유지하던 진동은 더욱 심해져만 갔다.

5분 1초, 엔진 부분이 시계 방향으로 둥그렇게 돌기 시작하더니, 갑자기 카메라 영상 송출이 꺼져버렸다. 모두가 두려워하던 일이 벌어졌다. 폭발이었다. 슬로싱 현상이 심해져서 로켓 연료가 탱크 옆으로 새어 나왔고, 엔진 입구에 유입된 공기를 통해 연료가 점화되었다. 팰컨 1호는 고요하게 머나먼 궤도 너머로 사라져 버렸다.

하늘의 끝자락 멀리 희미해지는 불빛을 바라보며, 스페이스X 직원들은 큰 충격과 상실감을 느꼈다. 회사가 설립된 지 무려 5년이 지난 시점이었다. 이들은 오랜 시간을 오직 하나의 목표를 향해 달려왔다. 연속되는 실패로 그들의 체력과 정신력은 모두 시험받을 수밖에 없었다. 5년 내내 고향을 떠나 콰절린 섬에서 생활한 젊은 엔지니어들도 꽤 있었다. 그들은 처음으로 집에 가고 싶다는 생각을 했다.

일론의 막대한 재산이 그 한계를 보이기 시작한 것도 이때부터였다. 그는 이 시점부터 자신의 악화되는 재정 상태를 스페이스X의 사람들에게 알리지 않았다. 굳이 그럴 필요가 없다고 생각했다. 팀원들에게 어려운 현실과 자신의 불안한 심정을 내비쳐서 얻을 수 있는 것이 없었기 때문이다. 그가 할 수 있는 건, 포기하지 않는 일뿐이었다. 끊임없이 성공할 수 있다고 직원들을 격려했고, 우리가 하는 일은 결코 우리만을 위한 것이 아니며, 국가는 물론 인류에게 매우 중요하다는 사실을 설파했다. 일론은 심각한 불안으로 수면제를 먹어가며 잠을 잤지만, 직원들 앞에서는 언제나 긍정적인 태도를 보였다. 덕분에 스페이스X 팀은 회사와 자신의 미래가 불안하다고 여기면서도 일론의 낙천적인 모습에서 힘을 얻을 수 있었다. 일론은 아무리 실패가 계속되어도 결코 끝장은 나지 않는다고 생각했고 그와 같이 행동했다.

테슬라: 또 다른 전설의 시작

• 일론 머스크의 목숨을 건 도전 •

자동차는 굴러가는 것이 아니라
갈망하는 것이 되어야 합니다.

1990년, 캘리포니아 대기자원국(California Air Resources Board)은 아무도 예상하지 못했던 법안을 통과시켰다. 미국의 자동차 회사들에게 무공해 차량의 제조 및 판매를 장기적으로 의무화하는 법안이었다. 이는 무공해 차량 판매에 대한 엄격함을 강화하고 제로 배출 차량의 광범위한 채택 및 사용을 지원하는 조치를 통해 무공해 차량에 대한 요구 사항을 높임으로써 캘리포니아의 배기가스 배출 감소 목표를 달성하기 위해 고안된 것이었다. 갑작스러운 규제 변화에 자동차 업계에는 엄청난 후폭풍이 몰아쳤다. 캘리포니아는 미국 50개 주 중 가장 많은 인구(1990년 기준 2,995만 명)와 가장 높은 구매력을 가진 주였기 때문이다. 이에 당시 세계 최대의 자동차 회사였던 제너럴모터스는 오랜 연구개발 끝에 1996년 현대 시대의 최초 대량 생산 전기 자동차인 EV1을 출시했다.

EV1은 아름다운 전기차였다. 당시 최고의 기술력이 투입된 알루미늄 섀시와 마그네슘 시트, 강화플라스틱 바디 등 고가의 경량 소재를 아낌없이 사용했다. 2도어 2인승 쿠페로 구현한 EV1의 날렵한 유선형 바디는 캘리포니아의 영혼을 감명시키기 충분했다. 제너럴모터스가 전기차 개발에 앞장서고 6개의 미국 자동차 제조사들이 새로운 전기차 플랜을 발표하는 상황에서 일론은 전기 자동차 스타트업을 만들어야 할 필요성을 느끼고 있지 않았다. 정부 정책과 산업의 추세가 그가 생각하는 재생 에너지의 올바른 방향인 전기 자동차로 가고 있다고 생각했기 때문이었다. 세계 최대 규모의 자동차 메이커였던 제너럴모터스가 EV1이라는 멋진 전기차를 만들었고, EV 시리즈는 꾸준히 출시되며 일론이 꿈꾸던 전기차의 미래를 이끌 것처럼 보였다.

하지만 1990년대 후반이 되자, 상황이 급격하게 변화하기 시작했다. 제너럴모터스는 당시 3년 리스의 방식으로만 EV1을 판매했는데, 월 리스료가 꽤 합리적이었기에 소비자들에게 많은 인기를 얻었다. 하지만 막상 판매를 시작하니, 제너럴모터스 내부에서는 여러 문제가 발생하기 시작했다. 고가의 내부 소재와 늘어나는 배터리 종류에 따른 추가 비용으로 EV1의 생산비는 계속해서 치솟았고, 제너럴모터스에게 EV1은 결국에 팔면 팔

수록 손해가 나는 구조가 되어 버렸다. 믿고 있었던 캘리포니아 주 정부의 지원은 전기차의 등장을 위협으로 인식한 정유업계와 다른 자동차 업계의 로비로 인해 지지부진하게 의회에 발목이 잡혀 있었기에 별다른 해결책은 보이지 않았다.

결국 2002년, 제너럴모터스는 EV1의 조립 라인을 폐쇄하고, 당시 개발하고 있었던 전기차 프로그램을 중단시키며 시중에 있던 EV1 차량에 대한 전량 회수 계획을 발표했다. 아쉽게도 기존의 EV1 오너들에게는 차량 인수를 할 기회가 주어지지 않았다. 제너럴모터스는 스스로 만든 전기 자동차의 품질을 보장할 수 없으며 부품 공급 및 서비스 인프라를 유지할 수 없다고 판단했다. 즉 예상치 못한 사고가 발생할 경우 책임져야 할 법적 책임 문제가 작지 않다고 판단했고, 인수 조건 없이 모든 차량을 회수하기로 한 것이었다.

EV1를 구입한 사람들은 경악했다. 그들은 시대를 앞서간 최초의 전기차를 탄다는 사실에 큰 매력과 자부심을 갖고 있었다. 안타깝게도 제너럴모터스는 EV1 오너들의 의견에 중요한 의미를 부여하지 않았다. 그들은 박물관에 기증한 40대를 제외한 모든 EV1을 강제 회수해 큰 공터에서 납작하게 눌러버리며 전량 폐기했다. 이 자동차는 다시는 운행되어서는 안 된다는 강력한 의지 표명이었다.

EV1 오너들도 가만히 있지 않았다. 그들은 자동차 소유권을 주장하며 GM을 대상으로 법적 대응을 취했다. 최소 58명의 EV1 운전자가 제너럴모터스에 편지와 보증금 수표를 보내 임대 연장을 요청했고, 일부는 내 자동차를 지켜달라며 촛불 집회를 벌이기도 했다. 이들은 마치 사형을 집행당하는 가족을 지키는 것처럼 EV1에 매달렸고, 일론은 캘리포니아 사람들의 그런 모습을 지켜보았다. 사람들은 멋진 전기 자동차에 대해 그가 예상했던 것보다 훨씬 큰 애정을 보여 주었다. 세상에 '제품'을 위한 촛불 집회가 가능하단 말인가?

그는 전기차와 관련해서 이런 일이 다시는 일어나서는 안 된다고 생각했다. 세상에는 사람들을 실망시키지 않는 새로운 전기차 회사가 있어야만 했다. 멋진 외관과 좋은 성능과 주행거리를 가진 전기차를 만들어 낸다면, 사람들은 얼마든지 돈을 내고 구입할 것이 분명하다는 사실이 입증되었다. 대중에게 자동차는 가솔린이나 디젤로 가야 한다는 근본적인 믿음 따위는 없다는 것 역시 확인할 수 있었다.

GM의 EV1과 관련된 역사는 좋게 보면 '신재생 에너지의 좋은 시도'였고 나쁘게 보면 '화석 연료 산업의 승리'였다. 하지만 어찌 됐든 세계 최고의 자동차 회사가 전기차 개발을 중단했다는 것이 현실이었다. 그리고 이는 일론에게 '최악의 뉴스'였다. 이제 그는 가만히 있어서는 안 된다고 생각했다. 직접 나서야만 했다. 일론은 스페이스X에서 일하며 전기 자동차 개발을 꿈꾸는 사람들, 자신과 같은 꿈을 가진 사람들을 만나기 시작했다.

최초의 테슬라는 2003년 7월 1일, 마틴 에버하드와 마크 타페닝에 의해 설립된 회사였다. 이들은 1997년 최초의 전자책 '로켓 이북'을 개발하고 젬스타 인터내셔널이라는 미디어 그룹에 1억 8천만 달러에 매각한 사업가이자 엔지니어였다.

마틴과 마크는 일론이 2001년 그랬듯이, 다음 사업을 위한 아이디어를 고민 중이었다. 당시 두 사람의 가장 큰 관심사는 미국이 원유를 위해 중동에서 계속해서 일으키는 정치적 분쟁의 종식과 배기가스로 인한 지구 온난화였다. 그러다 보니 자연스레 휘발유를 많이 소비하며 이산화탄소 배출의 10% 이상을 차지하는 자동차를 어떻게 하면 대체할 수 있을까에 대해 생각하게 되었다. 두 사업가는 그렇게 '순수 전기 자동차'에 대한 청사진을 그리고 있었다.

이들은 당시 제너럴모터스의 EV1이나 도요타의 프리우스(세계 최초의 양산형 하이브리드 자동차)와 같은 차를 타는 사람들의 연평균 소득이 20만 달러 이상이라는 사실을 알게 되었다. 환경을 보호하고, 지구의 미래를 생각하는 올바른 사람처럼 보이고 싶다는 욕구는 미국의 고소득 커뮤니티 사이에서 매우 강력하게 작용했기 때문이었다. 또한 하이브리드, 전기차를 탄다는 의미는 '시대를 앞서가는 리더'라는 멋진 이미지를 부여했다. 미국 캘리포니아에서 자동차는 그 오너가 어떤 사람인지 보여주는 하나의 신분이자 표상이었기 때문이다.

마틴과 마크는 부자들을 위한 고급 자동차 시장을 타깃으로 설정해 중량이 가벼운 고급 전기 스포츠카를 만들자는 아이디어를 떠올렸다. 당시에 인기가 많았던 SUV 차량과 트럭은 전기차로 만들기에는 기술적인 어려움이 많았기 때문이다. 작은 것부터 시작해야 했다. 이들은 창업을 결심하고 리튬 이온 배터리의 가능성을 연구하기 시작했다. 리튬 이온 배터리는 2002년 MIT(메사추세츠 공과대학교)의 연구팀이 전극에 알루미늄을 도핑하며 전도도를 크게 증가시켜 배터리의 성능을 극대화했기 때문이었다. 마틴은 발명가이자 전기모터 제작의 선구자인 니콜라 테슬라의 업적을 기리기 위해 회사의 이름을 테슬라로 결정했다. 그는 테슬라라는 이름이 섹시하다고 생각했다.

마틴과 마크는 주위에 창업 계획을 알리고 2004년 1월 벤처 투자를 유치하기 위해 사람들을 만나기 시작했다. 보통의 스타트업이 그렇듯이, 투자자들의 반응은 결코 시작부터 호의적이지 않았다. 자동차 생산은 실리콘 밸리에서 컴퓨터를 붙잡고 앉아 코드를 쓰는 것만으로는 절대 이룰 수 없는 분야였기 때문이다. 사람들은 "전기 자동차를 만들겠다고요? 제너럴모터스도 하지 못한 일을 당신들이 어떻게 하겠다는 거죠?"라고 되물었다.

자동차 산업은 인간이 만들어 낸 모든 산업 시장 중 가장 진입 장벽이 높은 업종이다. 미국에서만 보아도 1925년 설립된 크라이슬러 이후 80년 가까이 새롭게 탄생한 자동차 기업이 성공한 적이 없었다. 그 이유는 아무도 시도하지 않았기 때문이 아니었다. 수많은 백만장자가 자기 머릿속에 그렸던 자동차 브랜드를 만들기 위해 수억 달러를 태워버렸지만, 아무도 역사에 기록되지 못했다.

새로운 자동차 회사를 만드는 일이 어려웠던 이유는 첫 번째, 자금의 부족, 두 번째는 부품 조달의 어려움이었다. 하나의 제조사가 자동차에 들어가는 모든 부품을 직접 만들어 자동차를 제조했던 시기는 이미 끝난 지 오래였다. 2000년대가 넘어가며 자동차 대기업들은 모두 하청 업체를 통해 부품을 조달하기 시작했다. 모든 부품을 한 회사에 만들게 되면, 생산 라인이 과도하게 비대해지고, 수만 명의 직원과 더불어 막대한 비용과 리스크를 감당하는 일이 너무나 어렵다는 걸 깨달았기 때문이다.

이제 자동차 제조사는 가장 중요한 엔진의 개발과 부품의 최종 조립을 한 다음, 제품의 판매와 마케팅에 모든 역량을 집중했다. 마틴과 마크는 다른 자동차 대기업들이 거래하는 하청 업체로부터 필요한 부품을 구입하고, 니콜라 테슬라가 100년 전에 만든 모터를 조립하면 어느 정도 전기 자동차를 구현할 수 있을 거라고 생각했다. 사업의 성공 가능성을 높이기 위해서, 그들에게 가장 필요한 것은 외부의 거대한 투자였다.

일론은 마틴과 마크를 알고 있었다. 이들과의 인연은 2002년 있었던 마스 소사이어티 미팅으로 되돌아갔다. 당시 마틴과 마크는 사람들 앞에서 우리는 반드시 화성에 가야 한다고 부르짖는 일론이 매우 재미있고, 인상적인 사람이라고 생각했다. 그리고 테슬라를 만들어 투자를 받기 위해 사람들을 만나기 시작하며 그 시절 일론을 떠올렸다.

'일론 머스크라면 우리 계획을 긍정적으로 생각하지 않을까?'

그렇게 2004년, 톰 게이지라는 공동의 친구를 통해 마틴과 마크는 로스앤젤레스 스페이스X 본사 근처에서 일론을 만났다. 당시 일론은 모든 정신적, 육체적 에너지를 100% 스페이스X에 쏟고 있던 시기였다. 하지만 대학 시절부터 전기 자동차에 큰 관심이 있었던 일론은 테슬라의 창업자들과의 만남을 중요하게 생각했다. 그동안 배터리 기술은 크게 발전했고, 그가 예전 연구했던 슈퍼 축전기보다 흔히 노트북에서 사용되는 리튬 이온 배터리의 가능성에 사람들이 집중하던 시기였다. '리튬 이온 배터리로 전기 자동차를 만들 수 있지 않을까?'라는 생각을 갖고 있던 일론은 마틴과 마크의 이야기를 매우 주의 깊게 들을 수밖에 없었다.

금요일 오후 이루어진 첫 미팅은 나쁘지 않았다. 그리고 일론은 주말 내내 마크에게 전화를 걸어 테슬라의 비즈니스 모델에 대한 질문 공세를 이어갔다. 50개가 넘는 질문에 대한 대답을 듣고 나니, 창업자들의 공학적 지식과 사업 계획이 자신의 기준에 부합한다는 생각이 들었다.

멍청하거나 지루하게 생기지 않은, 뛰어난 성능을 가진, 모든 사람에게 강력한 소유욕을 불러일으키는 섹시한 전기 자동차를 만들겠다는 생각도 마음에 들었고, 가능성이 높다고 판단되었다. 또한 일론은 화석 연료의 사용을 줄이고 지구 온난화의 진행을 막겠다는 그들의 원대한 목적에 동의했다. 그저 사업을 성공시키는 것을 넘어, 서로 같은 신념을 공유한다는 것은 매우 좋은 징조였다. 두 사람에게 운이 좋게도, 일론은 '실리콘 밸리에서 모두가 안 된다고 하는 일에 투자하는 것을 가장 좋아하는 억만장자'였다. 그는 마틴과 마크를 동료로 맞아 전기차 사업에서의 자신의 운을 시험해보기로 했다.

다음 주 월요일, 일론은 두 창업자를 만나 테슬라에 650만 달러(약 70억 원)를 투자했다. 그의 두 번째 꿈, 전기 자동차 사업에 발을 내딛는 순간이었다. 스페이스X를 운영하며 테슬라의 최대 주주이자 회장으로 활동하기 시작할 당시, 그의 나이는 33세였다.

시작은 좋았으나

• 일론 머스크의 목숨을 건 도전 •

저는 매력적인 제품을 만든다면 사람들이 기꺼이 그 매력에 대한
프리미엄을 지불할 가능성이 높다고 생각합니다.
애플이 그것을 사람들에게 보여주었죠.
당신은 훨씬 더 저렴한 핸드폰이나 노트북을 살 수 있지만,
애플의 제품을 위해 기꺼이 그 프리미엄을 지불합니다.

모든 새로운 자동차의 탄생에는 어머니가 필요하다. 이는 자동차 설계의 기초로 삼고, 디자인을 참고할 모델을 뜻한다. 테슬라의 첫 차량인 2인승 스포츠카 '로드스터'의 어머니는 영국 로터스 자동차의 엘리스라는 모델이었다. 로드스터라는 이름은 미국에서 2인승 경량 컨버터블(지붕을 여닫을 수 있는 자동차)을 칭하는 대명사를 그대로 사용해 '테슬라 로드스터'라 칭했다. 자동차는 크게 차체(Body)와 섀시(Chassis)로 분류되는데, 바퀴를 굴러가게 만드는 가장 중요한 부분이 섀시이다. 테슬라는 로터스로부터 허가를 받아 엘리스의 그대로 섀시를 사용할 수 있었다.

테슬라의 공장은 스탠퍼드 대학 근처 벤처 캐피탈의 성지, 멘

로 파크에 자리 잡았다. 이곳은 닷컴버블을 이끌었던 세쿼이아 캐피탈, 앤드리슨 호로위츠 등 스타트업 투자사들이 모인 세계 최대 규모의 스타트업 친화형 도시였다. 또한 대학이 가깝기에 뛰어난 공학적 마인드를 가진 젊고, 열정적이며, 인건비가 저렴한 인재를 빠르게 충원할 수 있었다.

테슬라의 리더들이 놀라운 점은 창업자 중 누구도 디트로이트(미시간주에 있는 미국 최대의 자동차 공업 도시)에 있는 제너럴모터스, 포드, 크라이슬러와 같은 자동차 회사에 기술적·협력을 구할 생각을 하지 않았다는 것이었다. 직접적인 지원은커녕 기본적인 컨설팅조차 요청하지 않았고, 디트로이트 출신의 전문 자동차 기업 경영인을 영입하지도 않았다. 그들은 기존의 질서를 완전히 파괴하고, 새로운 전기차의 패러다임을 처음부터 창조해나갈 생각이었기 때문이다.

일론의 막대한 투자로 테슬라는 수십 명의 젊은 엔지니어들을 고용할 수 있었다. 미국 최고의 대학으로 평가받는(옥스퍼드에 이어 세계 2위, 2024 세계 대학 순위) 스탠퍼드 출신의 똑똑하고 에너지 넘치는 인재들이 테슬라로 쏟아져 들어왔다. 테슬라는 임금이 비싸고 나이 많은 엔지니어보다 싸고 저렴한 엔지니어가 실제로 더 많은 일을 할 수 있을 것이라 믿었고, 옳은 판단이었다. 그렇게 그들은 상상 속에 존재였던 로드스터를 진짜 전기자동차로 만들기 위한 과제를 하나씩 풀어나가기 시작했다.

엘리스의 섀시에 부품이 부착되고, 앙상했던 차체가 자동차 다운 모습을 찾아갈수록 테슬라의 인원은 늘어났고, 그와 함께 더 넓은 공간이 요구되었다. 테슬라는 인근의 샌 카를로스시에 300평 크기의 2층짜리 건물을 임대해 작업을 이어갔다. 로터스 엘리스의 차체에 전기 모터를 장착하고 유럽에 있는 하청 기업으로부터 변속기를 구입했다. 아무도 해본 적이 없는 리튬 이온 배터리의 병렬 연결을 처음으로 시도했다. 테슬라의 직원들은 리튬 이온 배터리의 품질에 대한 강한 확신을 갖고 있었고, 그들의 노력과 지식을 결합하면 훌륭한 제품을 만들 수 있을 것이라 생각했다.

그렇게 테슬라의 초창기 멤버 18명의 노력으로 2005년 1월, 로드스터의 시제품이 완성되었다. 소식을 들은 일론은 로스앤젤레스 스페이스X에서 순식간에 날아왔다. 당시 그는 테슬라의 최대 주주이자 회장직을 맡고 있었으나, 로드스터 개발과 테슬라 운영에 대해서는 마틴에게 모두 맡긴 상황이었다.

그는 테슬라 팀이 1년 만에 만들어 낸, 100% 전기로만 움직이는 멋진 슈퍼카가 매우 마음에 들었다. 이 아름다운 제품은 인터넷에서 결제를 편하게 해주는 서비스와는 달랐다. 인간이라면 누구나 갖고 싶어 할 제품이었다. 일론은 테슬라가 과거 엑스닷컴(페이팔)보다 더 큰, 수백억 달러의 가치를 만들어 낼 것이라는 확신이 들었다. 이거야말로 그가 10대부터 꿈꿔왔던 전기차였다. 일론은 로드스터를 20분간 운전해보고는, 바로 900만 달러를 추가 투자하기로 결정했다. 테슬라는 큰 희망으로 부풀었고, 로드스터를 대중에게 공개하기 위한 고군분투에 매달렸다.

로드스터의 첫 공개까지는 18개월의 시간이 더 걸렸다. 이는 그들의 예상보다 오랜 시간이었다. 테슬라 팀은 그동안 로드스터의 배터리의 폭발에 대한 안전 조치와 공기역학적 시험을 반영한 새로운 디자인을 적용할 수 있었다. 그리고 마침내 2006년 7월, 캘리포니아의 화창한 날씨 아래 로스앤젤레스 서부에 위치한 산타 모니카 공항에서 처음으로 로드스터가 공개되었다. 탄소 섬유 차체와 알루미늄 섀시, 주문 제작된 배터리팩을 가진 빨간색 로드스터는 시속 100km까지 4초 만에 도달할 수 있었고, 한 번 충전으로 400km를 달릴 수 있었으며, 무엇보다도 너무나 아름다웠다.

로드스터 출시 이벤트는 대성공이었다. 당시 주지사였던 아놀드 슈왈제네거를 포함한 350명의 유명 인사와 언론은 모두 로드스터의 시대 파괴적인 아름다움에 탄성을 질렀다. 투자자들은 엄청난 제품을 만들어 낸 테슬라의 잠재력을 인정하기 시작했다. 세계 최고의 투자은행인 J.P 모건과 구글 창업자인 래리 페이지, 세르게이 브린을 포함한 투자자들이 4,000만 달러가 넘는 돈을 테슬라에 투자했다. 일론 역시 추가로 1,200만 달러를 테슬라의 미래에 걸었다.

테슬라가 발표한 로드스터의 판매 가격은 9만 달러였다. 결코 저렴한 가격이 아니었음에도 불구하고, 실제로 자동차를 본 수십 명의 사람이 당장 이 차를 갖고 싶다는 충동을 이기지 못하고 10만 달러짜리 수표를 던졌다. '캘리포니아의 부자들을 위한 전기 스포츠카'라는 콘셉트가 훌륭하게 적중한 것이었다. 일론은 자랑스럽게 말했다.

"오늘날까지 존재했던 전기 자동차는 모두 엉터리입니다. 이 자동차를 사는 것을 고려하는 사람들에게 꼭 말하고 싶습니다. 당신은 그냥 스포츠카 한 대를 사는 것이 아니라 전기차의 기술 발전에 기여하는 것입니다. 테슬라 임원들은 높은 급여를 받지 않고 이익배당금을 나누지도 않습니다. 모든 돈은 오로지 새로운 기술을 주도하는 데 사용될 것입니다."

전기차이면서 누구나 갖고 싶은 아름다운 자동차, 2가지 테마를 합친 자동차가 역사상 처음으로 완성되었다. 테슬라는 소비자들이 이제 더 이상 전기 자동차를 타며 심미와 기능 중에 하나를 포기해야 할 필요가 없다고 자랑스럽게 말할 수 있었다.

하지만 하루 이벤트에 보여줄 소수의 핸드메이드 자동차를 만드는 일과 수천, 수만 대의 자동차를 대량으로 생산하는 일은 수준이 완전히 다른 성질의 것이었다. 로드스터가 높은 시장성을 가졌다는 걸 확인받은 지금, 테슬라에 필요한 것은 이 수익성 높은 자동차를 찍어낼 공장이었다. 많은 투자금을 받은 테슬라는 200명이 넘는 직원을 고용한 회사였다. 이제는 고객에게 주문받은 로드스터를 양산할 수 있는 시스템을 만들어야 했다. 대규모 상업용 차량으로 만드는 길고 긴 전쟁의 시작이었다. 물론 그 일이 일론은 물론, 테슬라에게 너무나 고통스럽고 험난한 여정이 될 것이라고 예상한 사람은 아무도 없었다.

대량 생산의 첫 번째 장애물은 변속기에서 발생했다. 시속 100km까지의 도달 시간을 줄이기 위해 선택한 변속기가 모터의 급속한 속도 변화를 감당하지 못하는 것이었다. 엔지니어들은 다른 변속기 제조업체의 제품으로 교체를 시도해보았지만, 현존하는 그 어떤 변속기로도 전기 자동차의 급격한 속도 변화를 감당하지 못한다는 사실이 드러났다. 로드스터만을 위한 새로운 변속기가 요구되는 상황에서, 커다란 개발비를 투자해 새로운 변속기를 출시할 의지를 보여주는 제조사는 없었다. 테슬라라는 회사가 언제 망할지 모르는데, 오직 그들을 위한 새로운 변속기를 개발한다는 것은 제조업체에 큰 부담이었기 때문이다. 변속기 문제는 계속해서 로드스터 개발에 발목을 잡았고, 애초 예상했던 출시일은 2007년 11월에서 2008년 1월로 미루어질 수밖에 없었다.

두 번째 문제는 배터리 제조에서 생겼다. 배터리에서 발생하는 전체적 비용을 절감하기 위해, 테슬라는 인건비가 저렴한 태국에 배터리 제조 공장을 세우기로 했다. 하지만 결정된 태국의 공장 부지의 환경은 예상보다 너무나 열악했고, 화학적으로 가혹한 환경을 갖고 있었다. 대기 중 염분과 습기가 너무 높았고, 기온 역시 예상치를 초과했다. 테슬라 팀은 수만 달러를 들여 건식 벽을 세우고 바닥을 코팅하고, 배터리 저장소에 에어컨을 설치했다. 하지만 공장 건축 비용은 모든 예상을 초과하며 치솟았다. 태국에서 생산가를 낮추려던 시도는 오히려 비용을 불려버린 멍청한 선택이 되어버렸고, 열악한 환경 속에서 직원 교육에도 차질을 빚으며 계속해서 더 많은 문제를 발생시켰다.

생산 스케줄은 계속해서 지연되었고, 계속되는 문제 발생은 생산 비용의 급격한 증가로 이어졌다. 투자자들로부터 받은 현금은 순식간에 사라져 버렸다. 회계 장부를 담당하는 직원들은 그 많은 돈이 어디로 갔는지 궁금해하며 이제 무슨 돈으로 자동차를 만들 수 있을지를 걱정하기 시작했다. 2007년 중순이 되자 로드스터의 제조 비용을 계산해보니, 한 대당 20만 달러에 이르게 되어 일론과 이사회를 깜짝 놀라게 했다. 9만 달러에 판매하기로 한 자동차의 제조 비용이 20만 달러가 되어버렸다니? 어디서부터 잘못된 것인지 파악조차 하기 힘든 상황이었다. 어처구니없는 제조 비용의 증가, 변속기, 배터리, 비효율적인 하청 업체와 전 세계에 얽혀버린 물류 시스템이 테슬라를 옥죄었다. 로드스터의 인도 날짜가 늦어지자 언론과 소비자들 역시 테슬라를 비난하기 시작했다.

결국 2007년 8월, 테슬라 이사회는 리더십의 교체를 감행했다. CEO이자 창업자인 마틴을 기술 담당 사장으로 보내고 검증된 사업가인 일론을 CEO로 임명하는 결의안을 통과시킨 것이었다. 마틴은 로드스터의 아이디어를 처음으로 떠올린 훌륭한 비전을 가진 사업가였지만, 비지니스 계획을 꼼꼼하게 운영하는 관리자의 역할에는 부족하다는 평가를 받았다. 스페이스X 팀을 콰절린 섬으로 보낸 시기였기에 일론은, 이제 테슬라의 운영에 집중할 수 있다고 생각해 CEO직을 수락했다. 그는 언론의 비난을 줄이기 위해 앞으로의 계획에 대한 성명서를 발표하고, 적극적으로 인터뷰에 응했으며 2008년 초에는 고객들이 로드스터를 받을 수 있을 것이라 약속했다. 그리고 로드스터보다 저렴한, 모두가 즐길 수 있는 5만 달러짜리 전기 자동차를 생산할 예정이라고 밝혔다.

이 시점부터 그는 스페이스X와 테슬라 두 회사를 이끌기 시작했다. 대학교 시절 두 회사에서 인턴을 했던 것처럼, 그는 자신에게 주어진 시간을 극도로 효율적으로 활용해야만 했다. 한 인간이 할 수 있는 최대의 일의 양을 100이라 했을 때, 일론은 150의 일을 해야 하는 상황이었다. 하지만 그에게는 주어진 과제를 완수해야 한다는 강력한 의지가 있었다. 부딪혀 보아야만 했다. 그의 기준에서 본인의 방식대로, 본인의 수준만큼의 성과를 낼 수 있는 인간은 오직 본인뿐이었기 때문이다.

최대 주주에서 CEO가 된 일론은, 풍선처럼 부풀어버린 로드스터 제조 비용을 대폭 절감하기 위한 강력한 정책을 시행하기 시작했다. 목표는 오로지 하나였다.

"로드스터의 부품을 저렴하게 공급할 방법을 찾아라!"

차체 패널이 문제를 일으키자 그는 전용기를 타고 하청 업체가 있는 영국으로 날아가 패널 제조 도구를 새로 구입하고 프랑스에 있는 패널 공장에 직접 전달했다. 테슬라의 모든 직원은 매주 목요일 아침 7시에 모여 본인이 담당하는 파트의 부품 청구서를 업데이트해야 했다. 일론은 로드스터에 들어가는 부품을 하나하나 확인하면서 엔지니어들에게 "이 부품을 더 싸게 구입하거나 다른 부품으로 대체할 방법은 없습니까?"라고 물었다. 7천 달러 모터의 청구서를 들고 온 엔지니어에게 6개월 뒤까지 3천 달러로 모터를 만들 방법을 연구해오라고 주문하는 방식이었다. 테슬라 로드스터의 제조 비용과 관련된 자료라면 그는 아무리 사소한 숫자라도 놓치지 않았다. 그는 인건비의 효율을 극대화하기 위해 작업을 마칠 때까지 주말에도 일하자고 직원들을 독려했다. 그러자 모터 파트의 한 엔지니어가 말했다.

"3개월 동안 집에 가지 못했어요. 가족들의 얼굴이 보고 싶습니다."

그러자 일론이 말했다.

"우리가 파산하고 나면 가족의 얼굴을 원 없이 볼 수 있을 것입니다."

엔지니어는 조용히 일자리로 돌아갈 수밖에 없었다. 일론은 심지어 자녀의 출산 때문에 행사에 참석하지 못한 직원에게 이렇게 메일을 보냈다.

"나는 극도로 실망했습니다. 당신은 당신의 우선순위가 어디 있는지 당장 결정해야 합니다. 우리는 세상을 바꾸고 역사를 새로 쓰고 있습니다. 지금은 죽기 살기로 전력을 기울여야 할 때입니다."

일하는 태도가 마음에 들지 않는 직원은 바로 해고해버렸고, 방법을 가리지 않고 무조건 업무를 완수할 것을 요구했다. 테슬라의 엔지니어들은 이때의 일론은 마치 지옥의 악마와도 같았다고 회상했다. 사실 그들 역시 자동차를 고객에게 신속하게 인도하지 못하면 자신의 일자리를 잃을 거란 사실을 잘 알고 있었다. 기술적 어려움에도 불구하고 그들은 스스로 최고의 인재라고 생각했고, 눈앞에 주어진 문제를 해결할 수 있는 능력과 의지가 충분하다고 믿었다.

꿈의 마지막 조각

• 일론 머스크의 목숨을 건 도전 •

새로운 분야에 뛰어드는 것을 두려워하지 마십시오.
책을 찾아서 그것을 배우고, 직접 손으로 실험하면서
실로 만들어 낼 방법을 찾아내면 됩니다.

미국 네바다 블랙록 사막에서 열리는 '버닝맨 페스티벌'은 지구에서 가장 기이하면서 창의적인 이벤트 중 하나이다. 매년 8월 마지막 주, 수만 명의 참가자는 사막에서 일주일 동안 공동생활을 하며 자신만의 개성으로 만든 예술품을 뽐낸다. 작은 은세공품부터 10미터에 이르는 사마귀 형태의 거대한 조형물까지, 버닝맨은 미국식 자유와 상상이 실현되는 곳이다.

버닝맨은 1986년 래리 하비라는 인물이 친구들과 함께 사막 한가운데에서 모닥불 파티를 열고, 2미터의 나무 인형을 불태운 데서 기원했다. 그는 옛 연인에 대한 그리움을 잊기 위해 추억의 장소에서 인형을 불태웠다. 그러자 모닥불을 중심으로 주변에 있던 사람들이 하나둘 모여들었고, 하비는 그 과정에서 과

거의 상처가 치유되는 듯한 느낌과 새롭게 태어난 듯한 짜릿함을 경험했다. 이후 거대한 인형을 태우는 이벤트는 매년 이어지게 되었고, 30년이 넘는 시간 동안 버닝맨은 실험 정신으로 똘똘 뭉친 기업가들과 예술가들에게 '해방과 자유'를 상징하는 행사로 자리 잡았다.

버닝맨에서는 '돈'을 사용할 수 없다. 참가자들은 생존을 위해 필요한 먹을 것, 잠잘 것, 입을 것 등 모든 것은 스스로 해결해야 한다. 물, 음식, 침낭 등 기본적인 생존에 필요한 것들은 준비 사항에 포함되어 있으나 생활하며 필요한 물건이 생기면 다른 참가자들과의 '물물 교환'을 통해 조달해야 한다. 돈으로 거래가 불가능하기 때문에 버너들은 갖가지 창작품들을 물물 교환에 사용한다. 이곳에서는 '돈'이 아니라 인간의 '창의성'이 거래의 기본 단위가 되는 것이었다. 누구는 그림을 그리고 또 다른 누군가는 마술을 보여줬다. 어떤 이들은 거대한 구조물 아래 쉴 곳을 제공하고 식품을 얻었다. 버닝맨은 미국의 모든 '천재와 괴짜'가 모이는 곳이었다.

2004년 여름, 일론과 그의 사촌 피터와 린던 라이브는 버닝맨에서 만났다. 당시 일론은 스페이스X에서 일하며 테슬라에 대한 투자를 막 마친 상태였다. 그는 이틀의 휴가를 이용해 사촌들과 함께 뜨거운 사막을 운전하며 젊은 시절을 회상했다. 피터와 린던은 일론의 어머니 메이의 쌍둥이 자매인 케이의 아들이었다. 그들은 함께 프리토리아에서 학창 시절을 보냈고, 함께 남아공을 떠나 미국에서 사업을 꿈꾸었던 젊고 순수한 영혼들이었다.

형제는 돈을 많이 벌 수 있을 뿐 아니라 인류의 발전에 기여하는, '마음이 뿌듯해지는 일'을 하고 싶었다. 라이브 형제는 당시 실리콘 밸리에서 컴퓨터 시스템을 원격으로 제어하는 소프트웨어 사업을 하고 있었지만, 수많은 경쟁에서 두각을 드러내지 못했기에 새로운 사업 아이템을 고민 중이었다. 형제를 잘 알고 있고, 신뢰했던 일론은 린던에게 태양광 에너지 시장을 조사해보면 어떻겠냐고 물었다. 일론에게 태양광 에너지 사업은 우주, 전기차와 함께 세 번째 우선순위에 있는 아이디어였다. 하지만 당시 스페이스X와 테슬라 두 사업에 본인이 가진 모든 에너지를 남김없이 쏟아붓고 있었기에, 직접 나설 여력이 부족했다. 그래서 피터와 린던에게 이야기를 꺼낸 것이었다. 그는 자신이 어느 정도 사전 조사를 했으며 진입하기에 적합한 사업 모델이 있다고 말했다.

일론의 곁에서 ZIP2와 페이팔의 성공을 지켜본 린던과 피터는 일론의 아이디어와 사업적 판단을 믿었다. 아니, 믿지 않을 수가 없었다. 창업을 시작하고 7년 만에 2억 달러를 만들어 낸 남자의 말을 신뢰하지 않을 수 있겠는가? 라이브 형제는 일론의 아이디어에 동의했고, 태양광 에너지 분야의 전문가가 되어 새로운 사업을 만들어 가기로 결심했다. 당시 태양광 에너지 산업의 가장 큰 문제는 우주 산업, 전기 자동차 산업의 고질적인 문제와 크게 다르지 않았다. 그건 바로 '막대한 비용'이었다.

태양광 전지판은 일반적인 소비자들이 감당할 만한 가격이 아니었다. 그렇기에 환경 보호에 앞장서고 싶은 여유 있는 소수의 부자만이 자택 또는 공장 등의 부지에 태양광 전지판을 설치하는 것이 현실이었다. 태양열 전지판은 '사치품'이었고 환경 보호를 위해 사람들이 아무리 큰 필요성을 느끼는 제품이라도, 그것을 살 여유가 되지 않으면 아무런 의미가 없었다.

태양광 발전 산업을 이끄는 업체들 역시 막대한 자본을 투자해 기술을 연구해 비용을 낮추려는 노력을 크게 하지 않고 있었다. 업계에는 방만함과 나태함이 가득했고 산업의 기술에 대한 책임감과 주인의식은 어디에도 보이지 않았다. 그들은 아무런 근거 없이, 시간이 지나면 기술력이 발전해 태양광 전지판의 가격이 떨어질 것이라는 낙관적인 말을 반복할 뿐이었다.

개인 소비자들에게 태양광 전지판은 가격이 매우 비쌌고, 구매와 설치를 따로 해야 했으며, 자신이 소유한 부지에 충분한 태양광이 제공되는지 알기 어려웠다. 게다가 매년 기존보다 더 높은 효율의 태양광 전지판이 출시되었으므로, 설치를 결정하더라도 대체 언제 설치하는 것이 최적인지 알려줄 전문가 역시 부족했다.

라이브 형제는 무려 2년에 걸쳐 태양광 에너지 산업의 연구 보고서를 읽고, 업계의 사람들을 만났다. 두 사람은 학회와 박람회에 참석하면서 기술과 사업 구조에 관해 많은 조사를 할 수 있었다. 그리고 그들은 태양광 전지판의 판매가 아닌 '대여' 사업을 하는 것이 옳다는 결론을 내렸다. 태양광 전지판 시스템을 소비자들에게 판매하는 대신, 월정액 요금을 받고 대여해주는 것이었다. 그러면 소비자들은 환경 보호와 더불어 자신들이 사용하는 전기요금을 줄여서 설치 비용을 충당할 수 있었다.

과거 헨리 포드가 최초의 자동차 36개월 할부 프로그램을 선보이며 수많은 사람에게 자동차를 부담없이 구입할 기회를 주었던 것처럼, 라이브 형제는 태양광 업계의 헨리 포드가 되고 싶었다. 그들의 계산대로라면 소비자는 태양광 발전 장치를 240개월에 걸친 할부 방식으로 월정액 요금을 내고 자신의 전기요금의 30%를 줄일 수 있었다. 당시 평균적인 미국 가정이 전기요금으로 한 달에 100달러를 지불하는데, 전지판을 설치하면 70달러 수준으로 낮아지는 것이었다. 계약자가 이사를 가더라도 임대 계약은 새로운 주인에게 인계되었고, 기술적 문제가 생기거나 신제품이 나오면 무상으로 전지판을 교체해주기로 했다.

2006년 7월, 솔라시티가 설립되었다. 린던이 CEO, 피터는 최고기술책임자가 되었고, 일론은 회장이자 최대 주주가 되었다.

일론은 라이브 형제가 사업 모델을 만들고 계획을 세우는 과정에 계속해서 필요한 조언을 해주었고, 마침내 새로운 회사의 설립에 동의했다. 그는 1,000만 달러(120억 원 이상)라는 거금을 투자하며 솔라시티 주식의 1/3을 차지했다. 스페이스X와 테슬라에 투자하고 그에게 남은 현금의 전부였다. 그는 스스로 가능성을 믿는 사업에는 언제나 자신이 가진 모든 것을 거는 사람이기 때문이다.

초기 설치 비용이 적다는 큰 이점으로 솔라시티는 빠르게 성장했다. 캘리포니아를 거점으로, 초창기에는 거의 무료로 태양광 전지판을 설치해주며 공격적으로 사업을 확장할 수 있었다. 막대한 자본과 기술력으로 무장한 솔라시티는 2011년 미국 동부로 확장을 시작했고 그로솔라, 파라마운트솔라 등 경쟁사를 인수했다. 그렇게 솔라시티는 6년 만에 미국 최대 태양광 전지판 설치 업체가 되어 2012년에 주식을 상장하는 기염을 토한다. 일론의 기술력 중심의 올-인 전략이 또다시 빛을 발한 것이었다.

솔라시티는 태양광 전지의 열효율을 끌어올리기 위해 끊임없이 도전했고, 제조사를 인수하며 자산을 늘려나갔다. '더 많은 전지판을 더 효율적으로 사용해 미국인들이 사용하는 전기를 최대한 저렴하게 제공하자'는 것이 솔라시티의 비전이었다. 이를 이루기 위해 최선을 다하면 자연스레 솔라시티는 미국 최대

전기 공급 업체가 될 것이라는 게 일론의 생각이었다. 즉, 비전을 이루면 결과는 자연스레 따라오는 것이었다.

2016년 일론은 결국 솔라시티를 인수해 테슬라의 자회사로 편입했다. 인수 당시, 29억 달러라는 큰 부채 때문에 투자자들의 비난을 샀지만, 전기차 생태계 시스템의 구축에 솔라시티가 필수적이라고 판단했기 때문에 내린 결정이었다. 솔라시티가 소유한 배터리 관련 사업을 통해 테슬라 차량에 공급하는 배터리를 더욱 저렴하게 매입할 수 있었다. 결과적으로 현재 솔라시티는 테슬라의 전기차 대량 생산 능력의 핵심 자산으로 평가받고 있다.

솔라시티와 관련된 일론의 투자 목표는 태양광 사업으로 높은 수익률을 만들겠다는 것이 결코 아니었다. 그는 솔라시티와 테슬라의 시스템을 결합해 '태양 에너지의 무한 순환'을 꿈꾸었다. 만약 어떤 사람이 일반적인 자동차를 타고 다니며 일반적인 지붕을 갖고 있다면 그에게는 매달 휘발유 값과 전기 요금이 부과될 것이다. 하지만 그가 테슬라의 전기 자동차와 솔라시티의 태양광 전지판을 이용한다면, 궁극적으로는 자신이 사용하는 모든 에너지를 태양으로부터 얻어낼 수 있었다.

일론의 계산에 따르면 솔라시티와 테슬라를 통해 사람들은 하루 80km까지 탄소 배출 없이, 전기 사용료 없이 각자에게 필요한 이동 거리에 대한 욕구를 충족시킬 수 있었다.

"당신은 순수한 햇빛 아래 영원히 무료로 운전할 수 있을 것입니다."

이것이 일론의 만들고자 하는 솔라시티와 테슬라가 그리는 완벽한 하모니의 선율이었다. 또한 이는 산업 혁명 이후 인간의 교통과 물류가 환경에 대해 미치는 영향을 재정의하는 거대한 혁신적 패러다임이었다. 솔라시티는 일론의 '다행성종'이라는 꿈을 현실화하는 데 필요한, 인류가 화성에 거주지를 만들기 위한 지속적 에너지 공급 기술을 제공한다. 그는 그렇게 태양광 에너지 사업이라는 자신의 오랜 꿈의 마지막 조각을 맞출 수 있었다.

죽을 것만 같았던 2008년

• 일론 머스크의 목숨을 건 도전 •

페이팔 매각으로 얻은 수익은 1억 8천만 달러였습니다.
저는 스페이스X에 1억 달러, 테슬라에 7천만 달러, 솔라시티에 1천만 달러를
투자했습니다. 저는 집세를 내기 위해 돈을 빌려야 했습니다.

시간은 빠르게 지나갔고, 2008년이 되었다. 일론은 로스앤젤레스 스페이스X 본사와 콰절린 섬의 로켓 발사장, 실리콘 밸리의 테슬라를 끊임없이 돌며 두 회사를 이끌었다. 스페이스X는 세 번째 팰컨 1호 발사를 준비하고 있었고, 테슬라는 로드스터 생산을 시작하고 있었다. 하지만 아직까지도 스페이스X와 테슬라는 그에게 단 1달러의 수익도 돌려주지 않았다. 페이팔 매각 이후 1억 8천만 달러, 한화 2천억 원이 넘는 돈을 세 회사에 나누어 투자했건만 6년이 지날 때까지 수익은 없었다. 그는 이미 자신이 가진 모든 것을 쏟아부은 상태였다. 그리고 그에게 남은 현금은 늘 그랬듯이, 예상보다 빠르게 바닥을 보이기 시작했다.

이제 일론에게 남은 것은 두 회사를 성공시키기 위해서 그저

직원들을 독려하고, 일에 많은 시간을 쏟는 방법뿐이었다. 월요일이 되면 그는 로스앤젤레스 스페이스X 본사에서 일을 시작했다. 그리고 화요일 저녁 8시가 되면 실리콘 밸리로 날아가 테슬라에서 업무를 보았다. 그리고 보통 목요일 저녁을 먹고 나면 다시 스페이스X로 돌아와 주말까지 일했다. 그는 당시 아들 넷과 딸 하나를 둔 아버지였지만 본인이 직원들에게 말했듯이, 가족의 얼굴을 보는 일은 지금으로서는 사치라고 생각했다.

2008년은 미국인들에게 최악의 한 해였다. 2007년 9월 금리 인하를 기점으로 부동산 버블이 붕괴되며 서브프라임 모기지 사태가 일어났다. 금융기관들과 부자들의 탐욕으로 시작된 이 사건은 제2차 세계 대전 종전 이후 미국 최대, 최악의 금융 위기였다. 미국 4대 투자은행 중 하나였던 리먼 브라더스를 시작으로 금융회사들이 도미노처럼 무너지기 시작했다. 리먼에 이어 투자은행 베어스턴스가 파산을 선언하고, AIG, 시티그룹 같은 철옹성 같은 회사들도 버텨내지 못하고 미국 연방 정부에 구원의 손길을 요청했다. 스페이스X와 테슬라에서 그 어떤 재무적 성과도 만들지 못한 일론에게는 외부의 추가 투자가 절실했으나, 미국 최악의 금융 위기가 지속되면서 이마저 말 그대로 불가능해져 버렸다. 그 누구에게도 현금이 없는 시대였다.

태평양 콰절린 섬에서 날아오는 소식 역시 좋은 뉴스는 없었다. 오직 비용 청구서뿐이었다. 스페이스X에서는 로켓 부품을 위해 하루에 10만 달러(1억 원 이상)가 넘는 비용이 청구되곤 했다. 이와 같은 청구서의 숫자를 볼 때마다, 일론은 머릿속의 피가 순식간에 말라가는 걸 느낄 수 있었다. 로켓 발사와 궤도 진입이라는 인류 공학의 결정체는 결코 쉽고 빠르게 완성할 수 없다는 걸 매일같이 뼈저리게 느끼는 일론이었다. 테슬라의 상황 역시 크게 다르지 않았다. 오히려 더 나쁘다고 하는 편이 맞았다. 로드스터의 총 개발비는 2004년 사업계획서에서 예상했던 2,500만 달러를 넘어 1억 달러를 초과해버렸다. 일론은 변속기 문제는 시작에 불과했다는 사실을 깨달았다. 새로운 자동차를 창조하는 일은 허허벌판에 커다란 성을 짓는 일과 비슷했다. 계속되는 구조적 결함의 발견으로 결국 테슬라는 로드스터를 처음부터 다시 만들어야 했다.

일론은 급기야 본인이 갖고 있던 소유물을 팔기 시작했다. 실리콘 밸리의 친구들과 자동차 경주를 하며 즐겼던, 가장 아끼는 보물 1호였던 스포츠카 맥라렌을 팔았고, 갖고 있던 아파트도 정리했다. 맥라렌을 떠나보내는 순간은 그의 삶에서 가장 아쉬운 시간이었다. 하지만 그에게는 현금이 필요했다. 만나는 사람마다 현금을 융통할 방법을 물어보았고, 하늘을 보고 현금을 달라고 외쳤다. 그만큼 최악의 상황이었다. 이제 그는 스페이스X와 테슬라로부터 도착하는 1,000달러가 넘는 청구서를 모두 직접 처리하기 시작했다. 두 회사의 모든 구매 상황을 개인적으로 감독했고, 생산성을 극대화할 수 있도록 혹독하게 몰아붙였다. 테슬라와 스페이스X의 엔지니어들이 '이 부품은 이 정도면 더 싸게 만들 방법은 없다'라고 생각하며 2천 달러짜리 청구서를 보내면 일론은 1천 달러 미만으로 만들 방법을 찾으라고 꾸짖으며 돌려보냈다.

팰컨 1호 3차 발사와 테슬라 로드스터 출시는 연기에 연기를 거듭하고 있었다. 일론의 성공적인 스토리에 열광하던 언론과 대중이 이제 그를 의심하기에 충분한 시간이었다. 몇 달 전까지만 해도 그를 '스티브 잡스(21세기 혁신의 아이콘으로 평가받은 애플의 공동 창업주)를 능가하는 인물'이라고 평가했던 언론은 이제 일론의 과거를 들추며 약점을 찾기 시작했다. 순식간에 ZIP2와 페이팔 시절 그가 CEO에서 쫓겨났던 사건에 대한 기사가 모든 비즈니스 뉴스 페이지를 가득 채웠다. 거인의 추락이 예상되자, 언론과 더불어 온갖 사람들이 등장해 잔혹하게 일론을 사방에서 공격하기 시작했다. 로드스터를 처음 선보이며 받았던 스포트라이트는 희미해졌고 일론 머스크라는 인물에 대한 이미지는 시대를 이끌어가는 사업가에서 남의 돈으로 현실을 조작하는 사기꾼으로 바뀌어 갔다. 실리콘 밸리의 가십(개인의 사생활에 대한 소문이나 험담을 다루는 기사)을 다루는 미디어 회사 밸리웨그에서는 테슬라 로드스터를 '2007년 산업계의 최대 실패작'이라고 칭했다.

추락하는 것에는 날개가 없고, 불행은 홀로 오지 않는 법이다. 곧이어 일론의 사생활도 삐걱거리기 시작했다. 대학 시절부터 함께 했던 저스틴과의 결혼 생활에 심각한 문제가 생긴 것이었다. 저스틴은 성공한 사업가의 아내로만 인식되는 자신에 대한 사회의 평가를 받아들이지 못했다. 그리고 일론 특유의 가벼운 유머 감각과 무심함은 저스틴의 아쉬움을 자상하게 채워주지 않았다. 사업이나 사회적 이슈에 대한 저스틴의 의견을, 일론은 가벼운 조크와 함께 무시하는 일이 잦았기 때문이다. 게다가 일론의 우선순위는 오로지 두 회사에 있었기에 그가 가족과 함께 보내는 시간은 매우 적었고, 결혼 이후 함께 보내지 못하는 주말이 더 많은 지경이었다. 무엇보다도 저스틴은 일론의 아내가 아닌 대등한 동반자가 되고 싶었으나, 일론은 그러한 감정적 충만을 주는 데 실패했다. 이러한 감정적 불화는 결국 2008년 6월, 두 사람의 이혼 소송으로 이어졌다.

저스틴은 8년간의 결혼 생활에 대한 대가로 현재 가족이 살고 있는 집, 이혼 수당과 양육비, 현금 600만 달러, 일론이 보유한 테슬라 주식의 10%와 스페이스X의 5%, 로드스터 1대를 요구했다. 이 요구가 과다하다고 생각한 일론이 망설이자 그녀는 CNBC의 이혼 프로그램에 출연하고 마리끌레르 매거진에 '나는 현명한 아내였다'라는 제목의 기사를 쓰며 이혼 소송을 유리하게 이끌어 갔다. 일론의 사업에 대한 공격을 일삼던 언론은 매우 좋은 기회를 얻었다. 그들은 저스틴의 주장에 힘을 실어 주며 백만장자 일론 머스크가 왜 아내의 요구를 들어주지 않는가에 대한 수많은 험담 기사를 썼다.

이제 일론은 가짜 사업가, 사기꾼에다가 자녀에 무관심하며 아내를 학대한 몹쓸 인간이 되어버렸다. 결국 저스틴은 현금 200만 달러와 위자료와 양육비로 17년 동안 매달 8만 달러, 테슬라 로드스터 1대를 받는 것으로 소송에 합의했다. 일론에게는 초창기의 장밋빛 미래는 사라진, 성공이 불확실한 2개의 사업을 꾸리며 이혼 소송을 진행하는 과정은 하루하루가 지옥 같은 일이었다. 이 시기 그는 인생에서 가장 큰 고통을 받는 기분이었다. 밤에는 잠이 오지 않아 술을 마시거나 수면제를 복용해야만 휴식을 취할 수 있었다. 그의 계산으로는, 이대로 수익이 없이 계속 보유한 현금을 쓰다가는 2008년 12월쯤 파산을 선언해야 하는 상황이었다. 일론은 태어나서 처음으로, 이대로는 정말 삶이 끝장이 날 수도 있다는 생각을 했다.

2008년 8월 2일은 스페이스X 팰컨 1호의 3차 발사 예정일이었다. 일론은 동서를 막론하고, 완전성을 상징하는 숫자인 3을 믿었다. 2002년 스페이스X를 설립하고 6년이 지난 시점이었다. 더 이상의 시간은 없다고 느꼈다. 이제는 반드시 성공해야만 했다. 팰컨 1호는 다시 한번 태평양의 파란 하늘을 향해 치솟았다. 2차 발사에서처럼, 첫 3분은 굉장히 순조로웠다. 하지만 1단 로켓의 분리되자, 지난번에 발생했던 안전성 문제가 다시 한번 발생했다. 잔여 연료의 슬로싱 현상은 지구 궤도에 진입하려는 로켓의 진로를 계속해서 방해했다. 결국 1단 엔진과 2단 엔진이 예상치 못한 추력으로 충돌해버렸다. 그렇게 팰컨 1호는 다시 한번 대기 중에서 파괴되었다. 로켓이 화면에 사라진 뒤 30초 동안 제어실에서는 아무도 말을 하지 않았다. 직원들은 여기저기서 울음을 터트렸다. 모두가 자신의 신체가, 정신의 일부가 폭발해버린 기분을 느꼈다.

일론은 그 자리에서 가장 실망이 크고, 가장 경제적인 피해가 가장 큰 사람이었다. 그 역시 아쉬운 감정을 느꼈지만, 불타버린 로켓을 애도하는 일은 그의 성격에 맞지 않았다. 신속하게 실패의 원인을 분석하고, 다음 로켓에는 같은 실수를 반복하지 말아야 했다. 그는 차분한 목소리로 직원들을 달랬다.

"괜찮습니다. 충분히 예상했던 일이에요. 우리는 해낼 겁니다. 할 수 있어요. 정신을 되찾읍시다."

그는 방금 전 발사가 실패한 현장에서, 언론을 대상으로 스페이스X는 로켓을 4차로 발사하고 곧이어 5차로 발사할 것이라는 성명을 새로 발표했다. 놀라운 수준이 아닌, 경악할 만한 침착함이었다.

멋진 쇼맨십을 발휘해 직원들의 동요와 언론의 반응을 억제한 일론이었지만, 사실 그는 인생에서 그 어느 때보다도 울적한 기분이었다. 3차 발사의 실패 원인은 2차 발사에 발생했던 동일한 기술적 문제였다. 스페이스X가 같은 실수를 또 저질렀다는 사실은 그를 무엇보다도 우울하게 만들었다. 대중에게 5차까지 발사할 예정이라고 호기롭게 말했으나, 그의 계산에 따르면 스페이스X에게는 오직 1번의 발사 기회만이 남아 있었다. 외부에서의 투자는 기대할 수 없는 상황이었고, 그에게는 남은 돈은 없었다. 그는 당시를 이렇게 회상했다.

"나는 사방에서 공격을 당했습니다. 사람들은 남의 불행을 보며 쾌감을 느꼈죠. 여러 면에서 너무 괴로웠습니다. 저스틴은 언론을 통해 나를 고문했죠. 테슬라에 대해 부정적으로 말하는 기사와 스페이스X의 3차 발사 실패를 들먹이는 기사가 많았습니다. 내 삶이 문제가 있다는 의혹은 커져만 갔고 내가 만든 자동차와 로켓이 제대로 작동하지 않는 데다 이혼까지 겹치다 보니 스스로 쓰레기 같다는 생각이 들었습니다. 극복할 수 있을 것 같지 않았어요. 모든 상황이 끝났다고 생각했습니다."

일론은 한밤중에 악몽을 꾸고 소리를 질렀다. 과중한 스트레스로 인해 허벅지와 어깨 등 신체 여기저기에 통증을 느낄 정도였다. 불규칙한 식습관과 운동 부족으로 과체중이 되어 버렸고, 항상 수면이 부족했기에 눈 밑에 지방 덩어리가 불룩 튀어나왔다. 주변 사람들은 일론을 볼 때마다 그가 곧 심장 마비를 겪을 것 같다고 생각했다. 당시 미국에서는 금융 위기의 발생 원인이 은행가와 부자들 때문이라고 여기는 분위기가 조성되었고, 일론은 좋은 표적이 되었다. 스페이스X의 연속적인 발사 실패 그리고 일론이 어떻게 테슬라의 마틴을 내쫓고 CEO가 되었는지에 대한 찌라시 글이 하루에도 수십 개씩 올라왔다. 모두가 스페이스X와 테슬라의 죽음이 임박했다고 예상했고, 기사를 읽은 사람들은 그를 비난하는 수백 통의 이메일을 보냈다.

그는 계속되는 재정 문제로 친구들에게 수백만 달러를 빌렸고, 당시 새로 만나게 된 여자친구 탈룰리 라일리의 부모 집을 담보로 대출을 받기도 했다(물론 결혼을 약속한 상황이었다). 더 이상 전용 비행기를 이용할 현금은 없었다. 그는 미국 항공사 중 가장 저렴한 사우스웨스트 사의 비행기를 타고 로스앤젤레스와 실리콘 밸리를 왕복해야만 했다.

현금이 떨어지자 가장 부담이 되는 것은 직원들의 급여였다. 테슬라와 스페이스X 직원들의 급여를 주기 위해 일론은 그가 아는 모든 이들에게 손을 벌렸고, 심지어 테슬라의 직원들에게도 주식을 판매해 내부 투자를 받았다. 엔지니어들은 스스로의 회사를 살리기 위해 2만 달러, 5만 달러 상당의 수표를 썼다.

이제 정말 일론은 파산 직전이었다. 스페이스X의 자산 가치를 평가받아 금융기관으로부터 받은 대출을 테슬라에 투입했고, 투자자들을 찾아다니며 울며 겨자 먹기로 자신의 지분을 줄여서라도 파산을 면하게 해달라고 부탁했다. 개인적으로, 사업적으로, 감정적으로 일론은 구석으로 몰렸다. 그에게는 더 이상 물러설 곳이 없었다.

희망은 로켓처럼

• 일론 머스크의 목숨을 건 도전 •

회사를 시작한다는 건 유리를 씹어먹으면서
죽음의 구렁텅이를 바라보는 것과 비슷합니다.
이 말이 매력적으로 들린다면, 당신은 아마 사업가가 될 수 있을 겁니다.

2008년 9월 28일은 스페이스X의 4차이자 마지막 로켓 발사 예정일이었다. 이번이 마지막이라는 것을 알고 있는 사람은 일론과 스페이스X의 사장이자, 최고운영책임자를 맡고 있는 그웬 숏웰뿐이었다. 3차 발사 이후 스페이스X 팀 전원은 6주 동안 교대 근무 없이 일했다. 그들에게는 이번 발사에서 실패하면 모두에게 비참한 최후를 맞을 것이라는 결사적인 각오가 있었다. 로켓 발사에 요구되는 모든 점검에서 단 하나의 실수도 용납되지 않았다. 일론은 새로운 여자친구 라일리와 데이트를 하면서도 로켓 용접 작업이 어떻게 진행되고 있는지 매일 런던에서 전화를 걸었다. 그는 이번 발사에 목숨을 걸어야 한다는 사실을 끊임없이 엔지니어들에게 주입시켰다.

그들은 4년 전 콰절린 섬에 처음 온 후 섬을 떠나지 않고 프로젝트에 매달린 엔지니어들이었다. 일론과 함께, 그들은 자신의 인생을 스페이스X에 걸고 있었다. 태평양 한가운데의 고립 속에서 오직 하나의 꿈을 함께 이루기 위해 더위와 곤충, 질병에 시달리며 수년의 시간을 보낸 생존자들이었다.

"이번이 마지막일 수 있습니다."

일론의 말에 엔지니어들은 목이 타들어 가고, 속이 메슥거리는 걸 느꼈다.

새벽 6시부터 준비한 팰컨 1호가 발사대에 선 것은 오후 3시가 다 돼서였다. 당시 영상을 보면 첫 번째 발사에 보였던 허접한 천막은 보이지 않고, 스페이스X의 로고가 인쇄된 커다란 컨테이너와 4개의 페이로드(로켓에 실리는 화물)를 볼 수 있다. 팰컨 1호에는 160kg의 모형 탑재물을 실은 상태였다. 10명으로 시작했던 스페이스X의 인원은 이제 500명에 달했다. 발사가 가까워질수록, 일론은 500명의 마음이 하나로 집중되는 것을 느낄 수 있었다.

발사 직전, 기술적 문제가 없다는 신호가 전달되었다. 팰컨 1호가 발사되었다. 21.3m, 38.5톤의 거대한 쇳덩이 아래에서 불이 뿜어져 나왔다.

"5, 4, 3, 2, 1, 0."

"이륙 신호가 확인되었습니다. 이륙했습니다."

"스페이스X 팰컨 1호가 발사 타워를 벗어났습니다."

30초, 로켓에 부착된 외부 카메라에 콰절린 섬의 전체 모습이 들어왔다. 발사와 관련된 모든 기술적 지표가 양호함을 알릴 때마다 직원들이 환호하고 휘파람을 불었다.

2분 25초, 연속적으로 문제를 일으켰던 분리 단계가 시작되었다. 1단 로켓이 분리되고 2단 로켓이 점화했다.

2분 31초, "2단계 동기화 안정." 일론이 말했다. "조금만 더 힘내, 베이비."

2분 39초 "2단계 분리 확인." 사람들이 박수를 쳤다. 고도를 높인 로켓의 카메라는 이제 지구의 가장자리까지 비추어주었다.

2분 48초 "2단계 엔진 점화." 일론은 모니터에서 눈을 떼지 못했다. 눈을 깜빡거리는 것도 잊을 지경이었다. 그는 옆에 앉아있는 엔지니어에게 말했다. "제발 지금 저 불빛이 두 번째 단계(궤도 진입) 신호라고 말해주세요."

3분 27초 "2단계 추진 성능 정상." 카메라는 더 이상 떨리지 않았다. 모든 신호는 안정적이었다. 일론은 외쳤다.

"신이시여 감사합니다. 이 세상 누구든 감사합니다!"

할리우드 영화가 아닌, 스페이스X가 실제 만들어 낸 역사의 한 장면이었다. 팰컨 1호 로켓은 지구 궤도를 향해 상승했고 스페이스X의 자랑거리인 케스트렐 엔진이 점화했다. 숨을 참고 기다리던 엔지니어들은 그때야 긴장을 풀 수 있었다. 4분이 지나자 로켓 상단에 위치한 위성 덮개가 분리되었다. 실제로 운반한 화물이 있었다면 궤도에 올리는 역할을 수행하는 단계였다.

성공, 성공이었다. 스페이스X 직원은 물론 영상을 통해 발사를 지켜본 모든 이들의 가슴이 뜨겁게 북받치는 순간이었다. 엔지니어들은 눈물을 흘리며 서로를 부둥켜안았다. 6년, 성공에 대한 확신 없이 매달리기엔 너무나 오랜 시간이었다. 스페이스X의 500명의 영혼은 오늘 하루만큼은 그동안의 노력에 대해 마침내 보상받는 감정을 느꼈다. 그들은 인류의 우주 개발사에서 가장 감동적이고 승리적인 역사를 만들어 낸 장본인 중 하나가 되었다.

2002년 6월에 시작된 이들의 도전은 6년 3개월 만에 성과를 거두었다. 감개무량할 수밖에 없었다. 이들의 노력과 투쟁은 육체적으로, 정신적으로도 가장 고된 강도의 시험이었다. 인류가 결코 벗어날 수 없는 지구 중력의 법칙을 거스르는 도전을 결코 포기하지 않은 이들에게, 대자연이 가볍게 미소 지으며 우주를 만지게 해준 것이었다. 20세기 인류가 우주에 진출하기 시작한 역사 이후, 이처럼 적은 인원과 예산으로 인류 과학의 결정체인 로켓을 신속하고 정확하게 만들어 낸 사례는 없었다. 이들의 성공은 신화적이었고, 전설적이었으며 21세기의 기적이라고 불리기에 가히 무리가 없었다. 지구의 궤도에 위성을 올리는 일은 국가의 영역이지, 일개 기업이 할 수 있는 일이라 여겨지지 않왔다. 일론은 오늘 하루를 '자기 평생에 가장 위대한 날'이라고 일컬었다. 그곳에 있던 500명의 스페이스X 직원들은 모두 똑같은 기분을 느꼈다.

팰컨 1호 발사 성공은 일론의 삶에서 가장 확실한 분기점이 되어주었다. 발사 후 3개월이 지난 2008년 12월 23일, 스페이스X는 미항공우주국 NASA의 국제우주정거장 화물 계약 사업자에 선정되었다. 팰컨 1호 발사 성공으로 스페이스X의 기술력은 전 세계에 입증되었고, NASA에서 진행하는 우주 사업에 당당히 입찰할 수 있던 것이다. 계약의 조건은 NASA의 화물을 12회에 걸쳐 궤도로 발사하고, 16억 달러를 지불받는 조건이었다.

초창기 스페이스X의 일원이었지만, 일론과의 불화로 조직을 떠난 마이클 그리핀(함께 러시아에 다녀오기도 했다)이 NASA에서 근무하고 있었기에 계약 수주에 대한 기대가 크지 않았던 스페이스X 팀은 매우 놀랐다. 마이클은 NASA 내부에서 스페이스X와의 거래를 반대했지만, 스페이스X의 입찰 금액은 그 어떤 경쟁사보다 훌륭한 조건이었다. 수많은 엔지니어의 피와 땀 그리고 일론의 무지막지한 압박으로 이루어 낸 로켓 공학에서의 비용 절감 성과는 그만큼 모든 경쟁사를 초월하는 괄목할 만한 수준이었다.

크리스마스 이틀 전에 결정된 엄청난 규모의 계약에, 일론은 눈물을 흘리며 기뻐할 수밖에 없었다. 페이팔 매각 이후 첫 수익이었다. 그는 미친 듯이 당신들을(NASA) 사랑한다고 외쳤다. 하지만 크리스마스의 기적은 스페이스X에만 일어난 것이 아니었다. 2008년 초 로드스터 생산을 시작했으나, 실제 재무적 성과를 거두지 못하고 있던 테슬라에 대한 새로운 투자가 함께 이루어진 것이었다. 12월 초부터 이루어졌던 밴티지포인트 투자사와의 협의가 12월 24일, 크리스마스이브에 체결되었다. 일론에게는 거대한 운명의 바퀴가 굴러가기 시작하는 것만 같았다. 크리스마스를 맞이하며 일론의 계좌에는 테슬라 직원들에게 1월에 지급할 급여도 남아 있지 않은 상황이었기에 더욱 중대한 사건이었다.

크리스마스이브, 일론은 투자 결정을 듣자마자 늦은 밤의 시내로 달려나갔다. 여자친구 라일리에게 줄 크리스마스 선물을 사기 위해서였다. 그리고 유일하게 열려 있는 장식품 가게에 들어가 20달러짜리 플라스틱 원숭이 장난감을 샀다. 그의 눈에는 눈물이 글썽였다. 유난히 혹독했던 겨울, 세상은 무너지지 않았다. 일론의 2008년 크리스마스가 그렇게 지나갔다.

그가 2008년 겪었던 고통은 이 세상 그 누구도 이겨 내기 쉽지 않은 일이었다. 그는 언론의 끊임없는 포화와 투자자들의 압박, 2개의 다른 사업에서 계속되는 제품 개발의 실패 그리고 저스틴과의 지옥 같은 이혼을 겪었다. 그 과정에서 그는 방에 숨어 목숨을 부지하기만 한 것이 아니라 사람들을 이끌어 가며 누구보다 열심히 일했다. 극도의 스트레스를 이겨 내며 하루 20시간 넘게 일하면서도 끝까지 이성적인 태도를 잃지 않았다.

많은 기업가는 외부의 큰 압력을 받으면 지분을 매각하거나 책임을 다른 사람에 넘기는 등 두려움으로 인한 잘못된 선택을 하고, 일생에 걸쳐 후회하게 된다. 일론은 두려움을 느끼고, 건강을 잃고 온몸이 으스러지며 고통받았지만, 결코 끝까지 포기하지 않았고, 굴복하지 않았다. 그는 얼마든지 테슬라의 배터리 기술을 다른 자동차 제조업체에 매각하거나, 우주 개발에 실패했던 다른 백만장자들처럼 스페이스X에 스톱 버튼을 누를 수 있었다. 만약 그의 꿈이 더 많은 돈을 버는 것이었다면 그는 분명히 그런 선택을 했을 것이 분명했다. 하지만 인류의 멸망을 막고, 우리의 생명을 지속 가능하게 만들겠다는 그의 꿈은 확고했고, 그 꿈을 이룰 수 있는 사람은 오로지 자신뿐이라고 믿었다. 당연한 일이었다. 누가 30억 년 뒤 인류의 미래를 걱정하며 오늘 하루를 보내고 있겠는가?

암흑 같은 터널의 끝

• 일론 머스크의 목숨을 건 도전 •

나는 엄청난 재능을 가진 사람들을 인정하고 싶습니다.
나는 우연히 회사의 얼굴이 된 것뿐입니다.

일론은 크게 한숨을 쉬었다. NASA와의 계약, 벤처캐피탈의 투자로 그의 인생에서 가장 위급한 상황은 가까스로 종료되었다. 그는 자기 삶이 한 편의 영화 같다는 생각이 들었다. 구원의 손길은 마치 영화처럼 가장 절체절명의 순간에 찾아왔다. 하지만 그는 이제 시작이라고 생각했다. 이제야 그가 하고자 하는 사업의 기술력을 사람들에게 처음으로 인정받은 것뿐이었다. 그는 결코 첫 성공에 만족할 수 없었다. 수백, 수천 번의 성공이 이루어져야 자신의 꿈을 이룰 수 있음이 분명했기 때문이었다.

스페이스X는 기나긴 탈피의 기간을 끝낸 한 마리의 나비처럼 날아올랐다. 2010년 12월 화물 우주선 드래곤을 발사해 지구 궤도를 돌린 뒤 회수에 성공했고 2012년에는 민간 기업 최초로 우주선을 국제우주정거장에 도킹(우주 공간에서 두 우주선이 서로 물리적으로 연결하는 것)시켰다. 2014년에는 최종 유인 수송 프로그램 사업자로 선정되어 NASA의 루나게이트웨이(달 궤도에 우주정거장을 건설하는 계획) 프로젝트에서 회당 2,200억 달러의 계약을 체결했다.

2015년, 팰컨 1의 엔진을 9개로 늘린 팰컨 9를 개발해 발사했고, 팰컨 9는 위성을 궤도에 진입시킨 뒤 다시 지상으로 돌아와 로켓 1단부를 '통째로 착지'시켰다. 우주 산업의 막대한 비용 중 가장 큰 원인이었던 '엄청나게 비싼 로켓을 한 번 쓰고 버려야 한다'는 법칙을 인류 역사상 처음으로 깨버린 것이었다. 팰컨 1을 성공시켰을 때처럼, 일론과 스페이스X 직원들은 엄청난 기쁨 속에서 환호했다.

2020년에는 민간 기업 최초로 유인 캡슐 로켓을 발사했다. NASA의 우주 비행사 더글라스 헐리와 로버트 벤켄을 태운 높이 6.1미터, 직경 3.7미터의 크루 드래곤 캡슐이 팰컨 9 로켓을 타고 날아올랐다. 9년 만에 처음으로 미국에서 유인 우주선이 발사되었기에, 미국 정부는 이 발사에 "미국을 발사하다(Launch America)"라는 이름을 붙였다.

크루 드래곤은 발사 19시간 뒤 국제우주정거장에 성공적으로 도킹했다. 이 역시 국가가 아닌, 민간 기업이 국제우주정거장에 화물이 아닌, 유인 캡슐을 도킹시킨 최초의 사건이었다.

로켓의 발사도 중요하지만, 발사 이후 국제우주정거장에 정상적으로 도킹하는 것 역시 엄청난 기술적 성취였다. 그리고 8주 뒤 크루 드래곤은 국제우주정거장을 떠났고, 다시 19시간의 여정에 걸쳐 플로리다 해변으로 복귀했다. 스페이스X는 크루 드래곤 캡슐의 재사용을 NASA에 요청했고, 기술적으로 가능하다는 점이 인정되었다.

스페이스X는 더 이상 우주 항공 산업의 벤처 기업이 아니었다. 스페이스X는 업계의 선두 주자이자 리더였다. 그들의 앞에서서 실패를 비웃던 경쟁 업체들은 이제 스페이스X의 기술력을 모방하기 위한 방법을 연구해야만 했다. 스페이스X의 인기는 급등했고, 언제보다도 더 많은 세계의 인재들이 스페이스X에 앞다투어 지원서를 내밀었다. 이제 일론은 스페이스X의 사업적 성공을 넘어서, 화성으로 가는 프로젝트를 진지하게 계획하기 시작했다. 그는 2019년 인류 역사상 최대, 최고 성능의 발사체인 '스타십'을 발표하며 말했다.

"호기심과 가능성으로 가득 차 있는, 별 너머로 떠나는 여행. 그것이 우리 인간의 미래입니다."

스타십은 달과 화성 탐사 그리고 장차 먼 미래에 있을 화성보다 더 멀리 위치한 천체들에 대한 탐사 계획까지 고려해 설계된 기체였다. 일론은 매일 조금씩, 자신의 오랜 꿈이었던 '다시 한번 시작되는 우주 시대'가 현실에 가까워지는 걸 느낄 수 있었다.

스페이스X의 안정적인 모습과는 달리, 테슬라는 아직 궤도에 오르지 못한 것처럼 보였다. 2008년 3월, 드디어 로드스터가 출시되었고 미국 내에서 1,200대가량 판매하는 데 성공했으나 창업 이후 발생한 막대한 채무와 재정 적자를 해결할 방법은 요원해 보였다. 엄청난 이자 비용 등 나가는 돈은 너무나 많은데 로드스터의 생산량 증대는 턱없이 부족했다. 게다가 '전기 자동차 대량 생산'이라는 거대한 산은 테슬라의 등반을 결코 쉽게 허락하지 않았다. 품질 관리가 테슬라의 발목을 잡은 것이었다. 로드스터는 출시 이후에도 크고 작은 문제를 일으켰고, 일론은 제품 가격을 인상하면서도 안전상 리콜을 종종 실시해야 했다. '전기차의 복수'라는 다큐멘터리는 당시 수백 대의 로드스터가 결함 문제로 인해 실리콘 밸리의 공장에 가득 모여있는 모습을 비춰주었다. 첫 제작에서 발견된 결함 또는 오류로 인해 고객들이 인수를 거부했기 때문이다. 일론은 로드스터들을 보며 말한다.

"이런 젠장, 여기는 마치 자동차 군단 같네요. 하… 이건 정말 무서운데요."

하지만 그런 상황에서도 일론은 테슬라에 공격적으로 투자를 감행했다. 테슬라 엔지니어들의 품질 관리는 나아지고 있었고, 로드스터의 판매량은 연 2,500대까지 늘어났다. 일론은 이들의 뛰어난 재능과 강력한 의지로 이겨 내지 못할 결함은 없다고 믿었다.

테슬라 로드스터의 가장 큰 업적은 판매량과 같은 사소한 것에 있지 않았다. 로드스터를 두 눈으로 본 사람들이 전기차를 스포츠카와 같은 '욕망의 대상'으로 인식하기 시작했다는 사실이 가장 중요했다. 이는 무한한 희망의 징조였다. 테슬라는 대중에게 전기 자동차의 존재감을 뚜렷하게 각인시켰고, 금융 위기 속에서도 무너지지 않으며 강한 펀더멘탈(기업의 기초 역량)을 보여주었다.

로드스터를 통해 전기 자동차의 가능성을 확인한 일론은 이제 평균적인 미국 가족이 함께 즐길 수 있는 패밀리카를 만들고 싶었다. 5명의 아이를 가진 그는 처음에 7인승 자동차를 원했으나, 세단의 구조적인 문제로 5인승으로 타협해야만 했다. 일론은 뛰어난 스포츠카를 제조해 두터운 매니아층을 가진 마쓰다 자동차의 디자인 디렉터였던 프란츠 홀츠하우젠을 테슬라로 영입했다. 그리고 그와 함께 로드스터를 이을 테슬라의 새로운 제품 개발을 시작했다. 일론은 테슬라의 전기 자동차는 무엇보다도 섹시해야 한다고 생각했다. 그는 테슬라의 브로슈어에 SEXY라는 단어를 넣고 싶었고, 첫 모델에 S라는 이름을 붙이게 되었다.

모델 S를 완성하기까지 일론은 거의 1년 동안 매주 금요일 오후, 프란츠와 디자인 팀을 만나야 했다. 모든 디자인이 완성될

때까지, 이 일정은 끝에 대한 기약 없이 무한히 반복되었다. 그들은 모델 S의 가장 세세한 부분과 미묘한 차이를 확대해서 보았다. 모든 범퍼와 모든 곡선을 하나하나 짚었다. 가장 작은 부품을 결정하는데도 엔지니어들의 요구, 재무적 요구, 안전에 대한 정부 규제라는 삼박자를 모두 맞추어야 했다. 멋진 자동차를 만들기 위해 하고 싶은 것은 많지만 제약은 더욱 많은 상황이었다. 모든 일은 엄청난 수준의 반복적인 업무를 요구했고 그들은 모델 S 디자인의 가장 작은 mm 단위까지 신경 써서 디자인해야 했다.

21세기 가장 섹시한 자동차 중 하나가 되는 모델 S는 이렇게 탄생했다. 아름다움은 결코 쉽게 만들어지지 않는다는 말처럼, 일론과 프란츠 그리고 디자인 팀의 인내와 고통이 만들어 낸 명품 그 자체였다. 모델 S 세단은 2009년 3월, 처음으로 대중에게 공개되었다. 메르세데스-벤츠 CLS의 아름다운 곡선을 기본 구조로 제작된 모델 S의 매우 매혹적이고 세련된 모습에 사람들은 또다시 큰 찬사를 보냈다.

하지만 여전히 테슬라는 신제품을 개발할 수는 있지만, 대량생산을 할 수 있는 핵심적인 역량을 갖고 있지 못했다. 그들에게는 모델 S를 제조할 수 있는 기술과 노하우, 의지가 있었지만 수천, 수만 대의 자동차를 제조할 수 있는 공장과 인력이 없었다. 그렇다고 새로운 공장을 짓고 직원들을 고용할 막대한 자본이 있는 것도 아니었다. 자동차를 대량 생산하기 위해서는 금속을 공정하는 대형 프레스와 로봇, 절삭 기계, 도색 도구 등 수억 달러에 이르는 장비와 함께 그를 운용할 수천 명의 직원이 필요했다. 테슬라가 가진 것은 로드스터와 모델 S를 수작업으로 만들어 낸 300명의 엔지니어들뿐이었다.

그러던 와중, 일론의 꿈에 날개를 달아줄 또 다른 조력자가 등장했다. 메르세데스-벤츠 사였다. 벤츠는 모델 S를 면밀하게 살펴본 뒤 테슬라 지분 10%를 5,000만 달러에 인수했고, 테슬라와 기술적 제휴를 맺어 벤츠의 스마트카를 제조할 계획을 발표했다. 5,000만 달러라는 금액도 큰돈이었지만 더욱 중요한 건 가장 전통적인 자동차 제조사이자, 내연 기관의 초대 발명자나 다름없는 메르세데스-벤츠가 테슬라의 미래를 희망적으로 보았다는 사실이었다. 또한 메르세데스-벤츠의 투자 소식이 알려지고 얼마 뒤, 2010년 1월 미국에너지국은 테슬라와 4억 6천만 달러에 이르는 차관 협정을 맺었다. 환경 파괴와 지구 온난화, 화석 연료의 사용을 줄이는 데 기여한 테슬라의 노력이 정부 기관과의 실제적인 협력과 지원으로 이루어진 것이었다.

스페이스X에서 일어났던 기적 같은 일이 테슬라에도 일어났다. 연속적인 시의적절한 도움의 등장은 결코 우연으로 치부할 수 없는, 일론의 리더십 아래 끊임없이 기술의 혁신을 이루어 낸 테슬라의 직원들이 만든 필연적인 결과라고 볼 수 있었다.

모든 성취는 결코 우연이 아니었으며, 그들의 피와 땀의 결정체 그 자체였다.

일론은 벤츠와 정부 지원 자금으로 과거 GM과 도요타가 실리콘 밸리 외곽에 설립한 '누미 자동차 조립 공장'을 4,200만 달러라는 헐값에 인수할 수 있었다. 1970년대, 그 가치가 10억 달러에 달했던 누미 공장은 2010년 4월 폐쇄되어 5,000명의 직원들이 일자리를 잃은 상황이었는데, 한 달 뒤 테슬라가 인수한 것이었다. 도요타 자동차는 공장 거래 과정에서 벤츠와 마찬가지로 테슬라 지분 2.5%를 5,000만 달러에 매입했다.

불행이 겹쳐서 왔던 것처럼, 행운은 잇따라 일론에게 찾아왔다. 벤츠와 도요타의 축복을 받은 일론은 이제 테슬라의 주식 상장 절차를 시작했다. 스페이스X와는 달리 테슬라는 자동차 대량 생산과 신차 개발 등 프로젝트 추진을 위한 더 많은 자본이 필요했기 때문에, 주식 상장으로 외부 감사를 받는 것보다 자본적인 이익이 더 크다고 판단했다.

테슬라의 상장에 언론은 물론 월스트리트의 전문가들도 모두 부정적인 견해를 피력했다. 사람들은 테슬라의 상장은 건전한 재정적 선택이 아닌, 주식시장의 신에게 행운을 비는 기도 행위라고 비판했고, 다른 자동차 제조사들이 테슬라가 성장할 틈을 주지 않을 것이라고 목소리를 모았다. 하지만 우리가 그 결과를 알고 있듯이, 그들의 예상은 보기 좋게 빗나갔다.

2010년 6월 29일 상장된 테슬라의 주가는 41%를 치솟으며 일론은 2억 2천만 달러의 자금을 확보할 수 있었다. 전 세계의 투자자들은 테슬라가 2009년 5천만 달러 적자를 기록했고, 그동안 투자한 금액이 3억 달러가 넘는다는 사실을 중요하게 생각하지 않았다. 주식시장은 테슬라의 미래를 밝게 바라보았고, 일론이 가진 전기 자동차의 세상을 만드는 꿈에 그들의 돈을 과감하게 베팅했다.

공장과 자금을 확보한 테슬라는 아무 망설임 없이 모델 S의 생산에 착수할 수 있었다. 그리고 곧 SUV와 미니밴을 합쳐놓은 형태의 신제품 모델 X 개발에 착수했다. 마침내 2012년 6월, 테슬라는 프리몬트 공장(누미 공장의 이름을 변경했다)에 고객과 언론을 초청해 최초로 생산된 모델 S를 인도했다. 모델 S의 첫 공개 이후 2년 이상이 지난 인도 날짜였다. 생산이 이처럼 늦어진 이유는 일론이 계속해서 기존에는 존재하지 않았던 17인치 모니터, 운전자가 다가가면 돌출하는 손잡이 등의 신기술을 적용하고 싶어 했기 때문이었다.

일론의 고집과 결정에 시장은 열광했다. 모델 S의 최초 소유자인 과학자 크레이그 벤터는 "모델 S는 교통수단의 모든 것을 바꾸었다. 이것은 바퀴 달린 컴퓨터이다"라고 찬사를 보냈다. 출시 후 얼마 지나지 않아 실리콘 밸리의 중심지인 팰로 앨토와 마운틴 뷰의 거리에는 모델 S로 가득 찼다. 모델 S는 '환경을 보호하는 깨어 있는 미국인'이라는 페르소나의 상징으로 등극했다. 2012년 11월 〈모터 트렌드〉는 모델 S를 포르쉐, BMW, 렉서스와 같은 기업의 자동차를 누르면서 '올해의 자동차'로 선정했다. 〈컨슈머 리포트〉에서는 모델 S가 100점 만점에 99점이라고 평가하면서 지금까지 생산된 자동차 중 최고라는 코멘트를 남겼다.

하지만 모델 S 역시 초창기에는 출시된 성능의 신뢰성이 굉장히 낮았고, 서비스 센터는 소프트웨어, 하드웨어 문제로 각각 밀려드는 작업량을 처리할 역량이 부족했다. 모델 S를 예약한 소비자는 많았지만, 실제 판매 및 인수로 전환되는 데는 다양한 어려움이 있었다. 실내 장식과 마감, 재판매 시장의 불확실성, 보통 수준 이하의 부품과 마무리 등으로 테슬라에 대한 언론의 반응과 신뢰도가 매우 저조했기 때문이다. 일론은 문제의 심각성을 깨닫고, 각 부서에서 차출된 직원을 추가적으로 세일즈 팀에 구성해 차량 예약이 실제 구매로 이어질 수 있게 만들라는 업무를 부여했다. 또한 서비스 센터의 실태를 개선하고 중고 자동차 시장에서의 모델 S 가격을 일론 머스크 본인이 개인적으로 보장하겠다고 언론에 발표했다.

일론의 사업은 언제나 현금과의 전쟁이었다. 2013년 4월, 일론의 은행 계좌에는 또다시 2주를 버틸 정도의 현금만이 남은 상황이었다. 모델 S의 예약을 구매로 빠르게 전환하지 못하면,

공장의 생산량은 줄어들 것이고, 정보가 새어가면 테슬라의 주가가 떨어져 잠재고객들의 구매율은 더욱 떨어질 것이 분명했다. 이에 일론은 친구인 구글의 래리 페이지를 찾아 구글의 테슬라 인수 조건에 대한 진지한 논의를 시작했다. 그가 신뢰하는 친구인 래리는 테슬라를 분해해 버리지 않고, 그의 꿈을 계속 이어갈 것이라는 믿음이 있었기 때문이었다.

놀랍게도, 절체절명의 순간에 테슬라는 또 한 번 구원을 받았다. 일론이 세일즈 팀으로 전환시킨 500명의 직원들이 누적된 예약 주문을 신속하게 실제 구매로 연결시켰고, 일사분기 실적을 창립 이후 첫 순수익 1,100만 달러로 만든 것이었다. 실적이 발표되자 테슬라의 주가는 30달러에서 2달 만에 130달러까지 폭발적으로 상승하는 기염을 토했다. 이에 따른 브랜드 신뢰도가 회복되어 모델 S 판매량이 다시 늘어나기 시작하는 선순환을 보여주었고, 2013년 중순이 되자 테슬라의 기업 가치는 구글이 현금으로 인수하기에는 너무 비대해져 구글과의 거래는 자연스레 없던 일이 되어버렸다.

테슬라의 성공에는 이렇게 마지막까지 지독하고, 암담하며, 절망적이던 난관이 있었다. 테슬라는 2015년 모델 X를 출시하고, 2017년에는 모델 3를 출시했다. 2018년 모델 3의 생산 문제를 겪으며 또 한 번의 진통을 이겨 내었고, 2021년 10월 주가가 1천 달러를 돌파하며 자동차 제조회사 중 최초로 시총 1조 달러고지를 밟은 기업이 되었다. 테슬라는 인류의 운송 역사에 새로운 '전기 자동차의 시대'를 열었고, 일론은 인류가 스스로 멸망으로부터 멀어지게 하는 데 매우 성공적인 역할을 수행할 수 있었다. 그리고 이 모든 것은 그가 꿈을 이루어 가는 과정이었다.

아름다움과 영감의 가치는 매우 과소평가되어 있습니다.
의심의 여지가 없습니다. 하지만 저는 분명히 하고 싶습니다.
저는 누구의 구원자가 되려고 노력하는 것이 아닙니다.
저는 단지 미래에 대해 생각하고 슬퍼하지 않으려고
노력하고 있습니다.

- 일론 머스크

PART 3

ELON MUSK

SECRETS TO SUCCESS

일론 머스크의 7가지 성공 비밀

시간은 가장 소중한 자원이다

• 일론 머스크의 7가지 성공 비밀 •

엔트로피(에너지 변화는 언제나 무질서로 움직인다는 열역학 제2법칙의 단위)는
당신 편이 결코 아니라는 점을 항상 염두에 두어야 합니다.

일론 머스크의 성공 비결은 무엇인가?

질문에 대한 대답은 간단하지 않다. 혹자들은 '최고의 예지력을 가진 사업가'라고 하고, 어떤 사람들은 '자신만의 세계에 매몰된 비운의 천재'라고 칭하기도 한다. 한 인간의 정신을 완벽하게 분석하기가 어렵듯이, 그의 정신과 행동 역시 수많은 분석 결과를 낳을 수 있을 것이다. 나는 오랜 연구와 분석을 통해 '일론 머스크를 가장 특별한 존재로 만든 7가지 성공 비밀'을 정리할 수 있었다. 각각의 원칙은 우리가 실제로 각자의 분야에서 적용할 수 있는 통찰을 담고 있다.

이제부터 우리는 그의 연대기 속에 담긴 스토리를 통해 일론 머스크만이 가지고 있는 사물과 사람을 대하는 관점에 태도를

살펴볼 것이다. 이를 통해 우리와 같은 시대를 살아가는 이 엄청난 '거인'에 대해 더욱 깊게 이해하고, 언젠가 우리 역시 일론 머스크와 같은 창조적 성공을 이룰 수 있는 날을 꿈꾸려 한다.

일론의 첫 번째 성공 비밀은 '시간을 나에게 주어진 가장 소중한 자원으로 여긴 것'이다. 그는 무슨 일이 있어도 시간을 쉽게 낭비해선 안 된다는 철저한 관리주의자의 모습을 보여주었다. 자신의 시간을 가장 작은 단위로 나누어 사용했고, 가족과의 시간을 제외하고는 의미 없는 일에 시간을 낭비하는 것을 절대 허락하지 않았다. 제품과 서비스의 제조 시간을 단축하기 위해 놀라울 정도로 집착했고, 파산 직전에 이르면서도 시간을 아끼기 위해서는 결코 돈을 아끼지 않았다.

한 영업사원이 로켓 기술 관련 제품을 판매하기 위해 스페이스X로 날아왔다. 오랫동안 지속된 관행에 따르면 영업사원은 상대 회사에 찾아가 담당자와 오랜 미팅을 하고 서로 관계를 쌓기 시작하고, 거래는 다음 단계의 일이다. 하지만 일론은 그 과정을 완전히 무시하고는 그를 찾아온 영업사원에게 물었다.

"용건이 무엇입니까?"

영업사원은 인사를 하러 왔다고 대답했다. 그러자 일론은 "아 그래요? 만나서 반가웠습니다" 하고는 미팅룸에서 나가버렸다. 영업사원은 5시간의 비행기를 타고 스페이스X를 찾아왔지만, 미팅은 2분 만에 끝나버렸다. 일론은 사업에 관해서는 이와 같은 비효율적인 관습과 태도를 결코 용납하지 않았다. 스페이스X 내부에서도 마찬가지였다. 시간과 자원의 효율적인 사용에 있어 자신의 기준에 미치지 못하는 직원이나 하청 업체에게 일론은 그 자리에서 참지 않고 일갈을 날렸다. 그는 어떠한 경우에도 자신의 시간을 낭비하는 사람을 참지 못했기 때문이다.

스페이스X에서 일론이 내리는 결정은 때로 엔지니어들을 놀라게 했다. 그는 2,000달러짜리 부품은 너무 비싸다고 사지 못하게 하면서 콰절린 섬으로 부품을 신속하게 보내기 위해 10만 달러를 지불해 항공 운송을 이용했다. 그는 무엇보다도 시간이라는 자원을 중요하게 생각했다. 일론은 스페이스X가 나중에는 하루 1,000만 달러 이상 수익을 창출하는 기업이 될 것이라 생각했기 때문에 로켓 발사가 늦어질수록 그 수익을 매일 잃고 있다는 인식을 가졌다. 그렇기에 일론은 스페이스X의 각 부서별 달성 목표를 제시할 때 달이나 주 단위가 아닌 일별 그리고 시간별 계획을 요구하고는 했다. 사람을 몰아붙이는 데 커다란 재주가 있는 일론은 엔지니어들에게 말했다.

"나는 이 작업을 다음 주 화요일까지 마쳐야 합니다. 할 수 있겠습니까?"

아무도 이 상황에서 할 수 없다는 말을 꺼낼 수 없었다. 그렇게 할 수 있다고 대답한 엔지니어는 이제 스스로 그 작업을 반드시 해내야 한다는 생각에 휩싸이게 된다. 할 수 있다고 말한 일이기 때문이다. 일론은 이와 같은 매우 가혹하면서도 전략적인 리더십을 이용해 수백 명의 젊은 엔지니어들이 시간이라는 소중한 자원을 200% 활용할 수 있게 만들었다. 일론은 시간이라는 자원을 소중하게 사용하기 위해 NASA, 미공군, 미연방항공국과 같은 규제 기관과 끊임없이 갈등하고 이겨 내야 했다. 기술의 발전과 업무 방식의 변화 등의 이유로 기존의 관습을 타파하고 새로운 규칙을 만들어 내는 일은 때로 불가능에 가까운 것이었다. 그러나 일론은 그들과 싸우는 데 전혀 두려움이 없었다. 그만큼 그에게 시간은 귀중했기 때문이다.

예를 들어, 콰절린 섬에서 스페이스X가 기술적 문제로 발사 일정을 바꾸고 싶다고 하면 미국연방항공국이 관련된 모든 서류를 검토할 때까지 일주일 정도를 기다려야 했다. 일론과 엔지니어들은 울화통이 터졌다. 일론에게는 하루하루가 곧 추가적인 비용이었고, 의미 없는 시간 소요는 곧 자신의 파멸에 가까워지는 것을 뜻했다. 그는 매일같이 관리들에게 전화를 걸어 항의해야 했다.

어느 날, 미국연방항공국 직원과의 미팅에서 일론은 자신의 판단에 무지하고 어리석은 이유로 로켓 발사가 당장 불가하다는 이야기를 들었다. 그는 더 이상 참을 수 없다고 생각했다. 사무실로 돌아가 자기가 생각하기에 멍청하고 논리가 없다고 생각하는 해당 직원의 발언을 모아 그의 상사에게 이메일을 보냈다. 하지만 상사는 굴복하지 않았다. 그는 '미국연방항공국의 훌륭한 직원'을 감히 비판한 일론에게 구구절절한 장문의 항의문을 보내왔다. 하지만 일론은 태연스럽게 오히려 그 상사를 비판하는 내용을 다시 한번 항공국에 전달했다. 과거의 규제가 현재의 진보와 발전을 가로막는다면, 과격한 방법을 동원해서라도 싸워야 하는 것이 일론의 원칙이었다.

사업을 운영하는 일론에게 시간은 곧 돈이었다. 그는 과거에 없던 기술을 만들기 위해 세계 최고의 인재들을 고용해야 했고, 그들에게는 각자의 가족이 있었다. 사람들은 일론의 멋진 꿈을 함께 이루기 위해 스페이스X와 테슬라에 들어왔지만, 가족을 부양하기 위해서는 월급을 받아야 했다. 수백, 수천 명의 사람에게 매달 월급 수표를 보내야 하는 일론은, 월말이 다가오면 머릿속에서 거대한 종이 울리는 느낌을 받았다. 그렇기에 그에게는 지난 한 달 동안 각 사업에서 어떤 성과가 있었는지 명확히 파악하는 것이 매우 중요했다. 만약 지난 한 달 동안 직원들이 아무런 기술적 성과를 만들어내지 못했다면, 그는 수십만 달러를 휴지통에 던져 버린 것과 다름없었기 때문이다.

일론이 시간의 효율적 사용에 큰 집착을 보인 또 다른 이유는 그가 누구보다도 계획적인 사람이었기 때문이다. 와튼 스쿨에서 그가 태양 에너지 발전과 슈퍼 축전기에 대해 쓴 논문이 높은 평가를 받은 것은 매우 철저한 재정 계획을 포함시켰기 때문이다. 그는 언제나 작은 디테일을 놓치지 않고 완벽할 정도의 계획을 수립한 뒤 경제적 판단을 내렸다. 그랬기에 그는 자신이 가진 현금이 0에 수렴하는 가장 절체절명의 순간에 세상의 도움을 받을 수 있었다. 만약 일론 머스크가 빈틈투성이로 자신의 사업 재정 계획을 완벽하게 세우지 않고 뛰어드는 사람이었다면, 우리는 그의 성공적인 역사를 목도하지 못했을 것이다.

잠시 숨을 고르고 생각해보자. 일론 머스크는 1995년에 사업을 시작했다. 1995년 당시 인터넷의 발명과 함께 사업을 시작한 사람은 수없이 많았을 것이다. 아마존의 제프 베이조스도 그 중 한 명이었다. 그리고 현재 2023년, 일론 머스크는 그들 중 가장 성공한 사람이 되었다. 이는 1995년 이후 2023년까지 28년, 10,220일, 245,280시간이라는 자원을 가장 효율적으로 사용한 사람이 일론 머스크라는 것을 의미한다. 물론 시간의 활용만이 그가 이룬 성취의 모든 것을 말해주는 것은 아니다. 그러나 우리는 그가 이 세상 그 누구보다도 '시간의 중요함'을 잘 알고 행동한 사람이었음을 명심해야 한다.

고대 그리스인은 시간을 크로노스(Chronos)와 카이로스(Kairos)로 구분했다. 크로노스는 그리스 신화에 나오는 태초 신 중 하나로 자연적으로 해가 뜨고 지는 객관적인 시간을 말하고, 카이로스는 제우스의 아들이자 기회의 신으로 의식적이고 주관적인 시간, 기회의 시간, 결단의 시간을 말한다. 그리스인들은 누구에게나 공평하게 주어지는 시간이지만, 사람들은 각각 다른 두 신의 시간을 살고 있다고 믿었다.

본인이 원하지 않는 일을 억지로 하는 사람은 크로노스의 시간을 보내고 있다. 그리스의 벽화를 보면 크로노스는 긴 수염의 노인으로 죽음의 사신과 같은 긴 낫을 들고 있다. 그는 우리의 시간이 끝나길 바라며 죽음으로 인도하는 듯하다. 자기가 하고 싶은 일을 주도적으로 하는 사람은 카이로스의 시간을 보낸다. 카이로스는 잘생긴 젊은 청년으로 등과 발끝에 날개를 달고 있다. 기회는 뒤가 아닌 앞에 있다는 의미를 보여주기 위해 앞머리만을 갖고 있고, 판단을 빠르게 해야 한다는 뜻의 저울을 들고 있다.

당신은 청년의 시간을 보낼 것인가? 아니면 노인의 시간을 보낼 것인가? 똑같은 24시간을 어떻게 중요하게 여기고 보내느냐에 따라 한 인간의 운명은 완벽하게 바뀐다. 당신은 지금 당신에게 주어진 황금 같은 시간을 어떻게 사용하고 있는가?

세상에서 가장 낙관적이면서 살인적인 마감 기한

• 일론 머스크의 7가지 성공 비밀 •

비관적이고 옳은 것보다는 낙관적이고 잘못된 것이 훨씬 낫습니다.

시간이라는 자원에 엄청난 가치를 부여하는 일론에게 마감 기한이란, 자기 스스로 상상할 수 있는 가장 촉박한 일정을 선택한 뒤, 본인은 물론 모든 직원을 몰아붙여 그것을 달성할 수밖에 없게 만드는 것이었다. 이것이 바로 일론의 두 번째 비밀인 '세상에서 가장 낙관적이면서 살인적인 마감 기한을 설정하라'는 것이다.

스페이스X의 출범 후, 모든 로켓 발사의 마감 기한은 불가능에 이를 정도로 빠르게 설정되었다. 일론이 제정신이 아니다 싶은 야심만만한 일정을 세웠기 때문이다. 그의 지나치게 낙관적이며 살인적인 마감 기한은 스페이스X 직원들에게는 물론, 로스앤젤레스에 거주하는 사람들에게는 보편적으로 알려진 사실이었다. 엔지니어들이 집에 와서 가족들에게 일론의 말 같지도 않은 일정을 이야기하며 불평을 해댔기 때문이다. 그들은 '일론 머스크의 일정'에 낙관적이라는 긍정적인 단어는 어울리지 않으며, '지옥 같은, 우스꽝스러운, 가당치 않은, 세상에서 가장 멍청한' 마감 기한 설정이라고 하나같이 외쳤다.

스페이스X가 초기에 발표했던 계획에 따르면 팰컨 1은 2003년 5월 1단 엔진, 6월 2단 엔진, 7월 동체를 완성하고 10월에 발사하겠다고 했는데, 이는 모든 과정에서 아무런 문제가 생기지 않는다는 가정을 전제한 일정이었다. 로켓 제작에 수만 개의 부품이 들어가고, 발사에는 모든 부품이 제대로 작동하는지 확인해야 함과 동시에 내부의 각 팀과 외부의 이해관계자들과의 일정 조정이 되어야 하는데, 아무 문제가 생기지 않을 수가 있겠는가?

NASA는 물론 항공로켓 분야에 종사하는 수많은 사람에게 스페이스X의 일정과 계획은 농담거리가 되었다. 일에 누구보다 진심인 일론의 낙관주의적 성향은 실패와 시행착오에 소요되는 시간을 염두에 두지 않았다. 하지만 일론은 '자신은 결코 실현 불가능한 목표를 세우지 않는다'고 말했다. 즉 남들이 보기엔 말도 안 되는 목표처럼 보이지만, 자신에게는 달성 가능한 목표를 설정해 항상 자신의 역량의 100%가 아닌, 200%를 끌어내려고 노력하는 것이 그의 비법이었다. 실제 2008년 말이 돼

서야 이루어진 팰컨 1의 첫 발사 성공 자리에서, 누군가 일론에게 우리가 원래 예정했던 최초 발사 예정일이 2003년 말이었다고 하자 그는 깜짝 놀랐다.

"내가 그렇게 말했단 말입니까? 정말 터무니없었군요. 당시에는 제정신이 아니었던 것 같습니다. 사실 그때까지 제가 경험했던 것은 소프트웨어 분야가 전부였습니다. 소프트웨어를 만들고 웹사이트를 오픈하는 것은 1년이면 가능했습니다. 근데 로켓은 소프트웨어랑 다르더군요. 당연히 그렇게 빨리 만들 수 없는 것 아니겠습니까?"

지금 내가 해야 하는 일, 하고 싶은 일을 정리한 뒤 '언제까지 이 일을 완수하겠다'는 계획적 행위를 우리는 마감 기한을 설정한다고 말한다. 마감 기한은 나 자신과의 약속일 수도 있고 다른 사람들과의 약속일 수도 있다. 그리고 사람들은 누구나 각자의 능력을 총동원해 계획을 세우고 그것을 지키기 위해 노력한다. 하지만 이 세상 어떤 일도 계획대로 쉽게 되진 않는다. 예상치 못했던 장애물을 만나 계획이 망가지고, 일정이 늦어지게 되는 건 누구나 겪어본 일이다. 하지만 필연적인 장애물이 예상된다고 해서 계획된 날짜를 지키기 위한 노력을 그만두어야 할 이유는 없다. 그렇다고 목표를 여유 있게 세웠다가는 일정이 더욱 늘어지기 마련이다.

일론은 새로운 회사를 만들고, 성공시키며 다양한 제품과 서비스를 제공했다. 그리고 그 과정에서 언제나 자신이 할 수 있는 가장 빠른 마감 기한을 설정해 최대의 업무량을 자신에게 그리고 직원들에게 요구하는 방식으로 업무에 임했다. 마감 기한을 사람들에게 약속하면, 거짓말쟁이가 되지 않기 위해서는 그 약속을 지켜야만 했다. 모두가 그렇듯, 그는 거짓말을 하고 싶지 않았다.

'일론 머스크의 낙관적이면서도 살인적인 마감 기한 설정법'은 우리에게 많은 점을 시사한다. 어떤 일을 완료해야 할 마감 기한은 나의 능력이 허락하는 선에서 가장 빠르게 잡는 것이 현명하다는 사실이다. 그래야만 우리는 우리에게 주어진 한정적인 시간을 살아가며 더 많은 일을 해낼 수 있다. 낙관적이라는 단어는 좋은 뜻이지만 낙관적인 마감 기한을 지키기 위해서는 결코 긍정적으로 받아들일 수 없는 엄청난 크기의 고통과 고난의 과정을 반드시 거쳐야만 했다. 일론은 외부에 약속한 일정을 지키기 위해 내부에서는 자신과 직원들에게 더욱 촉박한 일정을 세우는 방법을 사용했다. 스페이스X가 그랬고, 테슬라 역시 마찬가지였다. 그의 마감 기한은 낙관적이었을 수 있지만, 결과물에 대해서 과잉으로 약속한 적은 없었다. 그리고 그는 어떤 사람도 따라갈 수 없는 커다란 노력으로 그가 말한 것을 모두 실천했다.

영국의 역사가인 노스코트 파킨슨은 "사람들은 어떤 일을 하기 위한 시간이 주어지면, 그 시간을 최대한 끝까지 사용한다"고 말했다. 회사에서 특정 업무를 맡아 마감 기한을 받아 본 경험이 있다면 모두가 공감할 것이다. "프로젝트의 80%는 프로젝트 마감 기한이 20% 남은 시점부터 이루어진다", "시험 공부는 시험 기간이 얼마 남지 않은 시간부터 제대로 시작된다." 이러한 현상은 인간이 자신이 해야 할 일은 '더 이상 미룰 수 없을 때까지' 미루는 본성을 갖고 있기에 발생한다.

일론 머스크처럼 역사의 한 획을 만들어 내고 싶다면, 남들과는 다른 나만의 멋진 꿈을 이루고 싶다면, 그의 경제적 성공을 1/100이라도 따라가고 싶다면 본성을 이겨 내고 목표의 마감 기한을 가장 낙관적이며 살인적으로 설정해야 한다. 지금 당장 하고 있는 작업을 마치는 데 시간이 얼마나 걸릴지 생각해 본 뒤 자신에게 그 절반의 시간만 주자. 1시간 전화 통화가 예상된다면 30분으로 줄여라. 과제를 일주일 동안 할 생각인가? 3일 안에 마치는 걸 목표로 삼아라. 이번에 맡은 프로젝트 마감 기한이 90일인가? 30일 만에 마친 뒤에 상사에게 피드백을 구해라. 그 시간 안에 다 마치지 못하더라도 일을 대부분 끝내놓으면, 나의 업무와 과제를 한 단계 높은 수준으로 끌어올릴 수 있게 된다. 부족한 부분을 보완하고 더 완벽하게 만드는 가장 확실한 방법이다.

숯과 다이아몬드는 모두 같은 원소인 탄소로 이루어져 있다.

강한 압력에서 얼마나 많은 시간을 견뎌 냈느냐에 따라 결과물이 숯 또는 다이아몬드로 바뀐다. 마감 기한을 설정해서 나에게 주어진 시간을 다이아몬드처럼 눌러버려야 한다. 일론 머스크가 평생을 실천해온 잔인하면서도 기발한 마감 기한 설정법을 인생의 작은 부분부터 실행해보아라. 똑같이 피와 살로 이루어진 인간이다. 당신이 못하란 법 있는가? 작은 변화가 큰 차이를 만들어 낼 것이다.

주당 100시간 할 수 있는 일을 찾아라

• 일론 머스크의 7가지 성공 비밀 •

이 세상에 일하기 쉬운 곳은 많지만
1주일에 40시간 일해서는 세상을 바꿀 수 없습니다.
세상을 바꾸기 위해선 주당 100시간 이상 일해야 합니다.

일론 머스크는 세상 그 어떤 사람에게도 지지 않는 '일 중독자'이다. 현재 52세인 그가 가졌던 공식적인 일주일 이상의 장기 휴가 기록은, 평생 단 한 번이었다.

2000년 9월 페이팔에서 있었던 CEO 축출 사건으로 저스틴과의 신혼여행을 취소했던 일론은 3개월 뒤가 되어서야 마음의 안정을 되찾을 수 있었다. 그와 저스틴은 다시 아름다운 신혼여행을 계획했다. 1995년 일론의 첫 창업 이후 한 번도 제대로 된 둘만의 시간을 가져본 적이 없었기에 이 시간은 더욱 소중했다. 일론은 2주간 휴가를 떠나겠다고 회사에 통보했다. 두 사람은 들뜬 마음으로 브라질 리우데자네이루에서 여행을 시작했고, 며칠 뒤 일론의 고향 남아공 동부의 동물 보호 구역에 도착해

사파리 투어를 즐겼다. 오랜만에 부부는 둘만의 행복한 시간을 보낼 수 있었다.

문제는 캘리포니아로 돌아온 뒤에 생겼다. 아프리카에 체류하는 동안 일론이 열대열 말라리아에 걸린 것이었다. 심각한 발열과 탈수 증세를 보이며 앓아누운 일론은 며칠 뒤 스탠퍼드 병원을 찾았으나, 검사에서 말라리아 원충이 발견되지 않아 바이러스성 수막염이라는 질환으로 오진을 받아버렸다. 전혀 다른 질환으로 치료를 받은 일론은 일시적으로 증상이 완화되어 퇴원했지만, 며칠이 지나자 전보다 증상이 더욱 악화되었다. 구급차를 타고 세콰이어 병원으로 옮겨진 그는 천만다행으로 말라리아 환자를 많이 진찰해본 의사를 그곳에서 만날 수 있었다. 의사는 일론의 혈액 검사를 면밀하게 조사하고, 강한 항생제인 독시사이클린 최대 용량을 주사했다. 하루만 늦었어도 약이 듣지 않았을 정도로 위급한 상황이었다. 열흘 후에 퇴원한 일론이 말라리아의 악몽으로부터 완전히 벗어나는 데 거의 6개월이 걸렸으며, 그동안 체중은 20킬로그램이 빠졌다. 사업을 하며 정신적인 고통에는 익숙해진 그였지만, 질병으로 인한 육체의 고통은 새로운 것이었다. 그는 이때 아이러니컬한 교훈을 배웠다.

"휴가를 가게 되면 나는 죽을 것이다."

이 우스꽝스러운 법칙은 나중에도 그를 괴롭혔다. 2015년 스페이스X를 설립하고 5일간의 첫 휴가를 떠나자 발사 시험 예정이었던 팰컨 9호 로켓이 실험 단계에서 폭발해버린 것이었다. 단 며칠만이라도 마음을 놓을 수가 없는 것이 그의 현실이었다. 그는 자신이 일주일도 쉴 수 없다는 사실을 깨달았다. 게다가 그가 휴가를 떠나면 결정권자의 부재로 직원들은 크고 작은 의사 결정에 어려움을 느낄 수밖에 없었다. 휴가로 인해 자신의 꿈을 이루는 기술적 성과와 진보가 늦어지는 건 그에게 용납할 수 없는 일이었다. 이와 같은 경험과 철학이 일론 머스크를 지상 최대의 최고의 일 중독자로 키워냈다는 사실을 우리는 이해해야 한다.

"집에 가서 샤워할 시간이 없었습니다. 4일간 공장 밖으로 나가지 않은 적도 있었죠. 아이들을 볼 수 없었고, 친구들을 만나지도 못했습니다. 잠은 공장 바닥에 쓰러져 자고는 했어요. 사실 잠을 잘 수 없었다는 것이 맞을 겁니다. 잠을 아예 자지 않거나 수면제를 먹거나 둘 중 하나를 선택해야만 했습니다."

모델 3 생산 문제를 겪던 2018년은 테슬라가 또 한 번 파산할 뻔한 위기였다. 당시 일론은 각 부품의 생산과 조립, 리튬 이온 배터리의 품질 테스트, 완제품 도장의 과정이 모두 문제없이 진행되는지 점검했다. 이를 위해 그는 테슬라 공장에서 주 120시간(하루 17시간) 이상 일해야만 했다. 그는 자신의 47번째 생일날에도 테슬라 프리몬트 공장을 떠나지 않았다. 스페인에서 열린 동생 킴벌의 결혼식 역시 전용기로 타고 날아가 예식에만 참석한 뒤, 바로 테슬라 본사로 돌아와 모델 3 생산 문제에 매달렸다. 그는 평생을 인간적인 삶보다 자신의 일이 더 중요하다고 생각하며 행동했다.

"저는 제 자신이 다른 사람들에 비하면 터무니없이 많은 일을 하고 있다는 사실을 알고 있습니다. 대부분 일주일에 7일을 일하고 일어나서 잠들 때까지 계속 일합니다."

스페이스X에 자신의 꿈과 열정을 다 바친 일론이었지만 그는 엄연히 와튼 스쿨의 경제학을 전공한 문과생이었다(물리학 부전공). ZIP2와 페이팔을 만들며 컴퓨터공학과 언어 공부를 하며 소프트웨어 전문가가 되었지만, 로켓 공학은 완전히 다른 세상의 이야기였다. 대기의 저항을 최소화하는 공기역학적 설계와 추진력을 제공하는 엔진의 추진 공학, 가스 연소와 화학 반응을 기본으로 하는 연료 공학까지 스페이스X의 CEO로서 의사 결정을 내리기 위해 그가 습득해야 하는 지식의 양은 어마어마한 것이었다. 하지만 일론에게 대학교나 대학원에 가서 로켓공학의 기본적인 내용을 배울 시간은 주어지지 않았다. 그래서 그는 이론이 아닌, 실제로 우주로 쏘아 올려지는 부품들을 만져가며 로켓에 대한 독학을 시작했다. 그리고 스페이스X에 채용된 엔지니어들에게 팰컨 1에 들어가는 모든 부품을 A부터 Z까지 물어보며 시간을 보냈다. 엔지니어들은 처음에 일론이 이곳에 근무하는 모두가 알고 있는 한 밸브의 기능에 관해 묻자 자신들을 테스트한다고 생각했다. 하지만 계속되는 질문 공세에 일론이 진심으로 배우려고 노력한다는 사실을 알게 되었고, 순번을 교대해 가며 일론을 교육하기 시작했다. 평생을 우주 진출과 로켓 공학에 매료되어 살아왔던 일론에게 이와 같은 교육은 너무나 즐거운 시간이었다. 팰컨 1의 개발이 한창일 무렵, 그는 하루 20시간을 스페이스X 부품실에서 보내곤 했다. 그의 행적에 대한 이야기는 금세 퍼져 나갔고, 사람들은 그의 열정과 끈기 그리고 무시무시한 집착에 혀를 내둘렀다. 그렇게 스페이스X의 엔지니어들에게 2년 동안 로켓 공학과 재료 기술을 배운 일론은 항공우주 분야의 가장 박식한 전문 CEO로 재탄생할 수 있던 것이다.

일론은 평생 고통과 함께였다. 어린 시절에는 이혼 가정의 자녀가 느끼는 불행함의 고통이 있었고, 학교에서는 친구들에게 놀림을 받고, 두드려 맞으며 육체적, 정신적인 고통을 받았다. 성인이 된 뒤에는 잠을 참고 스스로 한계까지의 고통으로 몰아붙이며 일을 했다. 생리적 욕구는 항상 뒷전으로 밀려났다. 그는 컴퓨터 코드를 만들기 위해, 로켓 공학 공부를 하기 위해, 자동차 부품을 저렴하게 만들 방법을 찾기 위해 끊임없이 일을 했다. 스페이스X와 테슬라의 상황이 최악이었던 2008년에는 몇 주 동안 잠을 거의 자지 못했다. 수면 부족과 극심한 스트레스로 체중이 불어나고 뇌와 심장에 무리가 오기 시작했다. 절체절

명의 위기에서, 그는 자신의 체력을 단 하나의 알갱이조차 남기지 않고 일에 쏟아부었다. 당시 그와 가까운 사람들은 그가 완전히 탈진해버린 사람처럼, 언제 쓰러져도 이상하지 않은 느낌이었다고 말했다.

일론에게 일과 삶의 균형 따위는 존재하지 않았다. 그의 일은 삶 자체이고, 일의 목적이 삶의 목적이었다. 자연스레 자기 자신을 살피는 일에 소홀해졌다. 인류의 멸망을 막겠다며 인간 생명의 지속 가능성을 고민하는 사업가가 정작 자신의 생존에는 최소한의 관심만 있다는 사실은 매우 아이러니하다.

위기를 맞은 인간은 보통 2가지 부류로 나뉜다. 고통을 피하고 포기하거나, 운명으로 받아들이고 전력을 다해 맞서 싸우거나. 일론 머스크는 누구보다 많은 도전을 했고, 누구보다 많은 위기를 겪었다. 그리고 그 위기 속에서 그는 자신이 할 수 있는 최대의 힘을 다해 맞서 싸웠다. 그가 보여준 최대의 힘이란, 한 인간이 보여줄 수 있는 가장 강력한 '성실성'에서 비롯된 것이었다. 이것이 일론의 세 번째 비밀인 '주당 100시간을 일할 수 있는 극한의 성실성을 보여라'이다.

성실성이 높은 성과를 이끌어 낸다는 것은 과학으로 입증된 사실이다. 심리학자들은 인간의 성격을 판단할 때 외향성, 개방성, 친화성, 신경성, 성실성이라는 5가지 주요 특성에 초점을 맞춘다. 오랜 연구 끝에 성공에 관한 요소들을 살펴본 결과, 성실성이 지능이나 성격의 다른 측면을 제치고 꾸준히 1위를 차지하는 경우가 많았다.

성실한 사람은 모든 교육 과정에서 더 좋은 성격을 거두는 경향이 있고, 범죄에 연루될 가능성이 적었다. 그들은 직장을 구해 오래 다닐 가능성이 높고, 정상의 자리까지 올라 더 많은 봉급을 받는 경우가 많았다. 또한 그들은 매우 행복한 인간관계와 결혼 생활을 영위했으며 주위에 성실한 사람이 있는 것만으로도 한 사람의 수입이 달라진다는 연구 결과까지 있다.

일론 머스크는 성실의 화신이다. 그는 일을 체계적으로 진행하기 때문에 그가 지나온 시험, 면접, 과제에서 압도적이고 탁월한 성과를 보였다. 그는 건강에 대해서도 성실의 원칙을 지켰기 때문에 술, 담배, 마약으로 단 한 번도 문제를 일으킨 적이 없다. 우리는 이제 그가 새롭게 맡는 프로젝트에서 또다시 놀라운 일들을 이루어 낼 것이고, 적어도 일론 때문에 그 일이 실패할 일은 없을 것이라고 확신하게 되었다.

당신은 성실하게 살고 있는가? 하루 24시간을 성실하게 사용하고 있는가? 일론 머스크처럼 꿈을 이루기 위해 하루에 17시간을 일할 준비가 되었는가? 그의 조언으로 본 장을 마친다.

"어떻게 하면 일을 더 잘할 수 있는지 자문하고 그 방법에 대해 끊임없이 생각해보세요. 자기를 더 엄격하게 점검하고 결연한 의지를 갖고 지옥에 있는 것처럼 일해야 합니다. 주당

80~100시간을 일에 투자해보세요. 모든 것의 성공 확률을 높이게 됩니다."

오직 최고의 인재들과 함께

나는 사람들이 교육과 지능을 혼동하는 것이 싫습니다.
당신은 대학을 졸업하고도 여전히 바보일 수 있습니다.

"테슬라에 지원하세요! 인공지능 팀은 내게 직접 보고합니다. 우리는 거의 매일 만나고 이메일과 텍스트를 주고받고 있습니다. 박사 학위는 필요 조건이 아니며 고등학교 졸업장이 없어도 괜찮습니다. 인공지능에 대한 깊은 이해가 있고 하드코어 코딩 시험만 통과하면 됩니다."

일론이 젊은이들에게 테슬라의 채용에 대해 남긴 말이다. 최근 미국 구직 사이트의 통계에 따르면 테슬라와 스페이스X는 그 어느 회사보다도 많은 구직과 인턴십 신청을 받고 있다. 전 세계의 사람들은 테슬라가 수년에 걸쳐 지구 최초의 전기 자동차 혁명을 이룩하는 것을 목격했다. 이제 자동차 공학, 소프트웨어 개발자, 기술자들은 더 높은 보수를 제시하는 애플, 마이

크로소프트를 거절하고 테슬라를 선택한다.

테슬라는 전통적인 자동차 제조사들과 회사의 설립 목적과 사명에서부터 완전히 다르다. 테슬라의 슬로건은 '인식의 변화(Changing Perception)'이다. 이들은 지구 온난화의 주범인 이산화탄소 배출 저감을 위해 더 많은 전기 자동차를 보급한다는 뚜렷한 목적을 추구한다. "왜 자동차를 만드는가"에 대한 해답이 전통적 자동차 제조사와 완전히 다른 것이다. 당신이 기술자라면 제너럴모터스에서 휘발유를 태우는 내연기관 자동차를 만들 것인가? 아니면 테슬라에서 내 삶의 터전을 지속 가능하게 하는 전기차를 만들 것인가? 어느 회사에서 더 큰 사명감을 갖고 즐거운 마음으로 일할 수 있을까?

스페이스X 역시 인류 최초의 로켓 재사용이라는 업적을 이루었기 때문에, 로켓 공학을 전공한 MIT(매사추세츠 공과대학교, 미국 최고의 공대로 평가받는다), 스탠퍼드, 칼텍(캘리포니아 공과대학교)은 물론 세계 수많은 인재가 앞다투어 들어오려 한다. 그들은 본인의 마음이 가는 어떤 회사든 들어갈 수 있는 뛰어난 재능과 이력을 가지고 있지만, 인간을 화성으로 가장 먼저 보낼 것이 분명한 스페이스X를 선택하고 있다. NASA는 물론 다른 민간 항공 우주 기업들은 이제 스페이스X의 후발 주자가 되어버린 것이 현실이기 때문이다. 스페이스X의 팰컨과 드래곤 시리즈의 재활용 시도는 이미 전 세계의 차세대 발사체, 우주선

연구에서 벤치마킹의 대상이 되었다.

일론은 ZIP2와 페이팔에서의 경험을 통해 가장 재능 있고 열정적인 인재들과 함께 일하는 것이 매우 중요하다는 사실을 깨달았다. 그렇기에 그는 스페이스X와 테슬라, 최근에 인수한 트위터에서 지구상 가장 까다로운 채용 과정의 구축을 주문하고 있다. 이것이 일론의 네 번째 비밀, '오직 최고의 인재들과 함께 일한다'는 것이다.

스페이스X는 그들이 원하는 인재라면 누구나 채용하며 일론만을 위한 엔지니어 군단을 만드는 데 성공했다. 이들은 미국은 물론 전 세계의 일류 대학에서 최고 성적을 기록한 학생을 집중적으로 채용하고, 로봇 대회나 자동차 개조 등 특이한 경력을 가진 사람을 찾는다. 중점적으로 보는 것은 코딩 능력이 아닌, 기계의 작동 원리를 이해하고 있는 인재이다.

만약 스페이스X의 소프트웨어 개발자에 지원한다면, 첫 번째 관문은 '500줄 이상의 코드'를 작성하는 것이다. 대부분의 개발자 채용에서는 20줄 정도면 해결되는 문제를 주지만, 스페이스X의 관문은 매우 높다. 다음은 '글쓰기'이다. 스페이스X에서 일하고 싶은 이유를 에세이 형식으로 써서 일론에게 제출해야 한다. 그러고 나서야 면접 자리에서 일론을 만날 수 있다. 일론은 스페이스X 창업 후 채용한 1,000명 이상의 직원 모두를 직접 인터뷰했고, 이후에도 엔지니어의 면접에는 반드시 참여하고 있다. 그는 "당신이 겪은 가장 힘든 도전은 무엇이었고, 어떻게 해결했나요?"라는 질문을 좋아한다. 종종 수수께끼 형식의 질문을 던지기도 한다. "당신이 남쪽으로 1.6km, 서쪽으로 1.6km, 북쪽으로 1.6km를 걸으면 출발했던 장소로 돌아오게 됩니다. 당신은 어디 있나요?" 정답은 북극이다.

뛰어난 코딩과 작문 실력, 일론의 함정을 뛰어넘는 공학적인 마인드를 보여주며 합격한 신입사원은 가장 먼저 스페이스X의 살인적인 근무 강도에 놀라게 된다. 스페이스X의 평균 근무 시간은 주당 90시간으로 알려져 있다. 이렇게 혹독한 업무량과 일론의 직선적이면서도 퉁명스러운 태도 때문에 스페이스X의 이직률은 업계 평균보다 높은 편이다. 하지만 눈여겨봐야 할 점은 근속하는 직원들의 생산성과 열정이 매우 높다는 사실이다. 그들은 진심으로 일론의 꿈을 공유하고, 그의 비전을 이루기 위해 자신의 삶을 바칠 각오가 되어 있다. 스페이스X에서 일론은 거의 신과 같은 절대적 위치에 있다. 그들의 눈은 우리가 함께 인류를 화성에 보내고 말겠다는 열망으로 반짝인다. 이들에게 일론 머스크라는 전설적 존재가 주는 위명과 감정은 매우 절대적이기 때문이다.

하지만 스페이스X와 테슬라의 직원들에 따르면, 일론은 지상 최악의 상사이다. 그는 자기 말과 행동이 타인에게 미치는 영향에 대해 깊게 생각하지 않고, 직원과의 인간적인 관계를 전혀 중요하게 여기지 않는다. 또한 높은 업무에 대한 이해와 강한 추진력을 갖고 있지만, 놀라울 정도로 직원에게 냉정하고 변덕스럽기로 유명하다. 직원들은 일론과 가까워지길 바라면서도, 한편으로는 그가 언제 우리가 가까워졌냐는 듯이 갑자기 자신을 해고할까 걱정한다. 실제로 그는 오랫동안 한결같이 열심히 일한 직원을 너무나 쉽게 해고하는 모습으로 주변 사람들의 불안과 우려를 사곤 했다. 사람들은 그가 직원을 사람이 아닌 그저 하나의 도구로 여긴다고 비판했다. 특히 스페이스X와 테슬라의 홍보 부서 직원들이 이런 일을 많이 겪었는데, 그는 자신이 직접 대중과 접촉하는 것이 필요하다고 판단하면 홍보 부서를 건너뛰고 언론을 만나거나 뉴스 발표를 해버렸기 때문이다. 홍보 부서 담당자들은 평균적으로 근속 2년을 넘기지 못했다. 일론의 뒷수습만 하는 곳으로 전락해버린 홍보 부서는 일론이 만들어 낸 1만 6천 개의 일자리 중 사람들이 가장 기피하는 자리가 되어버렸다.

가장 충격적이었던 사건은 일론이 스페이스X의 초창기에 합류했던 메리 베스 브라운을 해고한 것이었다. 그녀는 일론의 충직한 비서로 둘의 관계는 영화 〈아이언맨〉에 나오는 토니 스타크와 페퍼 포츠로 비유되곤 했다. 일론이 매일 20시간씩 일했다면 메리도 함께였다. 메리는 스페이스X의 초기부터 일론과 동고동락하며 그의 식사를 챙겨주고 일정을 조정하며 가족들과 보낼 시간을 마련해 주었다. 그녀는 10년 넘게 일론과 함께 로스앤젤레스와 실리콘 밸리를 오가며 생활했고, 일론에게 자신의 역할이 중요하다고 생각했다. 스페이스X가 자리를 잡은 뒤, 오랜 고민 끝에 그녀가 다른 임원과 동등한 대우를 요청하자 뜻밖의 대답이 날라왔다.

"2주의 휴가를 다녀오세요. 2주 동안 당신의 업무를 제가 직접 처리해본 뒤에 어떤 대우를 해드릴지 말씀드리겠습니다."

메리가 돌아왔을 때, 그녀의 부재가 견딜 만하다고 여긴 일론은 그녀에게 다른 보직을 제안했고, 큰 상처를 받은 메리는 회사를 그만두게 되었다. 그들의 사이를 오랫동안 보아 온 스페이스X의 사람들은 경악했다. 토니 스타크가 페퍼 포츠를 해고하다니! 소문은 테슬라 직원들에게까지 퍼졌고 일론의 잔인함은 오랫동안 회자될 수밖에 없었다.

과도한 합리주의와 이상주의 그리고 목표 지상주의는 인간성의 상실로 이어지기 마련이다. 애플의 스티브 잡스 역시 자기중심적인 성격적 결함을 보여주어 그가 소시오패스라는 설이 퍼지기도 했다. 잡스는 가장 오랫동안 함께 일해 온 절친한 친구 스티브 워즈니악에게 진실을 숨기고, 그의 능력을 이용했다. 옛 동거녀였던 크리스앤이 딸 리사를 데려오자 "나는 무정자증"이라고 변명하며 자기 자식이 아니라고 잡아떼기까지 했다(나중에는 개발하고 있던 제품명을 리사라고 짓고 다정한 아버지가 되긴 했다). 이처럼 스티브 잡스와 일론 머스크는 다음과 같은 공통점을 보인다.

1. 일과 관련된 아주 사소한 것까지 직접 지시하고 부하 직원이 뭐라든 자신의 방식을 고수했다. 재능 있는 두 사람의 상세한 관리 감독으로 애플과 픽사, 테슬라와 스페이스X라는 위대한 기업들이 창조되었지만, 수많은 직원의 고통 위에 지어진 성이었다. 두 사람이 창업 초기에 보였던 독선적인 모습에서 시간이 지나며 본인이 신뢰하는 직원에게 권한을 위임하기 시작했다는 점도 비슷하다.

2. 자신의 뜻이 정확히 전달되지 않거나, 뜻대로 일 처리가 되지 않았을 때 감정적인 모습을 보이며 심하게 화를 내고, 때로는 너무나 냉정하게 사람을 내보냈다. 일론은 가장 오래된 충직한 비서 메리를 너무 쉽게 내보냈고, 스티브 잡스 역시 픽사 인수 후 직원들을 통보나 퇴직금 없이 대량 해고했다. 픽사 측에서 갑작스러운 해고는 곤란하니 2주의 유예 기간을 주는 것이 어떻냐고 애원하자 그럼 2주 전에 통보했다고 생각하라며 무시해버렸다.

3. 자신이 인정한 사람에겐 특별한 대우를 해주었지만, 그렇

지 않은 사람에겐 발언의 기회를 주지 않았다. 일론은 자기 사고방식을 이해하는 사람만을 가까이 두고 보호했으며, 자신과 친구에게 해를 끼친 사람은 철저하게 응징했다. 친구들은 일론이 가진 사명에 공감하고, 그가 경제적으로 어려운 시기에 도움을 줬으며, 일론의 회사에 투자한 사람들이었다. 잡스 역시 본인과 의견이 다른 사람들을 극단적으로 무시했고, 대립하는 인물들과는 극단적인 전쟁도 불사했다. 그가 넥스트에 있던 시절, 부사장 9명 중 7명이 자의 반 타의 반으로 회사를 떠난 것이 그 방증이었다.

일론 머스크와 스티브 잡스처럼 높은 수준의 재능과 의지를 가진 사람이 삶에서 타인의 감정을 깊게 고려하지 않는 이유는 '자기중심적 사명에 대한 극단적 몰입'이라고 볼 수 있다. 심리학자들이 찾아낸 이론에 따르면 그들은 누구보다 높은 이상과 기발한 아이디어를 갖고 있고, 사회의 문제를 찾아내고 바로 잡는 것을 본인들의 '인생 사명'으로 생각한다. 그렇기에 그들에게 일은 '선택'이 아닌 세상이 내게 부여한 신성한 '의무'인 것이다. 잡스는 컴퓨터와 디지털 기기를 통해 세상을 색다르고 더 멋지게 만드는 것이, 일론은 로켓과 전기 자동차, 태양광 발전을 통해 인류의 지속 가능한 미래를 만드는 것이 본인의 운명적, 도덕적 의무라고 믿었다.

이들은 본인의 사명이 그 무엇보다도 중요하다고 여기기 때문에 타인의 감정이나 기분을 헤아릴 필요를 느끼지 못한다. 그렇기에 회의 시간에 좋지 않은 아이디어를 내거나 멍청한 소리를 하는 사람은 이들의 사명에 방해 또는 위협이 되는 존재가 되어버리는 것이다. '멍청한 놈 하나 때문에 위대한 내 사명이 지연되어서야 되겠는가?' 그렇기에 당연히 능력을 최대로 발휘하지 못하는 직원을 쉽게 내치게 된다. 그들은 나의 임무에 방해가 되고, 사명을 위한 귀중한 시간을 소모시키기 때문이다. 나의 의무와 사명이 무엇보다 중요하기에 인간적인 감정은 자연스레 뒤로 밀리게 된다. 이는 일론과 잡스가 보인 가장 큰 공통점이다. 스티브 잡스는 우리 곁을 떠났지만, 일론의 리더십은 현재진행형이다. 다행히도 일론이 직원들을 대하는 태도는 점차 나아지고 있다. 그는 과거보다 상냥해졌고, 많은 사람에게 자신의 권한을 위임했다. 수면시간을 6시간 정도로 늘리면서 시간적, 감정적인 여유도 생겼다.

시간이 지나며 일론은 '직원들이 자신들의 목표가 무엇이고 일을 해야 하는 이유를 알 때 일을 더 잘하게 된다'는 사실을 알게 되었다. 사람들에게는 아침에 출근하고 즐겁게 일하기를 고대하는 것이 매우 중요했다. 또 인터넷 사업을 하며 2번이나 CEO 자리에서 쫓겨나는 경험을 했기에, 함께 일하는 사람들을 좋아하는 것이 매우 중요하다는 것을 알게 되었다. 그렇지 않으면 그의 삶 역시 비참해진다는 것을 깨달았기 때문이다.

사람들은 자신이 열정을 갖고 있는 것을 추구해야 합니다.
그것은 그들을 다른 어떤 것보다 행복하게 만들 것입니다.
사람들은 목표가 무엇이고, 목표 달성해야 할 이유를 알 때
일을 더 잘하게 됩니다. 정말 중요한 일이라면
역경이 닥쳐도 그 일을 계속해야 합니다.

- 일론 머스크

산업의 낭비를 종식시켜라

• 일론 머스크의 7가지 성공 비밀 •

저는 세상을 변화시키거나, 미래에 영향을 미치거나,
사람들이 주목할 만한 놀라운 신기술에 관심이 있습니다.
그리고 사람들은 '어떻게 그게 가능한 겁니까?'라고 말할 것입니다.

스티브 데이비스는 스페이스X의 엔지니어였다. 팰컨 1호의 개발이 한창이던 2004년 어느 날, 그는 일론의 이메일을 받았다. 당시 팰컨 1호의 상단부의 수평 유지에 사용할 전기 원동 구동장치인 액추에이터가 필요하다는 내용이었다. 스티브는 스탠퍼드 대학에서 기계공학을 전공하고 항공우주공학 석사 과정을 마친 훌륭한 인재였지만, 실제로 액추에이터라는 하드웨어를 본 적도 없고 제작해본 적은 더욱 없었다. 스티브는 그 상황에서 누구나 할 법한 행동을 했다. 그는 자연스럽게 전자 기계식 액추에이터를 만들 수 있는 하청 업체의 목록을 만들고, 가장 저렴한 가격인 12만 달러를 제시한 견적서를 받아 일론에게 보여주었다. 견적서를 받은 일론은 어이가 없다는 표정을 지었다. 그는 '우리가 그렇게 쉽게 쓸 수 있는 돈이 어디 있냐'고 말하는 듯했다. 그는 데이비스에게 액추에이터는 전혀 복잡하지 않은 기계이니 5천 달러의 예산으로 이 문제를 해결할 것을 지시했다.

스티브는 어안이 벙벙했다. NASA는 물론이거니와 스페이스X의 그 어떤 경쟁사도 이런 방식으로 비용 절감을 위한 시도를 하지 않는다는 사실을 잘 알고 있기 때문이었다. 우주 항공 산업에서 필요한 부품의 구입에 돈을 아끼는 것은, 아무도 생각하지 않은 완전히 새로운 접근이었다. 그는 다른 회사에서는 하지 않아도 될 일을 해야 한다는 사실에 분통이 터졌지만, 고용주의 지시를 어길 명분도, 배짱도 없었다. 스티브가 억울한 마음을 꾹꾹 누른 뒤, 이를 악물고 액추에이터를 제조하는 데 걸린 시간은 장장 9개월이었다. 그는 그동안 그가 가진 모든 지적 능력과 공학적 지식을 동원했고, 전에 알지 못했던 수십 명의 사람들로부터 도움을 받았다. 스티브의 성공으로 스페이스X는 한 명의 소중한 인력과 거의 1년에 가까운 시간으로 12만 달러짜리 부품을 4천 달러에 사용할 수 있게 되었다.

NASA의 제트추진연구소에서 20년 넘게 근무했던 케빈 왓슨은 오히려 우주 산업의 고비용과 낭비가 도저히 이해되지 않아서 스페이스X로 옮겨온 케이스였다. 그는 마치 기다렸다는 듯이 스페이스X에서 저렴하면서도 성능이 떨어지지 않는 로켓용 컴퓨터를 만들 방법을 찾기 시작했다. 정확히 10개월 뒤, 케빈의 팀은 NASA에서 1천만 달러에 구축한 항공 전자 시스템을 1만 달러를 조금 넘는 예산으로 완성하는 기염을 토했다.

스페이스X의 직원들은 하나도 빠짐없이, 로켓 제작의 각자 파트에서 동일한 과정을 겪었다. 일론은 1천 달러가 넘는 대부분의 예산 집행을 하나하나 꼼꼼하게 점검했고, 더 저렴하게 제작할 수 있는 방법에 대해 엔지니어를 닦달했다. 그랬기에 다른 항공 우주 기업이 제시하는 금액보다 10배에서 이상 적은 가격으로 우주선과 로켓의 주문을 받아낼 수 있던 것이다. 그는 마치 자신의 창조물을 만드는 조물주처럼 스페이스X 로켓의 모든 제작 과정을 이해하고 부품의 물리적 기능을 파헤쳤다. 스페이스X의 성공은 결코 우연이 아니었다는 사실을 이제 당신도 이해할 것이다. 일론의 강력한 지휘 아래 지구에서 가장 똑똑한 인재들이 머리를 모아 '우주 항공 산업의 기존 질서'를 철저하게 깨부숴버린 충격적인 결과였다.

미국 우주 산업의 역사는 NASA 역사라고 해도 과언이 아니다. 1958년 아이젠하워 대통령의 방침에 따라 항공자문위원회에서 항공우주국으로 이름을 바꾼 NASA는 우주에 진출하는 머큐리-제미니-아폴로 계획을 성공시키며 명실공히 지구와 인류를 대표하는 우주 산업체로 탈바꿈했다. 하지만 당시 미국은 소련과의 우주 경쟁에서 승리하기 위해 NASA에 천문학적인 예산(미국 전체 예산의 5%, 매년 40억 달러 이상)을 쏟아부었고, 거대한 자본은 자연스레 비용을 아끼지 않는 업계의 관행과 풍조를 생성시켰다. 게다가 정부 기관 특유의 경직성과 관료제로 인해 의사 결정에서 실행까지의 기간은 매우 안정적으로 설정되었고, 자본주의 사회에서 시간의 지연은 곧 비용 증가로 이어졌다. 또한 우주선과 로켓을 만드는 데에는 전 세계 1,200개가 넘는 하청 업체가 부품을 조달했기에 서로 입찰 경쟁을 벌였으나, 원자재 가격 상승과 담합의 이유로 우주 항공 산업 부품의 부풀려진 가격은 30년 이상 그대로 유지되고 있었다.

스페이스X는 이러한 전통과 패러다임을 완전히 무시해버리며 우주 항공 산업이 나아가야 할 새로운 방향을 성공적으로 제시했다. 그들은 엔진과 로켓, 우주선뿐 아니라 회로 기판과 센서, 비행 컴퓨터, 태양 전지판, 무선통신 장치에 이르기까지 70% 이상의 부품을 직접 제조해 비용을 절감했다. 기존의 항공우주 기업들이 구입하는 5만 달러짜리 산업용 장비를 스페이스X는 직접 제작해 5천 달러까지 비용을 절감하는 수준이었다. 또한 스페이스X는 우주에서 사용하기 위해 특별 제작된 컴퓨터가 아닌, 소비자들이 대중적으로 사용하는 전자 제품을 충분히 우주선과 로켓에 사용하는 방법을 끊임없이 NASA에 제안했고, 많은 경우 성공했다. 그들은 거대한 금속이 들어오면 엄청난 시간과 노력을 들여 그것을 직접 펴고 용접하며 로켓을 만들었고, 그와 같은 경험에서 나오는 노하우가 축적되어 장기적인 제조 비용의 절감으로 이어질 수 있던 것이다.

일론은 미국은 물론 전 세계가 더 이상 우주에 열광하지 않는 근본적인 원인이 우주 산업의 '막대한 비용' 때문이라고 생각했다. 스페이스X를 운영하며 비용을 절감한 것은 사업을 성공시키기 위함도 있었지만, '우주 진출 산업의 평균적인 비용을 낮추는 것'이 가장 큰 목적이었다. 로켓 제조 비용을 낮추어야 더 많은 발사를 할 수 있고, 그래야만 인류는 우주 산업에서 다양한 목표의 임무를 수행할 것이 분명했기 때문이다. 우주 산업 역시 다른 비즈니스와 다르지 않았다. 결국 모든 것은 돈의 문제였다. 그래서 일론은 우주 항공 산업의 병폐와도 같은 낭비를 최종적으로 종식시키는 것을 스페이스X의 비전으로 삼은 것이었다. 이것이 그의 다섯 번째 비밀, '내가 속한 산업의 낭비를 종식시켜라'이다.

미국 우주 항공 산업은 50년이 넘는 시간 동안 소수 항공 우주 사업체의 '그들만의 세계'였다. 1960년대 보잉과 록히드는 서로 경쟁 관계였으나, 2006년 유나이티드 론치 얼라이언스ULA라는 합작회사를 세우고 시장을 독점하기 시작했다. 미국의 모든 위성 관련 프로젝트를 진행하며 ULA는 엄청난 이익을 챙겼고, 국제 정치 문제로 인해 유럽, 중국, 러시아와 같은 다른 국가의 경쟁사들은 배제되는 일이 많았다. ULA는 미국 연방정부를 로비해 관료들과 매우 밀접한 관계를 형성했고, 경쟁사들의 로켓 발사체가 국가 사업에 선정되지 못하도록 강한 압력을 넣고는 했다.

일론은 ULA의 이러한 행태가 매우 마음에 들지 않았다. 2014년 미국 상원 의회의 우주 산업 관련 청문회가 열렸을 때, 그는 기다렸다는 듯이 ULA의 CEO 마이클 가스와 논쟁을 벌였다. 그는 ULA는 미국 정부 기관의 로켓 발사 1회에 평균 3억 8천만 달러를 청구하고 있고, 스페이스X는 9천만 달러면 충분하다고 당당하게 말했다. 게다가 ULA는 자체 생산 능력이 부족해 로켓 엔진을 러시아에서 수입하고 있었다. 일론은 스페이스X는 진정한 아메리칸-메이드라는 점을 강조했다. 청문회는 일론의 대승리였다. 미국 연방 정부는 ULA의 독점에서 벗어나 스페이스X에게 공정한 기회를 줄 것을 공개적으로 약속할 수밖에 없었다.

모든 것은 우주 산업의 고질적인 문제인 '낭비'를 종식시키고, 궤도 로켓 개발 과정에서 '어떻게 하면 더욱 저렴하게 로켓을 만들 수 있을 것인가'하는 일론의 고민에서 시작된 일이었다. 그는 낭비를 없애는 이유에 대해 짧게 답변했다.

"만약 당신이 어디론가 날아갈 때마다 새 비행기를 사야 한다면 엄청난 비용이 들 것입니다. 바다를 건널 수 있는 배가 재사용되지 않았다면 미국이라는 나라는 개척되지 않았을 것이고요."

일론은 자신이 스페이스X, 테슬라, 솔라시티에서 모두 업계 최고의 '비용 절감'을 이룰 수 있었던 방법은 '제1원칙'에서 비롯되었다고 말한다. 제1원칙이란 세상를 바라보는 물리학적인 방법 중 하나다. 정확한 의미는 '어떤 사물을 가장 기초적인 단위까지 분해해서 내려간 다음, 거기서부터 더 나은 방식으로 하나씩 세워 올라가는 방식'이다.

전기 자동차 배터리로 예를 들면 이렇다. 외부 하청 업체로부터 배터리를 구입하면 킬로와트당 가격이 600달러이다. '이 비용을 낮추기 위해서는 어떻게 해야 할까? 배터리의 성분이 되는 재료는 무엇인가? 원재료의 시장 가격은 얼마인가? 배터리를 탄소, 니켈, 알루미늄, 폴리머, 철강 케이스 등 재료별로 분리해서 글로벌 금속 시장에서 구매하면 비용이 얼마인가? 전 세계의 어느 시장이 가장 저렴한가?'를 고민해 킬로와트당 80달러임을 알게 된다. 그렇다면 이 재료들을 직접 사서 배터리 형태로 조립하는 방법을 찾는 것이 제1원칙에 기반한 배터리 제조 방식이다. 이에 따라 일론은 세상에서 가장 저렴한 궤도 로켓과 유인 캡슐, 리튬 이온 배터리, 섹시한 전기 자동차, 태양광 전지판을 만들 수 있었던 것이다.

이익은 중요하지 않다

• 일론 머스크의 7가지 성공 비밀 •

제가 개인적으로 부를 축적해 나가는 이유는
화성 진출에 필요한 자금을 보태기 위해서입니다.
인류를 다행성종으로 만드는 것 외에 돈을 벌 다른 이유는 없습니다.

신이 나타나 21세기를 살아가는 인간에게 네가 가장 원하는 것이 무엇이냐고 물었다. 인간이 대답했다.

"더 많은 돈을 주십시오. 써도 써도 끝이 없는 돈을 주십시오."

우리는 돈을 사랑하고, 숭배하고, 증오한다. 돈은 우리를 속박하고, 자유롭게 만들고, 비굴하게 만들고, 자랑스럽게 만든다. 돈은 우리를 절망의 구렁텅이에 던져 버리고, 희망의 날개 위에 올라가게 만든다. 돈이 목적이 되어선 안 된다고 말하지만, 가난의 족쇄가 채워진 인간에게 돈은 생존을 위해 목숨을 걸고 매달려야 할 가장 중요한 삶의 목표가 된다. 그렇다. 우리에게는 돈이 필요하다.

그러나 일론이 가진 가장 놀라운 특징 중 하나는 인간에게 가장 중요한 돈에 얽매이지 않는, 때로는 무시하는 특별한 인식이다. 돈에 대한 그의 관념과 철학은 놀랍고 신기하면서도 때로는 경이롭기까지 하다. 그에게 돈은 어떤 목적이나 목표가 아니라 그저 본인의 꿈을 이룰 '수단'일 뿐이다. ZIP2, 페이팔, 스페이스X, 테슬라, 솔라시티의 창업 과정을 근본적으로 살피고 들어가면, 그는 자신의 재능과 노력으로 기존에 존재하지 않았던 완전히 새로운 기술적 혁신을 이룩했고 경제적 이익은 자연스레 따라왔을 뿐이었다. 이것이 그의 여섯 번째 비밀, "비즈니스를 혁신하면, 이익은 따라올 것이다"이다.

물론 일론에게도 돈은 중요하다. 그는 3번이 넘는 파산의 위기를 겪었고, 절체절명의 순간에 경제적 도움을 받지 못했다면, 그는 역사에 기록되지 못하고 빈털터리가 되고 말았을 것이다. 그리고 앞으로 스페이스X의 화성 진출, 테슬라의 새로운 신제품 출시, 솔라시티의 배터리 기술 혁신을 통해 인류의 멸망을 막으려면 더욱 많은 돈이 필요할 것이다.

하지만 그는 전 세계의 수많은 부자처럼, 거대한 부동산을 구입하거나 현금을 쌓아두며 스스로 만들어 낸 경제적 성공을 만끽하지 않는다. 그는 2023년 12월 포브스 기준 1,800억 달러의 재산으로 세계 부자 2위를 기록하고 있는데(1위는 루이비통 사의 회장 베르나르 아르노 회장), 실제로 그는 포브스 부자 상위 50명 중, 보유한 주식을 제외하고는 현금화시킬 자산이 거의 없는 유일한 인물이다. 이는 그가 '돈이란 자신이 생각하는 일을 이루기 위한 수단이라고 생각한다'는 훌륭한 증거이다. 2022년 트위터를 인수할 때도 마찬가지였다. 그는 은행 대출, 기업 사채, 주식 담보 대출, 주식 매각 자금, 제3자(일론의 지인 19명) 대출을 이용해 465억 달러의 인수 자금을 마련했다. 이를 통해 그는 진정 자기 삶을 위한 돈을 남기지 않는 사람이라는 걸 엿볼 수 있다. 그에게 중요한 건 비즈니스, 그것도 돈을 벌기 위한 비즈니스가 아닌 새로운 무언가를 창조할 수 있는 비즈니스뿐인 것이다.

한계에 이르렀다고 생각되었던 인류의 기술 발전은, 일론을 통해 아직 무한한 가능성을 갖고 있음을 보여주었다고 해도 과언이 아니다. 그리고 눈앞의 이익을 먼저 확보하는 것이 가장 중요한 현대 자본주의 시스템에서, 장기적 기술 발전을 위한 투자는 늘 부족한 것이 당연한 현실이다. 이에 일론은 누구보다 앞장서서 본인이 가진 모든 것을 기술에 투자하고 있으며, 언제나 자신이 가진 재산 전부를 올인해, 그동안 쌓아온 모든 걸 잃더라도 두려울 것이 없다는 태도를 일관되게 보여주었다. 물론 그 과정에서 주위 사람들과 친한 친구들 그리고 가족들은 경악했지만 말이다.

2014년 테슬라는 모델 3의 생산을 앞두고 세계 최대 크기의 리튬 이온 배터리 생산 시설인 기가팩토리 네바다(미국 서부의 주)의 건설을 발표했다. 사실 일론은 그가 가진 모든 돈을 다시 한번 쏟아부어 기가팩토리를 동시에 몇 군데 더 짓고 싶었으나, 위험성이 너무 높다는 이사회의 반대로 잠시 보류할 수밖에 없었다. 사실 자동차 제조업체인 테슬라가 직접 배터리 제조 공장을 만든다는 발상 역시 새로운 것이었다. 일론은 전 세계의 리튬 이온 배터리 공급량이 한계에 이르렀다고 판단했다. 자동차 산업의 전반적인 전기차 점유율이 매우 한정적인 상황에서, 기존 배터리 생산 기업들이 수요를 능가하는 공급을 위해 대규모 공장을 건설하는 모험적 투자를 할 이유가 없었기 때문이다. 그는 공장 건설을 발표하며 말했다.

"엄청난 돈을 잡아먹는 이 빌어먹을 공장을 빨리 짓지 않으면, 자동차를 만드는 데 충분한 리튬 이온 배터리를 확보할 수 없습니다. 아무도 배터리 공장을 새로 지을 생각을 하지 않기 때문입니다."

투자자들은 기가팩토리 건설로 인해 테슬라의 자기 자본이 줄어드는 것을 염려했지만, 몇 년 뒤 일론의 판단이 옳았다는 것이 증명되었다. 기가팩토리를 건설하지 않았다면, 테슬라는 2018년까지 미국 내 전기 자동차 총판매 20만 대 돌파라는 새로운 역사를 만들지 못했을 것이기 때문이다. 이후 테슬라는 뉴욕, 텍사스, 상하이, 베를린에 기가팩토리를 건설했고 배터리 생산 능력을 기존 37GWh에서 100GWh까지 3배로 증가시키는 기염을 토했다. 이는 현재 연 200만 대의 전기차에 사용할 배터리를 만들 수 있는 규모에 이르고 있으며, 어떤 배터리 제조 기업보다도 뒤지지 않는다.

일론은 언제나 그가 옳다고 생각하는 일에는 절대 돈을 아끼지 않았다. 제품의 단가 절감을 위해 우주선이나 자동차 부품을 구입할 때는 세상에서 가장 쪼잔한 인간이 되었지만, 미래를 위한 설비와 공장을 세우고, 최고의 인재를 데려오기 위해서는 가지고 있는 모든 걸 던졌다. 이에 하버드, 스탠퍼드를 비롯한 아이비리그의 수많은 수재와 인류 공학 지식을 다음 단계로 진보시킬 인재들이 스페이스X와 테슬라로 구름처럼 몰려들고 있다.

2014년 6월 12일, 일론은 세상을 깜짝 놀라게 하는 뉴스를 발표했다. 테슬라가 보유한 모든 전기 자동차 관련 특허를 무료로 풀겠다는 내용이었다. 일론은 특허를 선의로 사용한다면 어떤 법적 조치도 취하지 않을 것이라고 선언했다. 인류의 역사에서 어떤 산업의 1위 업체도 자신의 지적 재산을 모두 오픈한 적이 없었다. 테슬라는 전기 자동차 산업의 마이크로소프트가 될 수 있었다. 마이크로소프트는 윈도우와 오피스 등의 지적 재산에 대한 로열티로 매년 수억 달러를 벌며 전 세계 기업 시가총액 1, 2위 자리를 애플과 다투고 있다. 누구보다도 사업의 경제성에 밝은 일론이 테슬라가 가지고 있는 지적 재산의 가치를 몰랐을 리가 없다.

하지만 그는 기술적 진보 그 자체도 중요하지만 기존 자동차 산업계의 공룡들을 전기차 시장에 뛰어들게 해 전기차 기술의 발전을 앞당기고 시장 자체를 키우는 것이 자신의 이익보다 더 중요하다고 생각했다. 그리고 그를 통해 산업 기술의 경쟁력을 향상시키는 것이 인류의 진보에 더 큰 의의와 가치가 있다고 믿었다. 일론 머스크라는 개인과 테슬라라는 회사의 이익을 생각했다면 결코 내릴 수 없는 결정이었다. 일부 사람들은 테슬라가 입을 타격을 걱정했지만, 일론은 언제나 더 큰 그림을 보았다. 그리고 역사는 그를 옳게 평가했다.

테슬라가 공개한 특허는 테슬라 전기차의 전기 구동장치와 동력 전달 장치 등 핵심 기술과 관련된 것이었고, 특허 공개는 전기차 산업 발전을 촉진할 획기적인 진전이 될 것이 분명했다. '언론의 관심을 얻으려는 것이 아니냐, 다른 동기나 함정이 있는 것이 아니냐'는 회의론자들의 의견은 빠르게 묻힐 수밖에 없었다. 일론의 결정으로 전기 자동차 산업에는 계속해서 혁신과 혁명이 이루어졌기 때문이다. 우리가 흔히 이야기하는 독일 3대 자동차 그룹(메르세데스벤츠, BMW, 아우디(폭스바겐) 사) 모두 테슬라의 진격 이후 전기차 라인업을 신속하게 확충하고 내연기관 모델의 축소를 발표했다. 전기차는 이미 내연기관차와 가격면에서 동등성을 달성했고, 글로벌 기준으로 2020년 5%에 불과하던 점유율이 2021년 9%, 2022년에는 14%를 차지했으며 2030년까지 60% 이상을 차지할 전망으로 분석되고 있다. 이 모든 일은, 일론과 테슬라가 없었다면 더 오래 걸렸을 인류의 진보이다. 당시 일론은 마치 미래를 예측했던 것처럼 이렇게 이야기했다.

"저는 다른 제조업체가 전기 자동차를 시장에 내놓을 것을 진심으로 권장합니다. 그것은 좋은 일이며, 그들은 그것을 시장에 출시하고 계속 반복하고 개선하고 더 나은 전기 자동차를 만들어야 합니다. 그것이 인류가 지속 가능한 운송 미래를 달성하는 결과를 가져올 것입니다. 지금보다 더 빨리 성장했으면 좋겠습니다."

일론에게 경쟁자란 싸워서 이겨야 하는 대상이 아닌, 함께 손을 잡고 기술 혁신을 이루어 나가는 파트너인지도 모른다. 현재 스페이스X의 가장 큰 경쟁사는 과거 일론이 의회 청문회에서 과다한 비용 청구로 강도 높게 비판했던 ULA이다. 실제로 2017년에 있었던 국제우주정거장 승무원 수송 프로그램에서 ULA는 42억 달러를 수주하며 스페이스X의 26억 달러보다 더 많은 사업을 수주받았다. 일론은 '과거에는 미국 정부가 ULA에 너무나 편향적으로 치우치는 모습을 비난했지만 이번에는 개의치 않는다'는 표정으로 이렇게 말했다.

"ULA가 스페이스X보다 2배의 금액을 받는다고 해도 괜찮습니다. 스페이스X의 기술력은 그 어디보다 뛰어나며 인간의 우주 비행 기술이 발전할 수 있다면 하나보다는 두 회사가 경쟁하는 편이 나을 것이기 때문입니다."

일론은 미국의 평범한 억만장자들처럼 거대한 맨션에서 살지 않는다. 그는 세계에서 가장 멋진 빌라와 아파트에 무제한으로 접근할 수 있음에도 불구하고 2020년 집을 소유하지 않겠다고 선언했고, 다음 해에 아이들을 위한 한 채의 집을 제외하고 보유하고 있던 6채의 저택과 부동산을 모두 매각했다. 매각 이유에 대해서는 정서적 안정과 일에 집중하기 위해 꼭 필요하다고 생각하는 것만 남긴다고 말했다. 그는 현재 텍사스에 위치한 스페이스X의 부지 한 편에 10평 남짓 크기의 5천만 원 상당의 조립형 주택을 만들어서 생활하고 있다. 오히려 수천 평의 맨션에 있을 때보다 집중력이 좋아지고 생산성이 높아졌다고 말한다. 인간의 '부'에 대한 욕망을 초월해버린 그의 꿈은 아직 그 여정을 계속하고 있다.

다시 한번 우주 시대로

• 일론 머스크의 7가지 성공 비밀 •

저는 평범한 사람들이 비범한 선택을 할 수 있다고 생각합니다.

1957년 10월 4일, 소련의 카자흐스탄에 있는 바이코누르 우주 기지에서 로켓이 불을 뿜었다. '위성'이라는 뜻과 함께 '동반자'라는 의미를 가진 인류 최초의 인공위성 '스푸트니크(Sputnik)'가 발사된 것이었다. 소련의 과학자들은 지름이 58센티미터, 무게 83킬로그램의 작은 공 모양의 인류 최초의 인공위성을 지구 궤도에 진입시키는 데 성공했다. 소련 제3대 최고지도자 니키타 흐루쇼프는 위대한 소비에트 연방의 훌륭한 과학적 업적을 숨길 의향이 전혀 없었다. 공산주의와 자본주의, 이데올로기 전쟁의 시대에서, 최초의 인공위성 발사 성공은 '공산주의 이념과 사상의 위대함'을 떨칠 절호의 기회였기 때문이다. 소련의 과학자들은 위성이 발신하는 신호를 암호화하지 않았다. 스푸트니크의 "삐…삐…삐…삐…" 정기적인 신호음이 지구 궤도 위, 전 세계인의 머리 위에서 수신되기 시작했다.

이날 이후로 세계는 완전히 변했다.

미국 최대의 신문 뉴욕타임스의 1페이지에는 "소련, 인공위성을 우주로 발사, 지구를 시속 18,000마일로 공전 중, 미국 상공을 4회 가로지른 것이 포착"이라고 대서특필되었다. 미국의 정치인들과 과학자들은 경악했다.

"고작 농업 국가밖에 안 되는 소련 따위가 어떻게 우리 미국보다 먼저 인공위성을 발사할 수 있는 건가!"

당시 소련은 인구의 20%가 농업에 종사하며 공업 국가라고 말할 수도 없는 수준이었다. 반면에 미국은 5%가 농업에 종사하며 스스로를 진보된 공업 국가로 칭하고 있었다. 언론은 소련이 우주에 인민의 감자(스푸트니크와 발음이 비슷한 스퍼드(Spud)는 감자라는 뜻이다)를 쏘아 올렸다며 우리는 무엇을 하고 있느냐고 자조했고, 미국이라는 나라 전체가 들썩이기 시작했다. 엄청난 충격을 받은 미국인들은 '우리가 소련에게 기술적으로 패배한 근본적인 원인을 뜯어고쳐야 한다'고 판단했다. 지구 궤도 진입 로켓을 제조하는 동일한 목표를 갖고 있었지만, 소련이 먼저 그것을 달성한 데에는 분명한 이유가 있을 것이 분명했기 때문이었다. 이유는 결국 돈과 시간이었다. 미국은 로켓 개발에 많은 돈과 시간(인력)을 들이지 않고 있었다. 그리고 '스푸트니크 쇼크'가 준 충격으로, 우주 산업에는 새로운 역사가 쓰이기 시작했다. 그들은 미항공우주국 NASA를 대통령 직속 기구로 설립하고, 가능한 최대의 연방 예산을 쏟아붓기 시작했다. 미국이 소련에 뒤처지게 된 이유에는 국가 교육의 문제가 크다고 인식했고, 과거 경험주의 교육에서 학문주의 교육 과정으로 패러다임을 완전히 교체했다. 현대 과학기술의 첨병이라고 불릴 수 있는 국방고등연구계획국(DARPA)을 설립하고, 경쟁 국가로부터의 기술적 기습에 대비해 '앞으로 이런 일이 다시는 생기지 않게 하겠다'고 다짐했다. DARPA의 설립과 연구는 정말 신의 한 수가 되었다. 그 이후 미국은 전 세계의 어떤 국가보다 압도적인 기술력을 보유하게 되었으며 인터넷, 마우스, 전자레인지, GPS, 탄소섬유, 수술 로봇, 드론 등의 세상을 바꾸는 기반 기술의 선구자가 되었기 때문이다.

21세기의 기술적 발전의 태초가 되었던 '20세기 우주 경쟁'은 이렇게 시작되었다. 과학적, 상업적 목적 없이 순전한 경쟁심에서 실시된 미국과 소련, 두 초강대국이 서로를 이기기 위해 벌인 천문학적 '돈 파티'와 같은 경쟁이 인류사에서 가장 집약적 과학기술 발전을 이룩해 낸 것이다. 그렇기에 대부분의 역사 연구가는 20세기가 이룩해 낸 가장 낭만적이고 멋진 업적을 꼽으라면 '우주 경쟁'을 으뜸으로 치게 된다. 우주 경쟁은 냉전 시기의 핵무기 개발, 대륙간 탄도미사일 등을 비축하는 군비 경쟁과는 달랐다. 원자폭탄을 싣고 날아가는 미사일과 인공위성을 싣고 날아가는 우주선은 대중에게 받아들여지는 인식이 완전히 달랐기 때문이다. 우주 진출은 새로운 세계에 대한 모험과 탐험, 개척 정신, 지적 탐구, 인류의 과학 발전에 이바지한다는 엄청난 의미를 내포하고 있었다.

미국 35대 대통령 존 F. 케네디는 이와 같은 미국인들의 심리를 잘 알고 있었다. 그는 1962년 라이스 대학교의 연설에서 미국인들에게 외쳤다. 1억 8천만 미국인의 마음에 우주를 향한 거대한 불을 지핀 연설을 음미해보자.

"저 멀고 먼 우주에는 아직 다툼도, 편견도, 국가 간의 분쟁도 없습니다. 우주의 위험은 우리 모두를 냉혹하게 공격합니다. 우주 정복은 인류 전체가 최선을 다할 만한 가치가 있으며 이러한 평화와 협력의 기회는 대부분 두 번 다시 얻기 힘들 것입니다. 그런데 왜 달이어야 하냐고 묻는 사람들이 있습니다. 왜 달을 목표로 삼아야 할까요? 아마 그들은 왜 높은 산에 오르냐고도 물을 것 같습니다. 35년 전에 인간은 왜 대서양 횡단 비행을 했을까요? 왜 우리는 이길 수 없는 상대에게 도전할까요? 우리는 달에 가기로 선택한 것입니다. 다른 일들과 마찬가지로, 이것이 쉬워서가 아니라 어렵기 때문에, 이 목표는 우리의 에너지와 기술 수준의 한계를 측정할 기회가 될 것이기 때문에, 우리가 기꺼이 받아들일 도전이고 뒤로 미룰 수 없는 도전이기 때문에, 우리의 경쟁자가 성공하고자 하는 도전이기 때문에 달에 가기로 선택한 것입니다.

이러한 이유로 저는 작년에 우주 탐사의 속도를 한 단계 높이도록 결정한 것을 대통령으로서 재임하는 동안 내리게 될 가장 중요한 결정 중 하나라고 생각합니다. 우리가 지금 뒤처져 있는 것은 확실하고 유인 비행은 한동안 따라잡기 힘들 것입니다. 그러나 계속 뒤처져 있을 생각은 없습니다. 10년 안에 따라잡고 추월할 것입니다. 우주에 대한 투자는 미국의 남녀노소 1인당 매주 40센트 수준에서 1인당 매주 50센트 이상으로 곧 더 늘어나게 됩니다. 어떤 이익이 우리를 기다리고 있을지 모르는 상태에서 어떻게 보면 신념과 비전으로 실시하는 이 프로그램에 우리는 엄청난 국가적 역량을 집중하고 있기 때문입니다. 에베레스트산에서 사망한 영국의 유명한 탐험가 조지 말로리에게 예전에 누가 왜 산에 오르냐고 묻자, 그는 '산이 거기 있으니까요'라고 대답했습니다. 우주가 거기 있기 때문에 우리는 갈 것입니다. 그곳에는 달과 별 그리고 지식과 평화에 대한 열망이 있습니다. 인간이 뛰어들었던 모험 중 가장 불확실하고 위험하며 위대한 모험의 돛을 올리는 이 순간, 신의 가호가 있기를 빕니다."

전미가 열광했다. 연설 직후 우주 진출에 대한 열의로 불타는 사람들이 NASA에 취직하겠다고 벌떼처럼 몰려들었다. 돈을 주지 않아도 되니 NASA의 사무 보조 업무, 청소, 정비공을 하겠다는 사람들만 수백 명이었다. 케네디는 한 번의 연설로 워싱턴의 정치인들과 일반인, 과학자, 엔지니어 등 수천만 명에게 우주 진출과 기술 개발에 대한 동기를 가장 성공적으로 부여했다.

미국은 꿈의 목적지를 찾았다. 그것은 밤하늘에 떠 있는 달이었다. 미국의 로켓 개발은 매일 밤 뉴스의 헤드라인을 장식했고, 사회적 모임의 가장 큰 화젯거리가 되었으며, 어린아이들의 방을 엄청난 포스터와 장난감들로 가득 채웠다(토이 스토리의 우주비행사 캐릭터, 버즈 라이트이어 역시 당시의 시대상을 상징한다). 바야흐로 우주 시대였다. 1960년 우주 진출은 미국인들의 마음을 하나로 모은 가장 거대한 역사적 흐름이었다.

케네디의 부름에 응답한 사람들이 만들어 낸 폭발적인 기술의 발전은 놀라운 수준이었다. 스푸트니크 발사 후 약 50년간, 미국인들은 지구에 생명이 탄생한 이래 가장 빠르고 무지막지한 기술 혁신을 이루어 냈다. 오늘날 우리가 누리는 모든 기술의 첨병은 이때부터 시작되었다고 보아도 무리가 아니다. 지구에서 달까지 소통하기 위한 통신장비를 개발해 오늘날 인터넷이 만들어졌고, 안정적인 로켓을 위한 소재를 개발하며 금속 주조 산업을 한 단계 진보시켰다.

그렇게 인류라는 종은 지구가 아닌 천체인 달에 최초로 발자취를 남길 수 있었다. 그리고 일론과 스페이스X가 다시 한번 불을 붙인 우주선 기술력은 빠른 속도로 진보해, 사람을 우주선에 태워 화성에 갈 계획을 세우게 되었고, 태양계 전역에 끊임없이 탐사선을 배치하고 있다. 구석기시대 시작부터 증기기관이 발명되기까지 약 300만 년이나 걸린 것에 비하면 60년 만에 이룬 경이로운 기술적 진보가 아닐 수 없다.

10년 안에 달에 갈 것이라는 케네디의 말은 그대로 현실이 되었다. 고대 중동의 어구 '아브라카다브라'는 '네가 말한 대로 이루리라'라는 뜻이다. 인류사에서 이처럼 정치인이 외친 비전을 모두가 한마음 한뜻으로 이룬 사건은 흔하지 않았다. 역사적인 임무를 부여받은 미국인들은 정확히 6년 10개월 뒤, 인간을 달에 보내는 위업을 달성했다. 1969년 7월 24일, 아폴로 11호가 달 유인 탐사에 성공한 것이었다. 아폴로 11호의 기념비적 결과물에 전 세계가 열광했고, 아폴로 11호의 사령관 닐 암스트롱, 사령선 조종사 마이클 콜린스, 착륙선 조종사 버즈 올드린은 인류의 영웅이 되어 역사에 기록되었다.

이렇게 미국과 소련의 문 레이스(달까지 도착하는 경주)는 종료되었다. 소련은 미국이 달성한 달 착륙이라는 목표를 2위로 차지할 생각은 없었다. 그리고 마치 올림픽 경기 종료 후의 관중들처럼, 우주에 대한 인류의 관심은 점차 멀어져 갔다. 미국과 소련은 계속해서 태양계를 탐사했지만 달 착륙과 같은 공동의 목표를 위해 모두가 하나가 되었던 대우주 시대는 돌아오지 않았다.

케네디처럼 원대한 우주 진출의 목표를 부르짖는 리더 역시 나타나지 않았고, 소련의 붕괴와 함께 우주 경쟁 자체를 '아무 의미 없는 예산의 낭비로 점철된 역사'로 바라보는 사람들이 늘어나기 시작했다. 한때 미연방 예산의 5% 넘게 차지했던 NASA의 예산은 70년대가 되기 무섭게 1%로 줄어들었고, 스페이스X가 창업하는 2000년도에는 0.6% 정도에 불과했다. 이러한 배경으로 인류 우주 탐사의 시계가 달 착륙과 함께 1970년대에 멈춰 버린 것이었다.

일론은 우주 탐사를 향한 인류의 열망이 사라져 버렸다는 사실을 알고 있었다. 스페이스X를 창립하기 전, 그는 NASA의 웹사이트를 보고는 화성 탐사에 대한 계획이나 일정이 없다는 사실에 매우 낙심했다. 그리고 생각했다. 아무도 그 방향을, 화성을 바라보지 않는다면 내가 바라보게 만들겠다고 결심했다. 일론은 미국인이 가진 뉴-프론티어 개척 정신과 명백한 사명 정신을 믿었다. 그리고 미국인들의 정신에 새로운 활력을 불어넣고 모든 인류에게 희망을 안길 새로운 성명이 '화성 진출'이 될 것이라 확신했다. 그는 케네디가 1962년 그랬던 것처럼, 사람들에게 우주 진출과 희망에 대한 열정을 다시 한번 불러일으키는 것을 꿈꾼 것이다.

그렇게 그는 1970년에 멈추어 버린 우주 산업의 시곗바늘을 직접 돌리기 시작했다. 1960년대의 장비가 그대로 사용되어 오던 우주 산업에 혁신을 일으키고자 자기 모든 재산과 생명을 걸었다. 2000년 초반의 미국과 러시아의 기존 우주선들은 1970년대의 가전제품에서나 볼 수 있는 수준의 기계 장치를 그대로 사용했으며 컴퓨터 모니터 역시 그 당시의 출력과 해상도를 그대로 유지하는 초라한 상황이었다. 그동안 아무도 기술 개발을 위한 투자에 나서지 않았기 때문이다. 이와 같은 현실을 스페이스X라는 새로운 위협적인 존재가 들어와 완벽하게 탈바꿈시킨 것이다.

"화성에 진출해서 기지를 세우고 인간을 다행성 종족으로 만들겠습니다. 그것이 아주 멋진 일이고, 미래에는 반드시 일어나야 하는 일이기 때문입니다."

앞에서 살펴본 케네디의 연설과 비슷하지 않은가? 일론의 인터뷰 내용 중 일부이다.

1962년, 케네디는 '유인 달 탐사'라는 비전을 제시했고, 6년 뒤 인류는 그 목표를 달성했다. 그리고 21세기, 일론 머스크는 '유인 화성 탐사 및 이주'라는 비전을 인류의 머릿속에 성공적으로 심어주었다. 달을 정복했으니 이제 화성을 정복해야 한다는 일론의 이야기는 80년 전 케네디가 외쳤던 도전과 크게 다르지 않아 보인다. 일론의 연설 역시 수많은 사람의 가슴에 불을 지폈고, 인류가 다시 한번 '우주 시대'를 꿈꾸는 새로운 움직임의 시작을 알렸다. 이것이 일론 머스크의 일곱 번째 비밀, '가슴이 터질 것처럼 뛰게 만드는 멋진 비전을 보여주어라'이다.

모든 희망을 잃고 살아가는 인간이라도, 로켓의 발사 장면을 보게 된다면 거대한 연기와 불을 뿜으며 상승하는 아름다운 모습에 매료되게 된다. 우리는 로켓의 발사에서 각자의 희망을 본다. 주어진 어려운 환경을 딛고 꿈을 향해 날아가는 상징적인 인간을 본다. 우리가 늘 동경하는 저 파란 하늘을 뚫고 올라가는 자그마한 물체에, 결코 호락호락하지 않은 세상에 도전하는 내 모습을 투영한다. 우리는 모두 로켓처럼 자유롭게 날아오르고 싶은 존재이기 때문이다.

케네디가 달에 가겠다는 대담한 비전으로 미국 전체에 활력을 불어넣은 것처럼, 일론 머스크가 화성에 거주지를 만들겠다는 무모한 비전으로 우주 산업을 다시 일으켜 세운 것처럼, 당신도 당신의 목표와 포부에 열정을 품어야 한다. 지금 내가 가질 수 있는 가장 원대한 목표를 세우고, 어떤 일을 먼저 할 수 있는지 연구해라. '이 일이 다른 사람들을 어떻게 도울 수 있는가?'를 질문하고 내 평생의 일에 일론과 같은 목적의식을 불어넣어라. 같은 분야의 최고의 사람들과 어울리고, 경쟁을 즐겨나 역시 최고가 되기 위한 인생의 게임을 시작해야 한다.

케네디는 죽었고, 일론 머스크 역시 30년 내로 역사의 뒤안길로 사라질 것이다. 하지만 당신에게는 아직 많은 시간이 있다. 미국의 작가 어네스트 캠벨은 "인생에서 가장 중요한 날은 태어난 날과 자신이 태어난 이유를 알게 되는 날이다"라고 말했다. 당신은 왜 태어났는가? 당신의 삶을 어떻게 보내고 싶고, 무엇을 가장 이루고 싶은가? 당장 노트를 꺼내 인생의 목표와 비전을 쓰고, 그것을 이루기 위한 계획을 세워라. 당신이 행동으로 옮기지 않으면, 이 책을 읽은 시간은 결국 잠시의 오락에 머무르고 말 것이다. 하지만 일론의 이야기가 당신에게 변화를 만들어 낸다면, 그 가능성은 당신에게 무한한 가능성을 열어줄 것이다.

PART 4

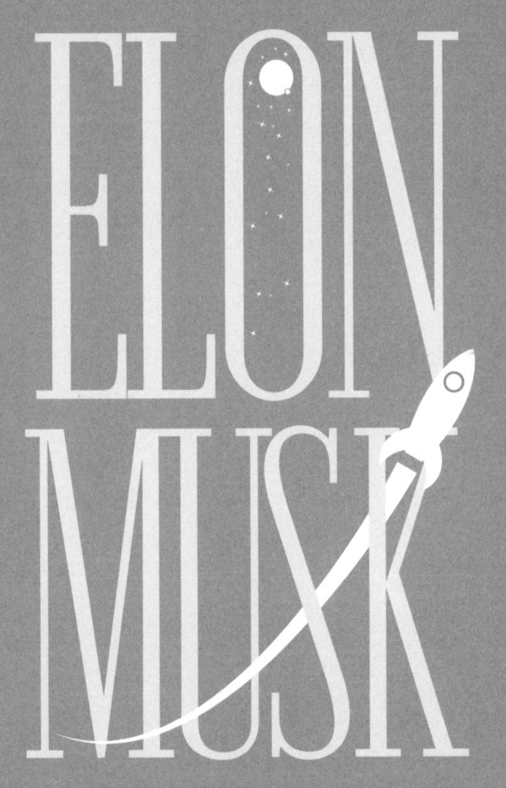

SECRETS TO SUCCESS

일론 머스크의 끝나지 않은 꿈

이 세상에 태어난 이유

• 일론 머스크의 끝나지 않은 꿈 •

당신은 왜 살고 싶은가요? 당신에게 중요한 것은 무엇인가요?
무엇이 당신에게 영감을 주나요? 이 질문에 대한 답변이 필요합니다.
나의 경우 인류의 미래가 성간 비행과 다행성 종족화를
포함하지 않는다면 엄청나게 우울하게 느낄 것입니다.

인류의 멸망을 막기 위해 화성에 최초의 인류 거주지를 건설하겠다는 일론의 꿈은 현재진행형이다. 왜 화성일까? 태양계에서 지구와 가장 가까운 행성은 금성(4,200만 km)과 화성(7,800만 km)이다. 하지만 금성은 지표 부근의 기온이 450도에 달하고, 시속 1,200km의 바람이 불며 유독성 황산비가 내리는 지옥 같은 환경을 갖고 있기에 탐사가 매우 제한적이다. 그에 비해 화성은 최고 온도 35도, 최저 온도 -140도의 지구보다 낮은 기온으로 보호복을 입은 인간이 활동 가능하고, 기압이 낮아(지구의 1/100 수준) 태양계 내 표면 탐사가 가장 많이 이루어진 행성이다. 또한 2008년 NASA를 통해 공식적으로 물의 발견이 발표되었고 이는 전기 분해를 통해 연료로 사용할 수 있는 수소와 호흡에 필요한 산소를 얻을 수 있다는 뜻이다. 그리고 인류의 현재 기술 수준으로 테라포밍을 시도라도 할 수 있는 유일한 선택지는 화성밖에 없으며, 태양계의 다른 행성들은 비용과 관계없이 그 어떠한 방식으로도 테라포밍이 사실 불가능하다.

일론의 계산에 따르면, 우리가 화성을 따뜻하게 만들 수 있다면, 화성에 두터운 대기와 액체 바다를 형성할 수 있다. 화성과 태양까지의 거리는 지구와 태양까지 거리의 1.5배 정도로 상당한 양의 태양광이 쏟아진다. 평균 온도는 영하 60도로 지구에 비하면 매우 낮은 편이지만, 일론은 과학기술로 화성의 기온을 올릴 수 있다고 말한다. 화성의 대기 역시 다른 행성에 비해 인간에게 우호적인 편이다. 이산화탄소가 주를 이루고 약간의 질소와 아르곤, 몇몇 미량 원소로 이루어져 있다. 이는 대기 성분을 압축하는 방식으로 차후 화성에서 식물을 키울 수 있다는 것을 의미한다.

그의 계획은 늘 그랬듯이 결과적으로 모두 '가장 저렴한 상품'으로 귀결된다. 그는 스페이스X의 궤도 로켓 발사, 테슬라의 전기 자동차, 솔라시티의 태양광 전지판에서 가장 저렴한 가격의 상품을 제공하며 자유경쟁 시장에서 성공했던 것처럼 '화성 이주 상품'을 만들어 낼 계획이다. 그는 일반적인 미국인 가정이 주거에 사용하는 비용의 중간값이 20만 달러인데, 그보다 저렴한 가격으로 화성 이주를 할 수 있게 만드는 것을 목표로 삼았다. 즉 미국에서 평범하게 사는 가정이 화성에 이주하는 것을 경제적으로 가능하게 만들겠다는 뜻이다. 인류는 화성에 자급자족하는 우주 문명을 이룩할 가능성을 굉장히 높일 수 있게 된다. 이것이야말로 가장 경제적인, 가장 합리적인 우주 문명 건설법이 아니고 무엇이겠는가?

물론 모든 사람이 화성에 가고 싶어 하지는 않을 거란 걸 그 역시 잘 알고 있다. 아마 비교적 소수의 사람만이 화성에 가기를 원할 것이라 예상된다. 우주 여행은 시시각각 생명의 위협을 받는 과정의 연속이고, 중간에 문제가 생겨 목숨을 잃을 가능성이 있기 때문이다. 하지만 세상에는 강한 의지와 개척 정신으로 무장한 수많은 모험가가 살고 있다. 과거 어니스트 섀클턴(인류 미개척지 정복이라는 큰 탐험 2번을 모두 실패했으나, 두 번째 탐험에서 살아날 가망이 없다고 점쳐지는 극도로 불리한 상황에서 전 대원 생환에 성공이라는 위업을 달성한, 인류 역사상 최고의 탐험가 중 하나로 꼽히는 인물)의 "위험한 여정, 적은 임금, 혹한, 몇 달간 지속되는 길고 완전한 어둠, 끊임없는 위험, 안전한 귀환을 보장할 수 없음, 성공 시 영광과 명예를 얻을 수 있음"이라는 남극 탐험대 모집 광고에 5,000명이 넘는 사람들이 지원했던 것처럼, 인간은 미지에 도전하는 존재이기 때문이다. 우주여행에 환상과 신비를 품은, 새로운 세계를 개척하고 탐구하고자 하는 사람들은 수천만 원, 수억 원을 내고 기꺼이 화성으로 떠날 것이 분명하다.

과거 아메리카 신대륙을 개척했던 사람들처럼, 화성을 개척하는 도전이자 임무는 인간의 가슴을 뛰게 만들기에 충분하기 때문이다.

일론의 '화성 거주지 건설 계획'은 우선 암석과 먼지로 뒤덮인 화성의 지면에 착륙하는 임무에서 시작된다. 지구에서 화성으로의 여정은 먼저 우주선을 지구 궤도로 보내고, 연료를 완전히 보충하고 난 뒤 화성으로 이동하고 착륙을 진행하는 방식이다. 지구와 화성이 가장 가까워지는 시기는 대략 2년마다 찾아오는데, 한 번의 발사로 100명을 보낼 수 있다고 쳐도 100만 명을 보내려면 로켓을 만 번 발사해야 한다. 2년마다 화성으로 출발할 수 있다는 점을 감안하면 50년 이상이 걸리는 장기 프로젝트인 셈이다.

일론과 스페이스X는 2024년, 첫 4대의 탐사선을 화성으로 보낼 계획을 세웠다. 유인 우주선 2대, 화물선 2대로 구성된 팀은 화성에서 '물의 근원지'를 찾는 첫 임무를 수행한다. 그리고 두 번째 임무로 로켓을 발사할 수 있는 추진체 발사대를 설치하는 것이다. 그렇게 설치된 발사 기지를 중점으로 도시가 계획된다. 추진체 및 연료 창고를 건설하고, 대량의 태양광 전지판의 집합체를 구성한다. 화성의 광석 물질을 채광하고 물을 정제하며, 대기로부터 이산화탄소를 추출하고 메테인과 산소를 만들어 저장한다. 이제 기지를 건설할 장비를 실은 다수의 우주선을 도착시키며 도시 건설을 시작한다. 도시는 점점 커지고, 오랜 시간이 지나면 화성은 지구처럼 살기 좋은 행성이 될 것이다. 기술적으로는 아직 불가능하다고 여겨지는 이 계획을 일론은 누구보다 긴 호흡으로 실행 가능하다고 보고 있다. 놀라운 점은 그 역시 생전에 계획의 실행을 목격하지 못할 거란 사실이다. 그러나 그는 말한다.

"처음에는 돔에서 살아야 하지만, 시간이 지남에 따라 화성을 지구처럼 보이게 테라포밍하고 결국에는 아무것도 없이 바깥을 돌아다닐 수 있을 겁니다."

물론 그는 현실적인 문제들에 무지하지 않다. 화성의 낮은 기온을 높이는 방법에 대해서 그는 아직 기술적 해답을 구하지 못했다. 인류의 기술이 비약적으로 발전하더라도 많은 시간이 걸릴 것이다. 화성의 온도를 올리는 작업에 착수하더라도 수백, 수천 년이 걸릴 것이고 일론이 살아 있는 동안 화성의 환경이 지구처럼 바뀔 확률이 희박하다는 것을 잘 알고 있다.

온도만이 유일한 문제는 아니다. 화성에는 지구 자기장과 같은 행성 자기장이 없기 때문에 우주로부터 날아드는 고에너지의 방사선이 인간을 위협한다. 즉 화성에서 인간은 우주 방사선으로부터 보호받기 위해 두터운 차폐막 아래 생활해야 하는 것이다. 또한 오존층이 없기 때문에 자외선 역시 매우 위험한 강도를 보여준다. 이를 막기 위해 인공적인 자기장을 만들고, 우주에 거대한 거울을 설치할 수 있으나 기술적으로는 아직 머나먼 이야기다.

일론뿐 아니라 21세기에 태어난 인간은 아무도 화성에서 살아가는 인류의 새로운 세상을 목격할 수 없을 것이다. 하지만 중요한 사실은 그가 과거 아무도 주장하지 않았던 새로운 목표를 제시했고, 그것을 이루어야 한다는 절대적인 사명에 수많은 사람이 공감하고, 자신의 삶을 걸었다는 점이다. 일론의 꿈은 인류에게 희망을 제시했다. 우리는 결코 멸망하지 않을 것이라고.

지구라는 보금자리뿐 아니라, 다른 행성에서도 삶을 영위할 수 있는 인류를 만들자는 일론의 사명은 대부분의 기업과 조직이 외치는 '가장 높은 수익률을 보여주는 주체가 되자'보다 훨씬 감동적이다. 이는 미래를 지향하는 목표이자 인류의 꿈을 상징한다. 그는 50년 전 사람들이 우주를 향해 품었던 꿈과 비전에 다시 한번 불을 붙였다.

일론 머스크의 꿈이 만든 스페이스X는 '세계 최초의 상용 우주선 발사, 세계 최초이자 궤도 발사체 수직 이착륙, 세계 최초의 궤도 발사체 재활용, 세계 최초의 민간 우주 비행사의 국제 우주 정거장 도킹'의 타이틀을 획득했다. 국가가 아닌, 민간 기업이 우주 개발에 주도적으로 참여할 수 있다는 사실을 확실히 각인시켰고, 우주 개발 역사에 '재사용'이라는 개념을 처음으로 도입했다. 스페이스X는 미국 NASA, 일본 JAXA, 유럽 ESA, 러시아 연방 우주국, 중국 국가항천국을 앞서는 세계 최고의 우주 수송 산업체로 자리 잡았으며 팰컨 9호는 세계 최초로 궤도 로켓을 100번 이상 재사용하는 데 성공했다. 또한 전 세계에 위성 인터넷을 보급하는 스타링크 프로젝트로 42,000개의 인공위성을 발사했으며, 이는 2021년 현재까지 인류가 발사한 모든 인공위성보다 4배 많은 숫자다.

일론은 스페이스X를 통해 1960년대의 케네디처럼 다시 한 번, 인류의 가진 최고의 기술과 에너지를 한계까지 밀어붙이고 있다. 그는 21세기 현존하는 인간 중 가장 강한 비전과 리더십으로 최고의 인재들을 끌어모으고 있다. 이것이 그가 하는 일이 위대한 이유이다.

일론은 화성에서 죽음을 맞이하고 싶다고 말했다. 물론 '우주선과 화성의 충돌'로 인한 죽음은 사양한다고 덧붙였다. 그는 스페이스X 임무를 통해 화성에 한 번 다녀온 뒤, 일흔 정도의 나이가 되면 다시 화성에 가서 테라포밍(지구 외 다른 천체에 지구 생물이 살 수 있는 환경과 생태계를 구축하는 것)에 집중하며 여생을 보내고 싶다고 했다. 일론 머스크다운 최후이지 않은가? 마지막 순간만큼은 사랑하는 가족들에 둘러싸여 따뜻하고 포근한 임종을 꿈꾸는 것이 인간의 본성이다. 도대체 일론의 꿈은 그의 마음속에 얼마나 강렬하게 자리 잡은 것일까. 이것이 '미쳤다'라고 밖에 표현되지 않는 일론 머스크의 괴이하면서도 신비한 꿈이다.

크리스토퍼 놀란의 인류의 종말적 미래를 그린 영화 〈인터스텔라〉의 주인공 쿠퍼는 우주 비행사이다. 그는 학생들을 농업에 집중시키기 위해 NASA의 달 착륙 등 우주에 대한 환상을 심어줄 수 있는 역사는 모조리 거짓이라 가르치고 있는 학교를 다녀온 뒤 장인에게 이렇게 불평한다.

"지금의 세계는 마치 우리가 누구인지 잊어버린 것 같습니다. 우리는 세상의 탐험가이자 개척자였어요. 관리인이 아니었단 말입니다. 우리는 하늘을 올려다보며 별들에서 우리의 위치를 궁금해하곤 했습니다. 이제 우리는 아래만을 내려다보고 땅속의 우리 위치에 대해 걱정할 뿐이네요."

일론은 인류에게 다시 한번 탐험가이자 개척자가 되는 꿈을 꾸자고 말했다. 그리고 세계가 그의 꿈에 열광했다. 그의 성공에는 다른 이유가 없다. 그가 인류에게 꿈을 주었기 때문이다.

끝없는 실패에서 좌절하지 않는 법

• 일론 머스크의 끝나지 않은 꿈 •

실패는 NASA에서 선택 사항이 아니라는 어리석은 생각이 있습니다.
실패는 옵션입니다. 일이 실패하지 않는다면
충분히 혁신하고 있지 않은 것입니다.

10세, 어머니와 함께 아버지 곁을 떠났다. 정들었던 고향을 떠나 새로운 학교로 전학했으나, 아이들에게 지독한 따돌림을 받고 기절할 정도로 두들겨 맞기도 했다.

18세, 태어난 나라를 떠나 농장 일과 막노동을 하며 생활비를 벌었다. 가족이 오기까지 홀로 1년을 보내야만 했다.

24세, 처음으로 회사를 만들었다. 소프트웨어 제작은 끊임없는 실패의 연속이었다. 수천 번 코드를 재작성해가며 프로그램을 만들었고, 수십 명의 투자자와 고객에게 거절당했다.

28세, 자신이 만든 회사의 CEO에서 축출되었다. 지분을 매각했고 새로운 회사를 차렸다.

31세, 또 한 번 자신이 만든 회사의 CEO에서 축출되었고, 지분을 매각했다.

32세, 3개의 회사에 전 재산을 투자했다. 주위의 모든 사람이 그를 말렸고, 도움의 손길은 찾을 수 없었다.

37세, 처음으로 파산 위기를 겪었다. 단 2주 차이로 파산을 면할 수 있었다. 처음 낳은 아이가 병에 걸려 세상을 떠났고, 아내와 이혼했다.

43세, 두 번째 파산 위기를 겪었다. 친구에게 회사를 매각하려 했고, 계약서에 사인하기 직전에 가까스로 회생했다.

47세, 세 번째 파산 위기를 겪었다. 인생에서 가장 고통스러운 한 해였다. 일주일에 120시간을 일해야만 했다.

일론이 지금 이 자리에 오기까지 겪었던 실패와 고난의 연대기이다. 이는 우리에게 알려진, 공개된 내용에 불과하다. 실제 그의 삶에는 이보다 더 많은 미세한 실패와 고난이 있었을 것이 분명하다. 일론 머스크는 그가 이루어 낸 성공의 크기만큼이나 커다란 고통을 이겨 낸 인물이다. 일론이 실패를 겪었을 때마다 그 원인을 외부 환경으로 돌리고, 스스로 한계를 규정지었다면 오늘날의 스페이스X와 테슬라, 솔라시티는 존재하지 않았을 것이 분명하다. 그리고 일론 머스크라는 인물이 없었다면, 전기차 시대는 지금처럼 일찍 오지 않았을 것이고, 인류는 스스로 멸망의 길을 재촉하고 있었을지 모른다.

일론에게 실패란, 존재하지 않는 것이었다. 그에게 실패가 존재하지 않는 이유는 실패의 근거가 현실 세계가 아닌 자신의 정신세계에 있다고 믿었기 때문이다. 실패란 우리에게 일어난 어떤 부정적인 사건 그 자체가 아니라 사건으로 인해 내가 나를 바라보는 시선에서 오는 패배 의식, 그것이 진정한 실패이다. 목표를 달성하지 못한 것이 실패가 아니라 실패 안에서 앞으로 나아갈 용기를 내지 않는 나약한 모습이 진짜 실패이다. 즉 '나는 패배자라서 더 이상 도전을 할 수 없어'라는 목소리가 바로 실패다. 우리는 누구나 이 목소리를 들어봤다. 사람은 누구나 살아가면서 여러 가지 크고 작은 부정적인 사건을 만나게 된다. 그중에 어떤 것은 심장이 오그라들 정도의 고통을 동반하기도 하고, 또 어떤 것은 그만 삶을 포기해 버리고 싶은 마음이 들게끔 하기도 한다.

나는 과거 한 차례 사업에 실패하며 내가 평생 벌어온 돈을 모두 써버렸다는 사실을 알게 되었을 때, 죽을 것 같은 고통을 겪었다. 잘 다니던 회사를 퇴사한 것이 후회되어 밤에 잠을 이룰 수가 없었다. 아들이 별다른 걱정 없이 잘 살고 있을 것이라고 믿고 계신 부모님께는 죽어도 이 사실을 말할 수 없었다. 함께 사회생활을 시작했던 친구들은 하나둘 아파트를 구입하기 시작했는데, 나에게는 아무런 재산이 남아 있지 않았다. 도대체 어디서부터 잘못된 것인지 분간이 되지 않았다. 하루하루 커지는 고통 속에서 '이런 고통이 매일같이 계속되고, 빠져나갈 길이 보이지 않으면 극단적인 선택을 할 수 있겠구나'라는 생각이 들었다.

얼마 안 되는 돈으로 쉽게 수익을 낼 수 있는 주식 단타 매매, 선물 투자에 손을 댔지만, 조급함으로 오히려 그 적은 돈마저 잃고 두려움에 휩싸여 도망쳐 나왔다. 더 이상 기댈 곳이 없다는 생각이 들자 숨이 가빠지고, 어지럼증으로 갑자기 쓰러져 응급실에 다녀오기도 했다. 술을 먹지 않으면 잠이 오지 않았다. 나는 실패했다. 실패보다 더 나를 힘들게 했던 것은 실패에서 나오는 '나는 왜 이렇게 멍청할까'라는 패배 의식과 '내가 왜 그랬을까'라는 후회였다. 진정한 실패는 이 두 감정에서 나오는 것이었다.

그때 나는 책을 잡았다. 실패를 겪은 사람들의 책을 읽었다. 실패를 겪고 포기하지 않은 사람들의 책을 읽었다. 코미디나 게임 등 의미 없는 콘텐츠를 보던 유튜브에서 실패를 겪은 사람들의 영상을 찾아보았다. 그리고 어느 날, 이제 더 이상 단 하루도 나의 실패를 부정적으로 생각하지 않기로 결심했다. 실패를 통해 많은 것을 배웠다. 절대 다시 해서는 안 되는 일이 무엇인지를 알게 되었고 내가 잘할 수 있고 해야만 하는 일이 무엇인지도 알게 되었다. 사업의 실패를 통해 부족한 점을 알게 되었고, 그와 같은 일은 다시 일어나지 않게 할 것을 다짐했다. 그리고 이미 나에게 벌어진 일들은 작은 실패에 불과하다고 믿기로 했다. 일론이 작은 실패를 통해 큰 성공을 이룬 것처럼, 이제 나에게는 큰 성공만이 남았다는 것을 나는 스스로 믿기 시작했다.

부정적인, 어려운 일들은 앞으로도 끊임없이 나의 삶에 밀려들 것이 분명했다. 이건 그저 파도의 시작에 불과할 것이었다. 가진 돈을 전부 잃는 것 정도야 결코 힘든 일이 아니라고 생각했다. 나에게는 건강한 신체와 정신이 있고 아직 젊음의 축복 속에 있었으며 나를 믿고 사랑해주는 가족이 있었다.

나는 관점을 완벽하게 바꾸었다. 나의 실패는, 내가 긍정적으로 생각하면 더 큰 단계로 나아갈 든든한 디딤돌이 될 것이다. 내가 좌절하지 않고, 스스로 비관하거나 후회 속에 파묻히지 않고, 아무렇지 않게 열심히 하루를 보낸다면 내 인생을 스쳐 지나간 하나의 사건일 뿐이다. 하지만 내가 현재의 상황에 부정적으로 대응하면, 이 실패는 내 인생을 좌초시키는 암초가 되어버릴 것이고, 나는 더 이상 높은 곳을 향해 뛰어오르지 못하고 허우적대는 삶을 살아갈 것이다. 이 실패는 그저 내 마음속에 있는 것뿐이다.

이것이 '실패 앞에서 우리는 어떻게 해야 하는가?'라는 질문에 대한 나의 답이었다. 나는 어떤 비참한 실패 앞에서도 '나의 꿈은 반드시 이루어진다'고 믿기로 했다. 그 외의 대안은 죽음과도 같은 고통이기에 '이 상황에서 어떻게 하면 내 꿈을 이룰 수 있는가?'에 대한 해답만을 생각하며 시간을 보내기로 결심했다. 살아오며 쌓아온 모든 것이 순식간에 거짓말처럼 무너지고, 남은 거라곤 사람들의 냉대와 재앙에 가까운 경제적 고통과 절망감뿐이었지만, 실패를 축복하기로 했다. '이건 내가 앞으로 성공하기 위한, 내 꿈을 완성하기 위한 하나의 필연적인 과정에 불과하다'라고 선언하기로 했다. 간절하게 꿈을 믿는 마음으로 책을 써서 쓰디쓴 현실을 극복하고, 끊임없이 밀려오는 과거에 대한 후회를 멈추고, 좌절감과 자기 비난을 녹이며 내 인생의 기적을 만들어 가기로 했다.

삶이라는 대양 위에 너무나 미약한 조각배를 타고 항해하는 하나의 인간은 누구나 반드시 실패라는 각자의 폭풍을 만나게 되어 있다. 배와 함께 나를 삼킬 것 같은 파도가 밀려오고, 몸이 모두 젖어 추위에 벌벌 떨며 하늘을 원망하면서도 '이젠 끝이다'라고 포기하는 인간이 있고 '끝까지 버텨보자'라고 정신을 가다듬는 인간이 있을 것이다. 나는 후자가 되기로 했다. 폭풍이 지난 뒤 아름다운 태양이 떠오르는 모습이 보고 싶기 때문이다. 최초의 자기계발서 『인간관계론』를 저술한 역사적인 작가 데일 카네기가 말했다.

"우리는 1년 후면 다 잊어버릴 슬픔을 간직하느라고 무엇과도 바꿀 수 없는 소중한 시간을 버리고 있다. 소심하게 굴기에 인생은 너무나 짧다."

나는 우주의 시간에서 찰나뿐인 짧은 내 인생에서 소심하게 굴지 않기로 했다. 물처럼 맑고 하늘처럼 밝은 마음가짐으로 나의 원대한 꿈을 이루기로 결심했다. 그리고 이 책을 읽는 당신 역시 그와 같은 정신을 가지길 바란다.

어떤 실패라도 무의미한 실패는 없다. 나는 철저하게 실패했기에 이와 같은 실패는 다시는 없을 것을 다짐했다. 나는 나의 실패를 분석했고 더 잘할 수 있는 비결을 찾기 위한 노력을 시작했다. 나는 실패에 매몰되어 좌절하고, 오로지 후회로 점철된 삶을 살며 시간만 버리는 멍청이가 되지 않기로 했다. 내 생에 있어 가장 눈부신 날은 내가 성공하는 날이 아니라, 지금 이 순간 비탄과 절망 속에서 아직 살아 있음을 느끼고, 꺼져가는 희망 속에 불길을 살려, 지난 과거보다 더욱 찬란한 성취를 기대하는 바로 오늘이라고 생각하기로 했다.

실패와 좌절의 경험도 인생을 살아가면서 겪는 공부의 하나다. 자신이 이제까지 걸어온 길을 하찮게 평가해서는 안 된다. 현실이 당신을 고달프게 만들더라도 남겨진 것에 감사하고, 앞으로 펼쳐질 미래의 가능성을 꿈꾸어라. 그리고 그 꿈이 이루어질 때까지 앞만 보고 달려가야 한다. 인생의 최하점으로 내려왔다는 생각이 든다면, 안심해라. 이제는 올라갈 일만 남았을 것이다. 인생의 최대 난관 뒤에는 인생 최대의 성공이 숨어 있기 때문이다.

사람들은 감당할 수 없는 불행이 찾아왔을 때 실패를 운명의 탓으로 돌리고 체념한다. 하지만 아무리 가혹한 운명조차 나에게 주어진 신비로운 기적이자 기회라고 받아들이는 것은 온전한 우리의 능력이다. 일론 머스크는 자신의 수많은 실패를 견뎌냈고, 그로부터 얻은 교훈으로 전 세계에서 가장 성공한 인물이 되었다. 이제 나와 당신의 차례다.

"나를 죽이지 못하는 것은 나를 강하게 만들 뿐이다."

내 삶의 목적이 되어 주십시오

• 일론 머스크의 끝나지 않은 꿈 •

세상에는 걱정해야 하는 일들이 너무 많고, 해결해야 할 일은 더욱 많습니다.
이는 굉장히 중요하고 이를 해결해야 하는 게 맞습니다.
하지만 우리에게는 살아가는 데 희열을 느끼게 해주는 것들도 필요합니다.

일론이 추구하는 동기의 깊이와 그가 품은 의지의 힘은 어디에서 나오는 것일까? 그가 스페이스X를 통해 이루고자 한 것은 사람들에게 '내가 인간이라는 사실에 흥분하고, 영감을 받을 수 있는 이유'의 제공이었다. 그의 목적은 단순히 우주로 나아가겠다는 것보다 더욱 깊고 실존적으로 보인다.

앞에서 강조했듯이, 그가 돈을 벌기 위해 스페이스X와 테슬라, 솔라시티를 이끌어가고 있지 않다는 점은 확실하다. 그는 2013년에 사내 메일을 통해 화성에 가기 전까지는 스페이스X를 상장하지 않을 것이라고 선언한 바 있었다. 기업을 상장하게 되면 커다란 자본금이 유입되지만, 화성 탐사와 같은 장기적 목표보다는 통신 위성 발사나 스폰서십 우주선 등 단기적 수익을 위한 사업 모델이 도입될 우려가 높았기 때문이다. 일론이 살아 있는 한, 스페이스X는 더 많은 수익을 창출하기 위해 운영되지 않을 것이다. 테슬라 역시 마찬가지다. 그가 만약 테슬라의 수익성을 가장 우선순위로 생각했다면 2014년에 테슬라가 가진 특허를 모두 공개하지 않았을 것이다. 미래에도 그는 결코 월스트리트의 펀드 매니저들을 위해 테슬라를 운영하지 않을 것이다. 일론에게 투자자는 그에게 도움을 주는 사람들이지 그가 눈치를 봐야 하는 사람이 아니기 때문이다. 그는 평생을 그와 같은 방식으로 비즈니스를 운영했다. 커다란 뜻을 세우면 돈은 따라왔다. 그는 스스로 세운 위대한 사명을 추구하고, 함께 꿈꾸는 사람을 늘려가며 오직 자신만이 갈 수 있는 길을 걸어왔다.

그는 결코 결함과 약점이 없는 인간이 아니다. 테슬라의 주가와 암호 화폐와 관련해 무책임한 언행을 보이고, 중국과 러시아 관련, 트위터 인수, 사생활에서 수많은 논란을 일으키고 있다. 몇몇 언론은 그를 '2022년 최악의 사업가'로 선정하기도 했다. 그의 언행이 부적절하다고 느끼고, 실망과 함께 그와 관련된 모든 것들을 부정하는 사람도 많아졌다. 그러나 우리가 가져야 할 올바른 태도는, 일론 머스크라는 21세기 가장 흥미로운 캐릭터로부터 배울 점을 찾아서 선별해내는 것이다.

일론은 페이팔의 매각 시점부터 1억 8천만 달러(한화 2천억 원)가 넘는 돈을 손에 넣었다. 잠시 숨을 가다듬고 2천억 원이

통장에 들어오는 상상을 해보자. 대부분의 사람은 그와 같은 커다란 돈을 가지게 되면 날씨 좋은 몰디브 해변으로 떠나 시원한 맥주와 함께 아름다운 석양을 즐기러 떠날 것이다. 하지만 일론은 2천억 원을 한 푼도 빠짐없이 새로운 사업에 투자했고, 인도양으로 한 달의 휴가를 떠나지도 않았다. 그에게 매일같이 놀기만 하는 '은퇴 계획'은 너무나 지루한 삶이기 때문이다. 일론에게는 무엇이 되었든 완전히 몰입할 일이 필요했다. 편안한 의자에 그저 앉아서 휴식을 취하는 것이 아주 짧게는 가능할지 몰라도, 결국에는 참지 못하고 일을 하러 달려가는 것이 일론 머스크였기 때문이다.

인간은 스스로 세상을 즐기고, 누리기 위해 태어났다고 생각한다. 지구상에 우리가 즐길 수 있는 멋진 일이 얼마나 많은가. 평생 먹고 놀기만 해도 모든 것을 다 누릴 수 없을 정도로 다양한 장소와 활동이 존재한다. 그렇기에 인간에게 '삶의 목적'은 세상의 즐거움이 된다. 그런데 그 즐거움을 누리기 위해 '일'을 하기 시작하면, 목적을 위해 사용할 수 있는 시간이 턱없이 부족해지는 현상이 발생한다. 그렇게 되면 나의 일은 곧 즐거움을 누리는 데 필요한 돈을 벌어주는 '삶의 수단'이 되어버리게 된다.

삶을 살아가며 목적과 수단의 구분은 점차 명확해진다. 주 5일을 보내는 직장에서의 '삶의 수단'의 시간은 비참하고, 주말이 되어야 '삶의 목적'을 채울 수 있어 행복해진다. 사무실에서 일하는 8시간은 너무나 불행하고, 퇴근 후 2시간을 술자리에서 보내야 행복하다. 1년 내내 일을 하며 울상을 짓다가 여름휴가 일주일을 떠나야만 웃을 수 있다. 무언가 잘못되지 않았는가?

일론 머스크가 휴가를 견딜 수가 없고, 주당 100시간 일할 수 있는 이유는 일 자체가 그의 '삶의 목적'이기 때문이다. 그에게 있어 일이란, 수십 억 년 뒤 필연적으로 일어날 인류의 멸망을 늦추고, 방지하는 것이다. 더 많은 전기차를 보급하고, 더 많은 태양광 에너지를 생산해 탄소 배출을 줄여 지구 온난화를 막고, 지구가 멸망할 머나먼 미래를 대비해 다른 행성에서 살 수 있게 만드는 일이다. 그에게 자기 '삶의 목적'인 일보다 중요한 것은 이 세상에 존재하지 않는다. 그렇기에 그에게 휴가란, 잠시 동안 스트레스 레벨을 낮추고 긴장한 신체를 진정시킬 '삶의 수단'에 불과하다. 일반적인 사람들은 한 시간이라도 빠르게 퇴근하고, 하루라도 빠르게 해외여행을 떠나고 싶어 하지만 일론은 언제나 조금이라도 더 일하려고 노력한다. 그것이 자신의 존재 목적이자 삶의 이유이기 때문이다.

"나는 우리가 일을 한다는 생각이 전혀 들지 않았기 때문에 일이라는 단어를 놀이로 바꾸곤 했습니다. 맹세컨대 정말 그랬어요. 정말 재미있는 놀이처럼 느껴졌습니다."

"우리는 그 일을 좋아했습니다. 그 일을 사랑하고, 동지애를 느끼고, 경쟁을 사랑했으며, 국민을 위해 중요한 일을 하고 있다는 느낌을 좋아했습니다. 이 프로젝트는 우리의 인생에서 최고의 일이었습니다."

"당시 업무량과 스트레스는 엄청났지만, 시간을 돌린다고 해도 저는 다시 도전할 것입니다. 그 일을 마무리해야 할 때 너무나 슬펐습니다."

"임무에 참여하는 것이 너무 흥미롭고 재미있어서 오로지 생활비만 충당할 정도의 월급만으로도 프로젝트에서 일할 수 있었습니다."

인류를 최초로 달에 보낸 '아폴로 계획'에 참여한 기술자, 운항 책임자, 비행 관제사들이 남긴 어록이다. 1960년대의 우주 경쟁에서 미국의 달 착륙이 궁극적으로 성공할 수 있었던 데에는 그 일을 수단이 아닌 목적으로 생각하며 모든 열정을 쏟은 NASA 직원들의 마음가짐이 매우 중요했다. 그들은 그렇게 많은 사람이 열심히 일할 수 있었던 동기가 무엇이었냐는 질문에 '일'이라는 단어를 사용하는 데 반대하며 이렇게 말했다.

"우리는 일을 하지 않았습니다. 그건 일이 아니었습니다."

인간이 '수명'이라는 이름으로 자연으로부터 부여받은 한정된 시간을 행복하고 충만하게 보내기 위해서는 '삶의 목적'을 위한 시간을 더 많이 보내야 하는 것이 분명하다. '지금 내가 보내고 있는 시간의 목적은 무엇인가'라는 의식은 매우 중요하기 때문이다. 그렇다면 우리는 어떻게 하면 우리의 일을 '수단'이 아닌 '목적'으로 만들 수 있을까? 일론 머스크와 NASA의 직원들은 어떻게 그들의 일을 삶의 목적으로 만들 수 있었을까?

그건 바로 다른 사람을 돕거나, 공공의 이익을 추구하거나, 세상을 더 나은 곳으로 만들 방법을 찾는 데서 시작된다. 우리 삶의 목적은 나 하나만이 아니라 타인을 돕고, 사회를 돕고, 세상을 도우면서 그 의미를 갖는 것이다. 또한 그 무엇이든 당신의 피를 끓게 만드는 일은 충분히 목적의 가치가 있는 일이 될 수 있다. 그것이 새로운 컴퓨터 게임을 만드는 것일 수도 있고 제2의 『해리포터』 소설을 쓰는 것일 수도 있다. 아니면 세상의 수많은 문제 중에 가장 먼저 해결하고 싶은 것일지도 모른다. 산처럼 쌓인 쓰레기 더미와 플라스틱으로 고통받는 태평양에서 영감을 받아 인류의 재활용이나 폐기물 관리, 제로 웨이스트 운동에 나설 수도 있다. 꼭 이처럼 기존에 하던 일과 다른 새로운 아이디어를 찾아야 할 필요는 없다. 당신이 지금 하고 있는 일에서도 충분히 '삶의 목적'을 찾아낼 수 있다. 가장 쉬운 방법은 자신에게 '내 직업이 다른 이들에게 어떻게 도움이 되는가?'라는 간단한 질문을 던지는 것이다. 당신의 직업이 무엇이든 이 질문을 스스로에게 물어볼 수 있다.

예를 들어, 자동차 영업사원은 자동차 구입을 원하는 사람들에게 필요한 정보를 제공하고, 사고 없이 오랫동안 차를 운전할 수 있게 도와주며, 필요한 경우 정비를 도와줄 것이다. 교사는 자신이 맡은 아이들이 어떻게 성장해 사회를 이끌어가는지 지켜볼 수 있을 것이고, 앱 개발자들은 자신이 만든 서비스가 사람들을 서로 연결시켜 사회의 생산성을 높이고, 사람들이 긍정적인 감정을 가지는 데 도움을 줄 수 있을 것이다. 택배 기사는 사람들이 새로 산 제품을 받기 위해 가장 기다리는 기쁨의 메신저가 되어 중요한 감정적 접촉의 순간을 제공한다는 사실을 상기할 수 있다.

어떠한 일을 하고 있더라도, 그 일을 통해 '다른 사람들을 돕고 있다'라는 의식을 갖게 된다면 '삶의 목적'을 충족시키는 것은 매우 간단해지게 된다. 인간은 관계의 동물이며, 관계를 통해서만 행복과 충만이라는 최고의 긍정적인 감정을 느낄 수 있기 때문이다. '어떻게 하면 나의 일에 더 많은 의미를 더할 수 있을까? 어떻게 하면 나의 일을 내 삶의 목적으로 만들 수 있을까? 어떻게 하면 더 큰 대의에 기여하고 세상을 더 낫게 만들 수 있을까?' 질문에 대한 해답을 구해야 한다. 그렇지 않으면 우리의 삶은 순식간에 낭비되어 버리고 말 것이다. 일과 삶의 목적을 완벽하게 일치시킨 일론 머스크의 모습을 통해 느낀 점이 있다면, 우리는 이 깨달음을 반드시 얻을 수 있을 것이다.

포기하지 않은 꿈의 유산

• 일론 머스크의 끝나지 않은 꿈 •

사람들은 자신이 열정을 갖고 있는 것을 추구해야 합니다.
그것은 그들을 다른 어떤 것보다 행복하게 만들 것입니다.

꿈을 이룬다는 것은 어떤 의미일까? 많은 돈을 벌어서 누구나 부러워할 만한 집을 사고, 3초 만에 시속 100km에 도달하는 슈퍼카를 운전하고, 저녁 한자리에 아쉬움 없이 수백만 원을 쓰는 상상을 당신도 해본 적이 있을 것이다. 하지만 우리는 일론 머스크라는 인물이 세계 최고의 부자가 되는 여정을 바라보며 막대한 재산은 그저 '커다란 꿈의 부산물'이 될 수 있다는 것을 알게 되었다.

인류의 역사에서 스스로 엄청난 부를 이루어 낸 이들은 모두 자신의 꿈을 이루기 위해 평생을 바친 위인들이었다. 그들 역시 결코 돈을 벌기 위해 일하지 않았다. 더 나은 지역 사회, 더 나은 기업, 더 나은 국가, 더 나은 세상을 만드는 자신의 꿈에 스스로 삶을 헌신했고, 그에 감동받은 수많은 사람이 기꺼이 그들에게 막대한 부를 선물해준 것이다.

일론 머스크는 스페이스X, 테슬라, 솔라시티라는 자신의 '꿈의 결정체'를 만들었고 사람들이 그의 꿈에 열광했기에 세계 최고의 부자가 되었다. 그의 이야기가 우리에게 주는 가장 큰 교훈은 바로 이것이다.

'자신의 모든 것을 걸고 꿈을 좇는 자에게 성공과 부는 따라올 것이다.'

누구에게나 꿈은 있다. 하지만 실제로 그 꿈을 현실로 만들어 가는 사람은 극소수이다. 사람들은 잠을 잘 때나 자기만의 환상 속에서만 꿈을 이루는 모습을 그리곤 한다. 어릴 적 품었던 과학자, 경찰관, 소방관, 대통령과 같은 멋진 사람이 되겠다는 꿈은 사라져 버렸다. 시간이 지나며 꿈은 점점 멀어지고, 희미해진다. 회사에 입사해 최연소 임원이 되겠다는 신입사원은 사라지고, 매일같이 칼퇴근만을 기다리며 월급날을 위해 사는 만년 과장이 남는다. 우리나라 최고의 식당을 만들겠다는 요리사는 사라지고, 다음 달 매출이 떨어지지 않기를 기도하는 식당 사장이 남는다. 남부럽지 않은 부자가 되겠다는 청년은 사라지고 은행 이자를 내기에 급급해진 한 집안의 가장이 남는다. 당신은 의문을 가진다. 꿈을 이루는 사람이 과연 있는 건가?

하지만 주위를 둘러보라. 당신이 하루를 보내며 사용하는 모든 제품에는 '그것을 창조해낸 사람들의 꿈'이 담겨 있다. 우리는 꿈을 이룬 사람들이 만들어 낸 국가의 시스템을 누리고 있고, 아파트에 거주하며, 자동차를 타고, 옷을 입고, 스마트폰을 쓰고, 시계를 차고, 신발을 신고, 맛있는 요리를 먹는다. 우리가 사는 대한민국은 김구와 이승만의 꿈이었고, 당신이 사는 힐스테이트 아파트는 현대 정주영 회장의 꿈이었다. 사람들은 일론 머스크의 꿈인 테슬라 모델 3를 타고, 랄프 로렌의 꿈이었던 폴로 셔츠를 입고, 필 나이트의 꿈이었던 나이키 운동화를 신고, 누군가의 꿈이 이루어지고 있는 회사로 출근한다. 우리가 사랑하는 아이폰은 스티브 잡스의 꿈이었고 전 세계에서 가장 대중적인 시계인 G-shock은 카시오 4형제의 꿈이었으며 기분이 날 때 즐기는 교촌치킨은 권원강 회장의 꿈이었다.

이들은 꿈을 이루기 위한 과정이 아무리 고통스러워도 결코 포기하지 않았다. 그랬기 때문에 자본주의 사회의 무한경쟁에서 승리할 수 있었고, 자신의 유산을 인류의 역사에 남기는 데 성공했다. 우리가 살아 숨 쉬며 돈을 내고 즐기는 모든 제품과 서비스에는 '자신의 꿈을 이룬 사람들의 고난과 역경의 스토리'가 숨어 있다는 사실을 반드시 깨달아야 한다.

이 세상은 꿈을 이루는 자들의 것이다. 당신이 지금 쓰는 제품의 기원이 어떻게 시작되었는지 찾아보라. 인간이 소비하는 모든 것은 누군가의 꿈으로 더 저렴하게, 더 멋지게, 더 맛있게,

더 아름답게 만들어졌다. 이제부터는 일론 머스크와 같이 자신의 꿈을 이루고 그 유산을 전 세계에 남기는 데 성공한 사람들의 이야기가 이어진다. 단 하나라도 당신의 흥미를 자극하는 이야기가 있다면 그 인물에 대해 더 깊게 찾아보길 바란다. 우리에게는 모두 '저 사람 정말 멋있다. 저 사람처럼 되고 싶다. 저 사람을 닮고 싶다'라는 삶의 동경이 되는 인물이 필요하다. 롤 모델이라는 훌륭한 단어가 만들어진 것은 그 때문이다. 당신이 아래의 이야기들을 통해 삶의 어려운 순간에 희망이 보여줄 새로운 인연을 만나기를 소망한다.

기아자동차 창업자 _김철호

일제 치하 빈농의 자식으로 태어난 김철호는 철공소에서 막노동을 하며 기술을 배웠고, 자전거 안장을 만들면서 '언젠가 나도 자동차를 만드는 사람이 되겠다'는 꿈을 품었다. 일제의 탄압 아래 살던 조선인들은 모두 그의 꿈을 비웃었다. 하지만 그는 포기하지 않았다. 대한 독립과 6·25 전쟁 이후 자전거 사업을 재기했고, 혼다와 기술 제휴를 체결하고 국내 최초 자동차 공장을 착공해 기아자동차를 만들었다. 그는 "이제 죽어도 여한이 없다"는 아름다운 유언을 남겼다.

교보생명그룹 창업자 _신용호

독립운동가의 아들이었던 신용호는 어려운 집안 형편을 극복하기 위해 사업가의 꿈을 꾸었다. 그는 중국에서 양곡 사업, 군산에서 출판 사업에 도전했지만 모두 실패했고 한국의 교육열이 높다는 점을 이용해 교육보험 사업을 계획했다. 그러나 당장 먹고살기에도 힘든 1940년대 경제에서 보험에 대한 관심도는 매우 낮았고, 대부분의 사람이 사업계획에 반대했다. 신용호는 포기하지 않았고 서울 종로구에 보험회사를 차리고 지하 1층 전체에 최초의 대형 서점을 만들었다. 회사는 지금 직원 수 3,800명에 이르는 대한민국 생명보험 빅 3 중 하나인 교보생명, 서점은 직원수 1,100명이 넘는 교보문고가 되었다.

IBM 창업자 _토머스 왓슨

토머스 왓슨은 '컴퓨팅 태뷸레이팅 레코딩'이라는 회사의 사장이었다. 상점용 금전출납기를 제조로 출발한 이 회사는, 2차 세계대전 당시에는 총기도 만들고, 커피 분쇄기와 저울도 만드는 등 다양한 제품을 취급했다. 하지만 사업을 너무 많이 벌인 나머지, 커져만 가는 제품 비용과 대출 이자를 감당하기 어려워졌다. 1920년대 미국 경제는 엄청난 호황이었지만, 왓슨은 부도 직전까지 가서 파산을 앞둔 상태였다. 모든 것을 포기하고 싶던 순간, 토머스는 오히려 더 큰 꿈을 꾸기로 결심했다. 그는 회사명을 국제 사업 기계라는 뜻의 International Business Machine 으로 바꾸고, 세계 최고의 '전산 회사'를 만들겠다는 다짐으로 직원을 독려하며 초심으로 돌아가 회사를 운영하기 시작했다. IBM은 최초의 현대적 컴퓨터 메인프레임을 만들었고, 오늘날 시가총액 160조에 이르는 최고의 기업 중 하나로 성장했다.

월트 디즈니 컴퍼니 창업자 _월트 디즈니

월트 디즈니는 캐나다에서 미국으로 이민 온 아일랜드계 빈농의 아들이었다. 그의 집안은 매우 가난해 그에게 정규 교육을 시켜줄 수 없었다. 월트는 상상력이 풍부하고 그림 그리기를 좋아했으나 막상 실력은 좋지 않아 그림으로 돈을 벌 생각은 하지 못했다. 하지만 그에게는 꿈이 있었다. "지구상에서 가장 행복한 장소, 디즈니랜드"를 만들겠다는 꿈이었다. 꿈을 이루기 위해 그는 미키마우스, 아기 돼지 삼 형제, 백설공주와 일곱 난쟁이, 피노키오 등 애니메이션을 연이어 성공시켰고, 54살이 되어 마침내 꿈꿔오던 디즈니랜드를 건설한다. 월트 디즈니는 생전에 거의 700편에 달하는 각종 애니메이션과 실사 영화, 다큐멘터리 등에 제작자로 참여했다.

KFC 창업자 _할랜드 샌더스

KFC에 들어가면 우리를 맞아주는 하얀 정장의 할아버지 샌더스는 "최고의 치킨을 제공하는 식당을 만들겠다"는 꿈을 이룬 전설적인 인물이다. 그는 누구보다 파란만장한 삶을 살았다. 6세에 아버지를 잃고, 아이들을 부려먹는 새아버지의 악행을 견디지 못해 고향을 떠났다. 정처 없이 방랑하며 보험, 타이어, 램프, 페리선 등 별의별 것을 팔며 돈을 모았다. 40세가 되어 그동안 연구한 자신의 요리법으로 켄터키의 한 주유소 옆에 '샌더스 카페'를 차려 프라이드 치킨을 팔기 시작했다. 하지만 2차 세계대전과 함께 주유소 이용객이 줄어들었고, 식당에 화재가 나는 연속되는 불행으로 65세가 되던 해에 결국 식당을 폐업했다. 이때부터 그는 낡은 트럭을 타고 자신의 치킨 요리 비법을 팔기 위해 미국 전역을 돌아다녔다. 600개 이상의 식당에서 거절당하면서 그는 자신의 꿈을 포기하지 않았고, 결국 한 식당에서 로열티를 받고 치킨을 판매하기로 했다. 샌더스의 치킨은 순식간에 엄청난 인기를 끌게 되었고, 그는 식당으로부터 독립해 KFC를 창업했다. KFC는 전 세계로 퍼져나간 최고의 프랜차이즈 식당 중 하나가 되었다.

코카콜라 컴퍼니 창업자 _아사 캔들러

아사 캔들러라는 인물이 누구보다 크고 원대한 꿈을 꾸지 않았다면, 코카콜라라는 회사는 지금과는 전혀 다른 모습이었을지도 모른다. 약사 존 팸버턴으로부터 음료 코카콜라의 권리를 구입한 아사는 모든 미국인이 매일 코카콜라를 마시게 하겠다는 꿈을 갖고 회사를 설립했다. 하지만 1년 뒤, 그는 창고 가득 빽빽하게 남아 있는 자신의 코카콜라를 보면서 큰 걱정에 휩싸이게 된다. 출시 첫해 동안 팔린 콜라는 400여 개에 불과했다. 하지만 아사는 낙담하지 않았다. 다음 날 아침, 팔리지 않은 코카콜라가 쌓여있는 창고에서 그는 직원들에게 이렇게 말했다.

"우리는 지난 1년 동안 200달러의 매출을 만들었습니다. 하지만 내가 장담합니다. 앞으로 우리는 1초에 200달러의 매출을 만드는 기업이 될 것입니다. 우리의 사업은 미국을 넘어 유럽으로, 아시아로, 아프리카로 진출할 것입니다. 코카콜라는 세계를 지배할 것입니다. 이 꿈과 목표를 갖기 위해 우리는 1년 동안 노력한 것입니다. 우리 목표는 미국 1위, 세계 1위입니다."

그 이후 코카콜라는 무료 시음 쿠폰, 로고를 넣은 기념품 제작, 독창적인 보틀 디자인 등 전설적인 마케팅을 성공시키며 '전 세계에서 가장 많이 판매되는 음료'라는 아사의 꿈을 이루게 되었다. 오늘날 코카콜라는 200개가 넘는 자체 브랜드, 전 세계 70만 명의 직원과 3천만 개의 소매점을 가진 세계 최대의 다국적 음료 기업이 되었다.

파나소닉 창업자 _마쓰시타 고노스케

일본 와카야마현 가난한 집안의 3남 5녀 중 막내로 태어났다.

자전거 가게 점원으로 17세까지 일하고 시멘트 운반차를 운전하다 오사카 전등 주식회사에 입사했다. 그러나 몸이 허약하다는 이유로 24살에 해고를 당하고 후쿠시마의 한 목조 가옥을 빌려 마쓰시타 전기기구 제작소를 설립했다. 아내와 처남 셋이 시작한 이 기업은 50년 뒤 연매출 7조 엔의 세계 굴지 기업으로 성장하게 된다.

고노스케가 일본에서 '경영의 신'으로 추앙받는 이유는 아무리 기업이 어려워도 직원들이 있어야 위기를 넘길 수 있다며 절대 직원을 해고하지 않고 종신고용을 사수했기 때문이다. 그는 2006년 닛폰 테레비에서 일본인들이 가장 좋아하는 기업인 1위로 선정되었고 일본 국민이 가장 존경하는 사람 중 하나가 되었다. 그는 1989년 4월 세상을 떠나며 이런 말을 남겼다.

"나는 하늘이 준 3가지 시련 덕분에 크게 성공할 수 있었다. 첫째, 가난 속에서 태어났기 때문에 구두닦이, 신문팔이 같은 고생을 할 수 있어 세상을 살아가는 데 필요한 많은 경험을 쌓을 수 있었다. 둘째, 태어날 때부터 몸이 몹시 약해 항상 운동에 힘써 왔기 때문에 아흔 살이 넘었어도 30대의 건강을 유지할 수 있었다. 셋째, 초등학교 4학년을 중퇴했기 때문에 모든 사람을 다 나의 스승이라 여기고 누구에게나 물어가며 배우는 일에 게을리하지 않았다."

『해리포터』 시리즈 저자 _J.K 롤링

조앤 캐슬린 롤링은 영국 브리스톨의 평범한 중하류층 가정의 딸이었다. 평범하게 중고등학교와 대학교에서 불문학과 고전학을 전공했다. 졸업 이후 국제앰너스티(사형 폐지 및 난민의 수용과 처우 개선, 양심수 옹호, 국제 무기 거래의 저지 등을 통한 국제 사법정의 실현을 제창하는 인권 운동 단체)에서 프랑스어 통역 및 비서 일을 하다 상사와의 불화로 해고당하고, 포르투갈로 건너가 조르지 아랑트스라는 방송 기자를 만나 결혼했다.

하지만 조르지는 매우 폭력적이고 통제적인 남자였다. 그는 롤링이 집에 오면 가방을 뒤지고 그녀의 소설 원고를 숨기거나 불태우려고 하기까지 했다. 롤링은 결국 조르지와 결별하고 여동생이 있던 스코틀랜드 에든버러에서 혼자 딸 제시카를 키운다. 국가에서 나오는 생활보조금 10만 원으로 일주일을 버텨가며 딸에게 줄 분유를 주위에서 빌려야 했고, 무료 기저귀를 너무 많이 가져가 핀잔을 듣기도 했다. 하지만 그녀에게는 사랑하는 딸이 있었고, '전 세계의 아이들에게 들려주고 싶은 마법 같은 이야기'라는 큰 꿈이 있었다.

그녀가 쓴 『해리포터와 마법사의 돌』은 출판사에서 아동이 읽기에는 너무 길다는 이유로 12번 거절당했다. 13번째 출판사 블룸즈베리에서 1권을 500부 찍어 출판하게 되었고 이후 5억 부가 팔리며 '세계에서 가장 많이 팔린 소설 시리즈'로 등극했다. 그리고 시리즈의 연속된 대성공으로 롤링은 가난한 싱글 맘에서 영국 여왕보다 재산이 많은 여성이 되었다. 그녀는 어려움 속에서도 해리포터라는 꿈을 포기하지 않고 붙잡고 있었던 것이 '초자연적인 경험'이었다고 회상한다.

인류사 가장 위대한 조각가 _오귀스트 로댕

로댕은 매우 엄격한 프랑스 형사의 아들이었다. 그의 아버지는 공부를 열심히 하지 않는 10대의 로댕을 보고 "나는 바보 같은 아들을 두었다"고 한탄하며 그를 부끄러워했다. 로댕은 14세에 국립공예실기학교에 들어가며 조각을 시작했고 25세에 처음으로 조각 전시회에 출품했지만 인체를 너무 생생하고 사실적으로 묘사했다는 이유로 낙선한다. 그는 함께 미술대학을 목표로 작업실을 사용하던 친구들이 자기는 가능성이 없다고 생각하며 포기하려 하자 이렇게 말했다.

"꿈은 포기하라고 있는 게 아니야. 꿈은 끝까지 추구하라고 있는 거야. 이제 겨우 6년밖에 되지 않았는데 뭐가 어렵다는 거야? 뭐가 힘들다고 포기하려는 거야? 우리는 할 수 있어. 라파엘로, 미켈란젤로 같은 위대한 조각가가 될 수 있다고."

로댕은 그 이후로도 작품 활동을 계속했으나 그의 작품을 알아보는 사람은 많지 않았고, 무려 60세에 이르기까지 조각계에서 작품성을 인정받지 못하며 실패에 실패를 거듭했다. 60대 이후 파리만국 박람회의 개인전에서 〈생각하는 사람〉, 〈칼레의 시민〉이 인정을 받기 시작하면서 그의 성공 신화가 시작된다. 그 이후 조각계는 모두 직간접적으로 로댕을 출발점으로 삼게 될 수준의 혁신이었다. 그는 근대 조각의 아버지이자, 근대 조각사에서 가장 위대한 조각가로 불리게 되었다.

세계 최고의 보디빌더, 할리우드 최고의 배우, 캘리포니아 주지사 _아놀드 슈왈제네거

아놀드 슈왈제네거는 "최고의 보디빌더가 되겠다"는 꿈을 갖고 21살에 오스트리아에서 미국으로 건너왔다. 미스터 유니버스 대회에서 최연소로 우승하고 세계 보디빌딩 대회를 10차례 석권한 뒤 강한 육체미를 활용해 영화 산업에 진출했다. 5년이 넘는 무명 생활 끝에 그는 결국 할리우드 최고의 출연료를 받는 배우가 되었고, 정치에 진출해 캘리포니아 주지사라는 타이틀을 얻으며 21세기 최고의 자수성가한 인물 중 하나가 되었다. 아놀드는 자신의 성공에 대해 이렇게 이야기했다.

"성공의 첫 번째 원칙은 비전을 갖는 것입니다. 당신이 어디로 가는지에 대한 목표와 비전이 없다면, 당신은 방황하게 될 것이고, 그 어떤 곳에도 다다르지 못할 것이기 때문입니다."

'꿈의 유산'을 세상에 남긴 사람들의 공통점은 같은 환경에서,

같은 결과가 나왔을 때 그 사실을 전혀 다르게 받아들이며 결코 자신의 꿈을 포기하지 않았다는 점이다. 내가 찾은 이야기들은 빙산의 일각일 뿐이다. 힐튼 호텔의 콘래드 힐튼, 삼성의 이병철, 소니의 모리타 아키오, 현대의 정주영, 스타벅스의 하워드 슐츠, 미국 대통령 에이브러햄 링컨, 디자이너 크리스찬 디오르, 미술가 피카소, 소설가 아이작 아시모프, 음악가 주세페 베르디, 가수 마이클 잭슨, 대중음악가 비틀즈….

당신이 좋아하는 것, 당신이 사랑하는 것, 당신이 멋지다고 생각하는 것이 있다면 그 안에는 반드시 '자신의 꿈을 이룬 사람'의 스토리가 숨어 있다. 지금 떠오르는 것이 있다면 당장 검색해보길 바란다. 인류의 역사는 꿈의 힘으로 자신을 성장시키고, 마침내 그것을 이룬 사람들의 이야기로 가득하다. 오늘날에도 TV와 유튜브를 통해 도저히 불가능해 보였던 현실을 뒤집고 극적인 성취를 거둔 사람들의 이야기를 우리는 쉽게 접할 수 있다. 그리고 그들은 한결같이 '자신이 품었던 꿈, 자신이 이루고 싶었던 꿈'에 대해 이야기한다.

당신이 어떤 분야에서 꿈을 펼칠지 정했다면, 그 꿈은 당신이 상상하는 수준에서 가장 원대해야 한다. 아놀드 슈왈제네거는 미스터 유니버스, 할리우드 최고의 배우, 캘리포니아의 위대한 정치인이 되는 꿈을 꾸었다. 아인슈타인은 뉴턴, 패러데이, 맥스웰의 초상화를 걸어 놓고 그들처럼 위대한 발견을 하는 꿈을 꾸었다. 일본 정계 2위의 부자 소프트뱅크 손정의는 회사를 만들며 5년 안에 100억 엔, 10년 안에 500억 엔, 20년 뒤에 1조 엔의 회사 가치를 달성하는 꿈을 꾸었다. 세계 최고의 작가이자 심리학자인 토니 로빈스는 동기부여가이자 강연자가 되어 원하는 배우자와 가족, 살고 싶은 집을 얻게 되는 생생한 꿈을 꾸었다. 미국 44대 대통령 버락 오바마는 차별의 아픔을 바로 잡는 시민 운동가이자 정치인이 되겠다는 꿈을 꾸었다. 포스코 창업자 박태준은 수많은 외국 차관 불가 입장을 딛고 일어나 조상의 혈세로 짓는 제철소, 실패하면 우향우해서 바다에 빠져 죽자 외치고 양질의 철을 생산하는 대한민국을 꿈꿨다.

주도적인 인생을 사는 사람은 자신에 대한 믿음이 크다. 그래서 집안, 환경, 외모 같은 외부 환청에 그다지 비중을 두지 않는다. 그 대신 현재의 삶에 최선을 다함으로써 미래의 기회를 만들고자 노력한다. 어려운 일이 있다고 해서 좌절하고 절망해 불행한 삶을 살기보다 꿈을 이룬 사람들의 스토리를 찾아보고 생각해보자.

"내가 존경하는 그 사람이라면 과연 어떻게 했을까?"

어려움을 기회로 만들 줄 아는 인생의 위대한 승리자가 될 기회는 지금뿐이다. 절망과 좌절을 느끼는 그 순간이 당신이 가장 높이 뛰어오를 기회다. 나와 함께 '꿈의 유산'을 만들어 나가는 여정을 시작하자.

남들이 뭐라든 그게 무슨 상관인가요?

• 일론 머스크의 끝나지 않은 꿈 •

너무 많은 사람이 로켓 회사를 시작하지 말라고 말했습니다.
정말 말도 안 되는 일이었습니다.

이번 장을 통해 과거 얼마나 많은 사람이 일론을 비판하고 헐뜯었는지 체감하고, 그가 어떤 어려움을 극복해야만 했는지 깊이 이해해 당신이 삶에서 어려움을 겪을 때 도움이 될 정신적인 지주를 세우길 바란다. 삶에서 타인과의 관계에서 오는 정신적인 고통은 필연적이며, 같은 인간인 일론 머스크가 이겨 냈다면 당신도 이겨 낼 수 있기 때문이다.

"일론, 이건 정말 미친 짓이야."

"그건 현명하지 않은 것 같아. 좀 더 기다려보는 건 어떨까?"

"그 분야에 대해 알고 있는 것이 없지 않아? 잘 모르는 분야에서 과연 성공할 수 있을까?"

일론이 성인이 된 후, 가장 많이 들었던 3가지 말들이었다. 사람들은 매번 그가 무엇을 시도하려고 할 때마다 그의 판단을 실수라고 보았다. 페이팔, 스페이스X, 테슬라, 솔라시티를 설립할 때마다 그를 사랑하는, 존경하는, 부러워하는, 안타까워하는, 무시하는, 증오하는 다양한 사람들이 각자의 감정과 의도를 갖고 그에게 우려 섞인 목소리를 전했다. 지금 그의 성공에 비추어 보면, 안 된다는 말을 듣는 것이 일론의 가장 특출한 능력 중 하나였다는 사실이 아이러니컬하다. 그가 자신의 꿈을 이루는 과정 속에는 일생 동안 그를 말리는 사람들과 논쟁하고, 싸우고, 무시하는 수천 번의 사건이 숨어 있었다.

사실 그들의 말에는 충분한 경험적 이유가 있었다. 우주 항공 산업은 실리콘 밸리에서 태어난 백만장자들의 무덤과도 같은 곳이었기 때문이다. 수십 년에 걸쳐 야심 찬 엔지니어들은 닷컴 버블로 하루아침에 수백만 달러를 번 사업가들에게 '당신이 평생 꿈꿔온 우주 여행'을 이루어주겠다고 약속했지만, 유의미한 기업의 실체를 만드는 데 성공한 사람은 아무도 없었다. 달 착륙 이후 스페이스X가 설립되기까지 30여 년의 시간 동안, 백만장자들의 수천만 달러가 그들의 꿈속으로 장렬하게 산화했다. 우주 항공 산업은 그만큼 아무도 꿈을 이룰 수 없는 비즈니스의 불모지로 여겨졌고, 거기에 뛰어드는 일론을 말리는 것 역시 이성적인 사람이라면 당연했다. 하지만 그 무엇도, 어느 누구도, 어떤 사실도 인류의 멸망을 막겠다는 일론의 꿈에 대한 의지를 막을 수 없었다.

일론 머스크는 결코 혼자 일해 200조가 넘는 기업 가치를 만들어 내지 않았다. 그는 평생 수천 명의 사람과 함께 일했고, 수백 명의 친구와 적을 만들었다. 스페이스X와 테슬라가 파산 위기에 처했다는 사실은 괴짜 억만장자를 헐뜯어 세간의 주목을 받을 아주 좋은 기회였고, 기회주의자들은 그것을 놓치지 않았다. 만약 일론이 언론과 그에 동조하는 사람들의 비판을 개인적으로 심각하게 받아들였다면, 그는 결코 자신의 꿈을 이루기까지의 정신적인 고통을 이겨 내지 못했을 것이다.

"사기꾼, 미친 남자, 가짜 사업가, 실패한 CEO, 과거(ZIP2와 페이팔)의 실수를 반복하는 멍청이…."

일론에 대해 이런 수식어는 단순히 언론에서만 볼 수 있던 것이 아니라, 그의 개인적인 이메일에도 확인할 수 있었다. 일론이라는 특이한 사람을 직접 힐난하고야 말겠다는 강력한 의지를 가진 사람들은 그의 이메일 주소를 어떻게 해서든 알아냈다. 그리고 이메일을 통해 자신이 생각하는 일론이 현재 회사를 운영하며 잘못하고 있는 점, 과거 ZIP2, 페이팔 시절 있었던 이사회에서 일론이 잘못한 점, 심지어는 저스틴과의 이혼 과정에서의 그의 발언과 행동이 어떻게 잘못되었는지에 대해 비판했다. 이런 이메일은 하루에 수백 개, 일주일에 수천 개에 달했다. 어디를 보아도, 자신을 공격하려는 사람들이 보였고 소셜미디어는 일반 대중이 가세할 수 있는 너무나 훌륭한 도구였다. 남의 비판에 평생 면역력을 길러온 일론조차 그 당시에는 "온 세상이 나를 공격했습니다. 스스로가 쓰레기처럼 느껴질 수밖에 없었습니다"라고 회상할 정도였다.

모두가 안 된다고 말하는 상황을 극복하는 것은 결국 한 인간의 강력한 의지다. 자신이 그토록 바라는 것, 오랫동안 꿈꿔왔던 것을 이루기 위해서는 다른 사람들의 말을 잘 구분해서 듣는 능력이 필요하다. 일론은 안 된다고 말하는 외부인들의 말은 걸러 듣고, 안 된다고 말하는 직원은 가혹하게 질책했으나 결코 타인의 말을 완전하게 무시하지는 않았다. 그는 자신을 향해 쏟아지는 수많은 세상의 목소리를 의도에 따라 '피드백'과 '비판'으로 구분했다. 그는 피드백에 대해 이렇게 말했다.

"여러분이 살아가면서 발전하고 싶다면 지금보다 더 능동적으로 나에 대한 부정적인 '피드백'을 찾고 귀를 기울여야 합니다. 부정적인 피드백이 나에게 고통스럽기 때문에 피하는 행동은 사람들이 공통적으로 만드는 가장 치명적인 실수입니다. 제 친구가 제가 만든 제품을 구입하면 저는 '마음에 드는 점 말고, 마음에 들지 않는 점을 말해줘'라고 말합니다. 그렇게 하지 않으면 그는 제 감정이 상할까 봐 솔직한 자기 생각을 말해주지 않거든요. 그들의 생각이 어쩌면 틀릴 수도 있지만, 선한 의도에서 나온 것이기에 괜찮습니다. 심지어 때로는 나의 적으로부터 온 부정적인 피드백이 큰 도움이 되기도 합니다."

그는 테슬라의 신제품 모델 개발에 주위 사람들의 피드백을 적극적으로 수용했고, 그랬기에 소비자들에게 매우 사랑받는 자동차를 만들 수 있던 것이다. 비판은 일론의 삶을 힘들게 만드는 요소 중 하나였지만, 때로는 일론은 비판마저 스스로에게 좋은 동기부여로 사용하기도 했다. 그는 자신에게 안 된다고 말한 사람들에게 "당신의 생각은 틀렸습니다. 그 이유는 이렇습니다"라는 이메일을 보내는 일을 즐겼다. 그런 행동 때문에 일론을 싫어하는 사람도 많이 생겼지만, 중요한 점은 일론이 비판에 대해 생산적으로 대처했다는 사실이다. 일론은 그가 틀렸다는 사실을 증명하기 위해 추가적인 일을 해야만 했고, 그 과정에서 업무를 더 빠르게 진척시키는 효과를 얻을 수 있었다. 비판이 때때로 우연적으로 낳게 되는 긍정적 효과 중 하나였다.

어떤 비판이 의문점을 자아낼 때, 그것에 대한 해답을 찾기 위해 부가적으로 노력하게 만들었다면 감정과는 별개로 그 비판은 나에게 긍정적인 영향을 주게 된다. 비판은 '지기 싫어하는 마음'을 자극하기 마련이고, 그와 같은 호승심은 매우 강력한 동기부여가 되어 한 사람의 미래를 완전히 바꾸어 놓을 수도 있기 때문이다.

나 역시 아주 좋은 예시이다. 내가 8년간 근무했던, 누군가에게는 '꿈의 직장'인 외국계 제약회사를 그만두게 된 배경에는 과거 나를 많이 괴롭혔던 매니저가 했던 말이 있었다. 그는 당시 퇴사를 고민하던 나에게 이렇게 말했다.

"너는 절대 이 회사 못 그만둔다. 넌 그럴 능력이 없어."

난 이 말을 듣고 정확히 1년 뒤 퇴사했다. 아직도 그 순간을 떠올리면 굉장히 화가 나고, 격한 감정이 솟아오른다. "당신이 뭔데 나를 정의하는 거죠?"라고 되받아칠 걸 하는 후회가 머릿속에 맴돈다. 언제 생각해도 나를 감정적으로 만드는 이 말을 나는 아마 평생 잊지 못할 것이다. 나는 힘든 상황이 올 때마다, 이 말을 기억하고 그가 틀렸음을 증명하기 위해 최선을 다하고 있다.

비판은 사람을 공격해서 부숴버리기 위해 하는 말이지만, 오히려 비판이 사람을 더 강하게 만들 수 있다. 비판을 통해 성장할 수 있다는 사실은 인간이 가진 가장 위대한 정신력이기 때문이다. 당신이 비판을 받은 적이 있거나, 받고 있다면 잘되었다. 그 비판은 당신의 가진 모든 잠재적인 능력과 성공에 대한 의지를 최고 수준으로 끌어올려 줄 것이다. 과거 『드래곤볼』에서 죽기 직전 마지막 순간에 강해지는 사이어인을 떠올리자(만화 캐릭터지만 그게 무슨 상관이란 말인가? 모든 건 내가 생각하기 나름이다).

마지막까지 싸워보자. 네가 이기나 내가 이기나 죽기 살기로 싸우기 시작하자. 사람들이 당신의 꿈을 비웃고, 무시하고, 할 수 없을 거라 평가하고, 단정 짓고, 규정 짓는가? 잘되었다. 인생에서 최고의 기쁨과 희열은 네가 할 수 없을거라 말하는 사람에게 나의 성공을 당당하게 보여주는 것이다. 우리가 느낄 수 있는 최고의 쾌감은 남들이 부러워하는 지위를 얻는 것보다 당신이 해내리라고 여기지 못한 일을 해낼 때 비로소 느낄 수 있다.

당신의 한계는 당신이 정한다. 누군가 나를 비판한다면 이렇게 말하자.

"좋은 조언을 해주어 고맙다. 하지만 네 의견을 참조했는데 결국 내 한계는 내가 정하기로 했다."

당신이 당신의 삶에 악영향을 끼친 사람들에게 복수하는 유일한 방법은 집요하게 꿈을 이루기 위해 노력해서 결과로 보여주는 길뿐이다. 당신이 하고자 하는 일을 전 세계의 사람들이 다 반대하고 주변에 있는 모든 사람이 "넌 안 될 거야. 그건 어려울 거야. 아마 힘들 거야"라고 해도 적어도 당신 스스로만큼은 당신을 믿어줘야 한다. 그래야 변화가 생기고 기적이 생길 수 있다. 하지만 유일하게 세상에서 그 기적을 실현시킬 수 있는 사람이 포기하면 어떻게 될까? 스스로 안 된다고 생각하는데 그 꿈을 누가 과연 이루어 줄까?

남들이 다 안 된다고 해도 내 스스로 된다고 믿으면 가능성은 제로가 아니라 1%라도 남아 있는 것이다. 내가 포기하면 그 가능성은 바로 제로가 된다. 그대로 그렇게 끝나 버린다. 이제 당신의 인생에서 절대로 당신은 그 꿈을 이룰 수 없고 그 직업을 가질 수 없고 그 차, 그 집, 그 돈을 가질 수 없게 돼 버리는 것이다. 스스로 한계를 짓는 순간, 당신은 이제 그 이상 할 수 없는 사람으로 머무르기 때문이다.

집요하게 매달려야 한다. 승자는 끝까지 살아남는 사람이다. 내가 성공해서 외치는 커다란 웃음소리를 그들에게 들려주어야 한다. 내가 성공해서, 잘나가서 그 사람들 위에 올라가 "고작 이 정도밖에 되지 않으셨습니까?"라고 말하는 것만큼 커다란 희열은 없다. 다른 사람들이 나를 어떻게 평가했든, 나는 이렇게 포기하지 않는 사람이었노라 결과로 증명하는 사람이 진정한 승자이다.

인류의 멸망을 막는 남자

• 일론 머스크의 끝나지 않은 꿈 •

당신은 당신의 트럭이 방탄이면 좋지 않겠습니까?
세상에 종말이 닥치면 당신은 이 트럭이 방탄인 것을 다행으로
생각할 것입니다. 우리는 종말 기술의 리더가 되고 싶습니다.

_테슬라 사이버트럭의 방탄 기능이 왜 중요하냐는 질문에 대답하며

"인간은 2600년까지 지구를 거대한 불덩어리로 만들 겁니다. 지나친 에너지 소비로 거주 불가능해지는 것이죠. 인간 종족은 지구 밖에서 거주 가능한 행성을 찾아야만 합니다."

2017년 11월, 포르투갈 리스본에서 열린 기술 컨퍼런스에서 영국의 저명한 천재 물리학자인 스티븐 호킹이 말했다. 과학적인 관점에서, 인류가 아닌 '지구'라는 행성의 멸망은 예정된 것이 사실이다. 지구에서 사용되는 모든 에너지의 근원인 태양은 2020년대 기준 45억 살이며 앞으로 79억 년간 핵융합을 지속할 것으로 보인다. 태양은 지금부터 약 63억 년 뒤인 109억 살까지 계속해서 그 밝기와 에너지가 증가하게 되는데 약 5억 년부터는 너무 강해진 태양 에너지로 지구의 온도가 급격히 상승

해 인류를 포함한 대부분의 생명체가 절멸하게 된다. 생명체가 멸종하고 난 뒤 1억 년 뒤에는 지구의 기온이 끓는 점에 도달해 바다는 전부 사라지게 되고, 지구는 금성과 같은 고온, 고압, 부식성 대기의 극한 환경을 가지게 될 것이다. 즉 인류가 지구를 떠나지 않는다면, 5억 년 후에는 지구와 함께 필연적으로 멸종하게 된다는 뜻이다.

천문학에서 생명체가 살아가기에 적합한 환경을 지닌 우주 공간을 '골디락스 존'이라고 부른다. 골디락스 존은 적당한 온도를 위해 태양으로부터 너무 멀어서도, 너무 가까워도 안 되며 적당한 중력과 자기장을 위해 행성의 크기가 너무 커서도, 너무 작아도 안 되는 구간을 뜻한다. 그리고 앞서 말한 태양의 에너지 증가로 크기가 점점 커지며, 지구에 형성되어 있던 골디락스 존이 점점 뒤로 이동하고 있다. 머나먼 미래에는 지구보다 화성이 더 살기 좋은 행성이 될 것이라는 예측은 태양의 계속되는 팽창으로 인한 것이다.

인류 멸망의 시나리오는 그뿐만이 아니다. 우리에게 생명을 준 태양이 다시 우리를 데려갈 수억 년 뒤가 아니더라도, 지구 온난화로 인한 대기권 성분 변화, 공룡을 멸종시킨 것과 같은 소행성 충돌, 코로나19를 능가하는 슈퍼 바이러스의 전파, 옐로스톤(미국 최대의 화산-서울 크기의 칼데라를 갖고 있다) 등 초화산 대폭발, 인구 증가와 자원 고갈로 인한 자멸 등 다양한 시나리오가 있다. 더 큰 상상력을 펼치면 인류 스스로 핵전쟁을 일으키는 뉴클리어 아포칼립스, 외계 문명의 침략으로 인한 에일리언 아포칼립스, 인공지능의 적대적인 발전으로 인한 기계 반란 아포칼립스 역시 가능성이 존재한다.

하지만 21세기를 살아가며 '인류는 언젠가 멸망할 것이니 그 대비를 위해 현재의 자원을 집중해야 한다'는 이야기는 꺼내기 쉽지 않다. 그 이유는 '당장 내 코가 석 자다'라는 대한민국의 속담으로 대답할 수 있다. 현재를 살아가는 인간이 자신의 수명 100년을 계획하기에도 벅찬 상황에서 수천, 수만, 수억 년 뒤를 생각할 겨를이 있을까?

인류의 생명을 연장한다는 몽상적인 아이디어를 위해 '당장의 이익'을 포기할 수 있는 위인은 결코 많지 않다. 그렇기에 환경 운동가들은 외면받고, 환경 단체는 대중의 핍박을 받으며, 환경 관련 정책을 외치는 정치인이 대중에게 인기를 끌기 어려운 것이다. 환경은 현생의 인간에게는 너무나 '머나만 이야기'이기 때문이다. 그럼에도 불구하고 인류는 지속 가능한 미래를 만들어 가기 위해 꾸준한 노력을 하고 있다. 우리는 미디어에서 나쁜 소식을 보며 '곧 세상이 망할 것 같다'는 느낌을 받곤 하지만 지구의 현명한 리더들은 세상을 더 낫게 만들기 위한 많은 정책을 실행하고 있다.

우리는 온실가스 배출을 줄이기 위해 산업별 배출량의 기준을 정하는 '탄소 금융'을 만들었고, 각 기업에서 사용하는 전력의 100%를 재생 에너지로 대체하자는 국제적 협약 프로젝트 'RE100'을 실행 중이다. 원전에서 사용한 방사능 폐기물을 안전하게 처분하기 위해 10만 년을 버티는 설계 목표를 가진 '온칼로'와 같은 시설을 짓기 시작했고, 환경친화적인 식량 시스템과 플라스틱의 활용도 감소 및 대체 역시 활발하게 이루어지고 있다. 전 세계적으로 전기 자동차의 시장 점유율은 폭발적으로 증가하고 있고, 에너지 생산에서 화력 발전소의 비중 역시 급격히 줄어들고 있다. 환경 보호를 앞세운 지구 멸망에 대한 대비는 분명히 이루어지고 있으며, 대중의 관심도 역시 과거보다 매우 커진 것을 사회 전반에서 확인 가능하다.

"우리는 지금 역사상 가장 위험한 실험을 하고 있습니다. 환경 재앙이 발생하기 전에 대기가 얼마나 많은 이산화탄소를 처리할 수 있는지 알아보는 인류 역사상 가장 위험한 실험을 하고 있습니다."

지구 온난화에 대해 일론은 이렇게 말했다. 역사상 가장 위험한 실험, 일론은 그 누구보다도 심각하게 '인류 멸망 시나리오'를 받아들였다. 그는 당장의 미래와 함께 5억 년 이후의 만들어질 세상까지 고민했다. 지구의 멸망이 확실한 상황에서, 인류의 문명을 보존하기 위해서는 지구가 아닌 다른 행성에 거주하는 '다행성 종족'이 될 필요가 있었다. 그리고 궁극적으로는 태양계, 전 우주를 무대로 활동하는 종족이 되어야 했다. 인류의 멸망을 막기 위해서는 반드시 우주로 나가야 한다. 인류가 우주로 퍼져나가면 퍼져나갈수록 인류라는 종이 멸망할 가능성은 기하급수적으로 줄어들기 때문이다.

그 첫 단계가 바로 화성에 거주지를 건설하는 데서 시작된다. 화성을 기점으로 인간은 진정한 우주 개척을 시작할 수 있을 것이다. 그래서 일론은 화성 이주를 자기 삶의 궁극적인 목표로 삼았다. 과학계의 부정적인 견해에도 불구하고, 그는 여전히 우리는 반드시 화성으로 가야 한다고 외치고 있다. 그것은 일론이 어리석기 때문이 아니고, 가장 먼 곳을 바라보는 사람이기 때문이다. 당장 기술적인 실현이 불가능하다고 해서 아무도 그 방향으로 가지 않는다면, 결국에는 가야만 하는 길을 가지 못하거나 너무 늦어버려서 돌아갈 수 없는 상황이 생기지 않겠는가? 21세기 인류의 미래를 가장 멀리 본 인간이 21세기 최고의 부자가 된 것은 결코 우연이 아니다.

또한 화성 이주라는 거대한 프로젝트의 실행은 그 실현을 위한 기술 개발 과정에서 어마어마한 과학적 부산물을 얻을 수 있다. 이미 우리에게는 1960년대 우주 시대의 아폴로 계획에서 인공위성 기술, 신소재 기술, 컴퓨터 기술 등 수많은 부산물을 얻은 역사가 있다. 화성 이주라는 테라포밍의 과정에서는 우주 기술뿐 아니라 생명 공학, 신소재 공학, 지구환경 과학 등 인류 과학 지식이 총동원될 것이고 그 과정에서 나오는 신기술은 현재의 지구에도 적용되어 우리에게 새로운 편의를 제공하고, 색다른 즐거움을 줄 것이다. 지금도 쏟아지고 있는 로봇, AI 기술의 활용이 우리에게 큰 즐거움이 되는 것을 보면 알 수 있다. 또한 화성보다 지구의 사막이나 남극과 같은 극지방에서 먼저 적용될 환경 실험은 인류사에 새로운 관점과 지평을 열어 줄 것이다.

"인류의 멸망을 막아야 한다"는 거대한 꿈이 아니더라도, 우리는 모두 각자의 분야에서 각자의 원대한 꿈을 가질 수 있다. 나는 과거 평범한 직장인이었고 지금은 작은 사업가이지만, 이제 2권의 책을 쓴 작가가 되었고 '대한민국 최고의 성공학 연구가'의 꿈을 계속 이어가기로 결심했다.

지금 당장 당신의 꿈을 그려보자. 당신이 해본 일 중에서 또는 아직 해보지 않았지만 해보고 싶었던 일에서 대한민국 최고가 되는 모습을 꿈꿔보자. 세계 최고를 꿈꾼다면 더욱 멋지겠지만 언어와 인종의 벽은 분명히 존재하기에 대한민국에서 최고가 되는 것을 먼저 시작하는 것이 좋겠다. 꿈에 대해 상상해보자. 스스로의 가능성을 믿는 마음을 갖고, 당장 노트를 가져와라.

1. 당신이 새로운 계획을 실행하지 않고 지금까지 살아온 대로 인생을 살아간다면 5년 뒤에 어떤 모습일지 적어보자.

2. 새로운 도전을 한 뒤에 '가장 장밋빛으로 펼쳐질 미래'를 그려보자. 위험을 무릅쓰고 변화를 실행한 결과, 결국 성공해 억만장자가 된 최상의 시나리오를 적어보자.

3. '가장 어두운 미래'를 그려보자. 위험을 무릅쓰고 만들어낸 변화의 결과가 지독한 실패이자 재앙으로 끝났다는 최악의 시나리오를 적어보자.

4. 두 시나리오를 비교하며 '어떤 상황에서 내가 얻는 것이 더 많은가?'를 비교해보자. 그리고 최악의 시나리오를 막기 위해 내가 할 수 있는 일들을 적어보자. '나는 어떤 방식으로 최악의 시나리오를 최상으로 만들어 나갈 수 있을까?' 여기까지 마쳤다면, 꿈을 향한 도전을 하는 것이 100세가 되어 인생을 돌아봤을 때 후회가 되지 않으리라는 것을 느낄 수 있을 것이다.

성공한다면 모든 것을 얻을 것이고, 실패에서는 배움이 있을 것이다. 우리는 중요한 결정을 할 때, 실행 과정의 위험에만 초점을 맞추면 실행하지 않았을 때 발생할 수 있는 손실을 무시하게 된다. 그렇게 현 상태를 유지하겠다는 생각이 이겨서 결국 아무것도 하지 않는다면, 지금의 현실이 당신의 한 번뿐인 삶의 요약본이 되어 버릴 것이다. 언제까지 바라보기만 할 것인가?

누군가는 당신의 분야에서 최고가 되어 모두가 원하는 꿈을 자기 손바닥 안에 집어넣는다. 왜 당신은 무대의 맨 뒷자리에서 구경만 하고 있는가? 당신도 중심에 당당히 선 주인공이 될 수 있다. 사람들이 당신을 좋아하게 만들고 사람들이 당신에게 열광하게 만들어라.

만약 당신이 스스로 재능이 부족하다고 느낀다면, 더 강한 의지로 더 많은 노력을 하면 된다. 대신에 '나는 남들보다 집안도 부족하고, 기억력도 좋지 않은 편인 것 같고, 의지력이 약한 것 같다'라는 자가 진단을 빨리 해야 한다. 내가 남들보다 뭔가 부족하다는 걸 깨닫거든, 그걸 극복하려는 의지와 열정은 남들보다 두 배가 되어야 한다. 일론 역시 마찬가지였다. 그는 남들이 50시간 일할 때, 자신은 100시간 일했고, 그것이 자신이 일하는 방식이라 말한 것을 기억하는가? 어릴 적 백과사전을 흡수하며 뛰어난 기억 능력을 보였던 일론이 남들보다 2배로 일했는데, 왜 당신은 그렇게 하지 않는가? 2배로 공부하고, 2배로 일해 보자. 일론 머스크의 성공이 나와 관계가 전혀 없고, 멀게만 느껴진다면, 당신에게 이 책은 그저 짧은 유희거리에 불과하다. 하지만 그의 성공을 '내가 배울 수 있는 것'으로 여긴다면 이 책은 당신에게 무한한 가능성을 열어줄 것이다.

세상을 사는 자세에는 2가지가 있다. 기적 따위는 없다고 믿거나, 그 반대로 세상의 모든 일이 기적이라고 믿는 것이다. 당신은 어떤 자세로 세상을 보고 싶은가?

당신은 어떤 꿈을 꾸고 있는가

• 일론 머스크의 끝나지 않은 꿈 •

저는 누구의 구원자가 되려는 것이 아닙니다.
저는 진정으로 인류에게 좋은 미래가 기다리고 있는지 확인하고 싶습니다.
그리고 우주의 본질과 우리 삶의 이유를 알고 싶기도 하고요.

한 청년이 스스로에게 물었다.

"인류의 멸망을 막기 위해 내가 무엇을 해야 할까?"

지구 온난화와 자동차 배기가스 문제가 보였다.

"전기 자동차를 만들어야겠다."

화석연료와 에너지 폐기물 문제가 보였다.

"태양 에너지 산업을 발전시켜야겠다."

태양계의 미래와 플라스틱으로 뒤덮여 가는 지구가 보였다.

"우주 거주지를 개척해야겠다."

남아프리카공화국에서 돈 한 푼 없이 건너온 청년이 가진 꿈이었다. 20년 뒤, 청년의 3가지 비전은 모두 현실이 되었다. 그의 원대한 꿈은 수많은 사람을 자극하고, 도발하고, 사로잡았다. 일론 머스크를 만난 수천 명의 지상 최고의 인재들은, 이제 그와 같은 꿈을 꾼다.

1969년 인간은 380,000km의 우주 공간을 건너 달 위를 걸었다. 이제 일론 머스크는 55,000,000km의 공허를 날아가 화성 위를 걷고자 한다. 저 높은 하늘과 우주를 동경하는 인간이라면 누구나 가슴 뛰는 일이다. 일론의 사명은 스페이스X의 경쟁 우위이자 차별점이기도 하다. 당신이 엔지니어라면, 인류 최초의 화성 유인 탐사라는 꿈을 이루기 위해 모든 것을 건 회사에서 일하고 싶지 않겠는가? 그들이 무슨 일을 하는지 궁금하고 당장 내일 어떤 일이 일어날지에 대해 무한한 기대를 하지 않겠는가?

아무도 스페이스X와 테슬라가 성공할 것이라 믿지 않았다. 지금이야 모든 사람이 두 기업의 주식을 조금이라도 저렴한 가격에 매수하고 싶어 하지만 말이다. 오로지 '국가'가 하는 일이라고 여겨져 왔던 우주 산업에 한 개인이 뛰어드는 것은 완전히 미친 짓이었다. 미국에서 한 엔지니어의 그럴듯한 우주와 로켓 이야기에 넘어가 수천만 달러를 쓰고 아무것도 이루지 못한 백만장자들의 스토리는 놀라울 만큼 흔했다. 죽기 전에 우주에 나가 푸른 지구를 두 눈에 담고 오고 싶다던 그들과 일론에게는 큰 차이점이 있었다. 그는 우주 관광과 같은 큰 의미 없는, 오락 수준의 일에는 관심이 없었다.

자동차 역시 우주 못지않게 진입 장벽이 높은 사업이었다. 도요타, 폭스바겐, 현대, 르노-닛산, GM, 스텔란티스, 혼다, 포드, 스즈키, 메르세데스-벤츠의 세계 10대 자동차 그룹 어느 누구도 자신의 시장 점유율을 뺏기고 싶어 하지 않기 때문이다. 극심한 경쟁과 천문학적인 대량 생산 비용은 너무나 높은 장벽이었다. 이는 실리콘 밸리에서 수없이 탄생한 억만장자들이 감히 자동차 기업을 만들 시도조차 못한 이유이기도 했다. 제너럴모터스와 포드가 몰락하며, 미국이 만드는 자동차는 역사 속으로 사라지는 것으로 보였다. 하지만 테슬라는 수많은 장애물을 뚫고 자동차 산업의 기적을 만들어냈다. 전기차 시장 점유율 1위를 계속 지켜나가며 완전히 새로운 세상이 도달했음을 알렸다.

혹자들은 일론의 성공이 요행이었으며, 화성에 가겠다는 그에게 몽상가라는 부정적인 프레임을 씌운다. 아직도 그를 미친 사람으로 취급하며 돈을 벌기 위한 다른 의도를 숨기고 있을 거라 의심하는 사람들도 있다. 하지만 51번째 생일을 얼마 전에 보낸 그가 평생 보여준 행적을 남김없이 보았을 때 '미친 사람은 일론이 아니라 그를 의심하는 사람들이다'라는 것이 산업계의 전반적인 의견이 되었다.

한 인간이 평생 하나도 하기 힘든 성공적인 사업을 일론은 5번이나 해냈다. 결코 운이 좋았기 때문이라고 말할 수 없는 수준의 성취다. 세계에서 가장 큰 두 녹색 기업과 최초의 민간 우주 산업체를 이룬 그의 업적에는 마땅한 인정이 필요하다. 그는 회사를 만들기 위해서가 아니라 자신에게 하고 싶었던 일을 해내기 위해 회사를 만들었다. 이제 현명한 사람들은 오히려 일론에게 아프리카의 기아와 교육 해결, 인류의 식량 생산 비용의 감소 등 더 많은 일에 뛰어들라고 제안한다. 그의 입증된 문제 해결 능력은 21세기 한 인간이 가질 수 있는 가장 강력한 힘이기 때문이다.

일론이 그의 에너지를 쏟는 모든 행동을 하나로 모아서 본다면 이는 단연코 '우주 진출'이다. 우주 진출이야말로 인류 멸망을 막기 위한 최대 기술적 목표의 집약점이기 때문이다. 그렇기에 그는 자신의 인생을 바쳐 스페이스X를 만들었다. 그리고 우주 진출에 필요한 기술이 발전하기 전까지 인류에게 주어진 시간을 벌기 위해 친환경 에너지의 보급이 필요하다고 생각했다. 전기 자동차 테슬라와 태양광 발전 솔라시티도 우주 진출이라는 동일한 취지에서 시작된 것이다. 테슬라와 솔라시티의 기술은 우주에서의 다행성 개척에 활용할 수 있다. 에너지를 만들기 위한 화석연료도, 물도, 공기도, 핵연료도 없는 우주 행성에서는 반드시 태양광 발전을 해야 하고, 전기를 이용한 고효율의 이동 수단이 필수이기 때문이다.

ZIP2, 페이팔, 테슬라, 솔라시티는 모두 일론의 여러 모습을 상징하지만 스페이스X는 일론 그 자신이다. 그렇기에 스페이스X가 지닌 사소한 결점 역시 일론에게서 직접 비롯된다. 다른 회사들보다 일론이 스페이스X의 일거수일투족에 적극적으로 개입하고, 세세한 사항에도 집요할 정도로 신경 쓰기 때문이다. 일론은 아직도 모든 스페이스X 채용자를 직접 인터뷰하고 있다.

일론 머스크의 어릴 적 공상과학 속에서 만들어진 장엄한 꿈이 이 세상에 모두 실체화되었다. 그는 "바구니에 어떤 일이 일어날 수 있는지 통제할 수 있다면 모든 달걀을 한 바구니에 담는 것은 괜찮습니다"라고 말하며 언제나 주위의 만류를 뿌리치고 자신의 모든 것을 거는 선택을 했다. 피와 땀과 눈물로 업무를 최전선에서 이끌며 사업을 추진했고 누구도 존중할 수밖에 없는 위대한 업적을 달성했다. 그가 아니었다면 지금의 스페이스X와 테슬라, 솔라시티는 존재하지 않았을 것이다. 그가 없었다면 인류의 역사는 다르게 쓰였을 것이고, 앞으로의 미래 역시 달라졌을 것이 분명하다.

지구에 있는 수많은 종의 동물이 인류와 같은 문명사회를 이룩하지 못한 것은 지능은 있으나 지성이 없기 때문이다. 인간보다 더욱 거대한 뇌를 가진 고래조차 높은 지능으로 천적을 경계하고, 다른 고래와 소통하기도 하지만 생존 이외의 다른 목표를 위한 집단적 지성을 형성하지 못한다. 인간은 오감을 통해 지각된 현실을 정리하고 통일해, 이것을 바탕으로 새로운 인식을 창조해냈다. 이를 지성이라고 부르고, 지성을 통해 우리는 이 세상에 존재하지 않는 것을 상상할 수 있다. 이 상상력의 결정체가 바로 우리의 꿈이다.

당신은 어떤 꿈을 꾸고 있는가? 사람은 꿈을 품고, 꿈은 사람을 만든다. 일론 머스크가 오늘날 일론 머스크가 된 것은 그의 꿈 때문이라는 사실을 우리는 알게 되었다. 그뿐 아니라 이 세상을 만들어 가고, 지배하는 사람들 역시 꿈을 품은 사람들이라는 사실 역시 알게 되었다.

따라서 우리는 성공과 행복으로 가는 최선의 방법이 '커다란 꿈을 가지는 것'이라는 위대한 진실을 깨달아야 한다. 작은 꿈으로는 당신의 피를 매일같이 끓게 만드는 기적을 일으키지 못한다. 원대한 꿈을 세우고 드높은 이상과 희망을 향해 나아가야 한다. 누구보다 확고하고 원대한 꿈을 가져야 한다. 당신이 당신의 자녀에게 남기고 싶은 것은 무엇인가? 이 세상에 남기고 싶은 것은 무엇인가? 인류의 미래를 위해 남기고 싶은 것은 무엇인가? 일론 머스크는 "선한 마음을 갖고 있는 것이 매우 중요하다"고 말했다. 당신은 당신의 '선한 꿈의 목표와 방향'를 찾아야만 한다.

스스로 꿈을 이루기 위해 노력하지 않고, 언제까지 세상에 얻어맞기만 하고 제대로 되는 것이 없다는 말만 하며 살 것인가? 당신에게는 의지와 근성이 필요하다. 맞아도 일어서고 쓰러져도 또 일어나야 한다. 이 세상에 저절로 이루어지는 일이나 공짜로 되는 일은 아무것도 없다. 과정에 만족하면서 주위에서 위로받으려 하지 마라. 꿈을 이루기 위해서는 성과를 내야 한다. '열심히, 꾸준히, 성실히, 그럼에도 불구하고' 일을 해내는 능력이 이 세상에서 가장 중요하다. 꿈을 현실화하는 변화는 결코 안전성이나 편리함을 동반하지 않는다. 당신이 진정으로 변화하고 싶다면 불편함을 감수할 각오를 해야 한다.

꿈을 이루기 위해서, 우리는 변해야 한다. 스스로 변하지 않으면서 세상이 변하기만을 기다리는 사람을 우리는 한심한 몽상가, 위선자라고 부른다. 누구에게나 놀이는 즐겁고 일은 고통스럽다. 당신도 일하기 싫고 남들도 다 하기 싫다. 그렇다고 하지 않는다면, 그저 그렇게 남들과 똑같이 사는 것이다. 처음 딛게 되는 낯선 길은 누구에게나 두려움이 든다. 하지만 순간의 고통과 두려움을 이겨 낸다면, 남과의 차이가 생긴다. 당신은 어떤 인생을 살 것인가? '세상에 어떤 시련이 닥칠 때마다 도망치면서 그냥 그렇게 살았어'라고 할 것인가? 아니면 하나씩 고통을 넘겨내면서 남과는 다른 차별점을 만들어 가며 근본적으로 다른 꿈을 이루어 나가는 삶을 살 것인가?

어떻게 하면 최소한의 투자로 최대의 효과를 낼 수 있을까? 이런 생각을 하지 마라. 질문 자체가 틀렸다. '하루 1시간 투자로 한 달 100만 원 버는 부업'이라는 제목에 낚여 200만 원을 내고 괴상한 수업을 듣지 마라. 그들은 당신의 심리를 이용해서 돈을 번다. 최소한의 투자로 최대 효과란 존재하지 않는다. 아인슈타인은 "나는 우주의 원리가 아름답고 단순할 것이라고 굳게 믿는다"라고 말했다. 세상의 법칙은 마치 우주의 원리와 같이 완벽한 균형을 이루고 있다. 세상은 당신에게 당신이 만드는 가치만큼 정확하게 보상한다. 최소 투자로 최대 효과를 보려는 것은 양심이 없는 행동이다. 그리고 세상은 양심 없는 자에게 절대로 보상하지 않는다.

당신의 꿈을 위한 최소한의 투자가 아닌 최대한의 투자를 시작해야 한다. 최대한 투자를 해도 성공 여부를 알 수 없는 것이 세상인데 대체 왜 이상한 질문을 하는 것인가? 양심이 있다면, 당신의 노력을 지켜라. 무엇부터 할 것인가를 정하고, 어떻게 최대한 투자를 할지 정하고, 죽을 각오로 지켜라. '지금은 피곤하니 내일 열심히 하자.' 이런 말은 넣두리라고 한다. 일론이 2008년 죽을 것 같은 고통 속에 단 하루라도 '오늘은 피곤하니 핸드폰을 꺼두고 집에서 유튜브나 봐야겠다'라고 생각했겠는가? 절대 단 하루도 놓치지 않아야 한다. 목표를 정하고 강하게 쏴야 한다. 콰절린 섬에서 발사되었던 팰컨 1호처럼, 저 푸른 하늘로 강하게 솟아올라야 한다.

나는 일론 머스크를 알게 된 것을 내 인생에서 가장 큰 행운이자 기적이라고 믿기로 했다. 그리고 그에 비하면 얼마 되지 않는 지금 내가 겪고 있는 고통을 극복하고, 내 꿈을 찾아 도전하는 여정을 시작하기로 결심했다. 당신이 나와 같은 생각을 갖기를 진심으로 소망한다. 어려움이 있다면 언제든 연락 달라. 힘이 닿는 한 돕겠다. 행운을 빈다.

EPILOGUE

나의 꿈과 소망

나의 오랜 친구 A는 대학 시절 가장 똑똑한 친구였다. A는 '학생은 공부를 해야 한다'는 뚜렷한 목적의식을 가진, 남에게 지는 걸 누구보다 싫어하는 청년이었다. 누구나 놀기에 바쁜 대학교 1학년 1학기부터, 그는 모든 수업에서 A 이상을 받는 학생이었다. 아니나 다를까 A는 2년 뒤 더욱 훌륭한 대학교로 편입했고, 장학금을 받으며 4.3의 높은 학점으로 졸업했다. 그에게는 취업의 문턱조차 낮은 관문처럼 보였다.

대한민국 굴지의 대기업 여러 군데에서 그를 원했고, 본인이 가고 싶었던 유통 분야로 진로를 결정해 국내 최고의 백화점에 입사했다. 회사 생활은 쉽지 않았지만 그는 특유의 명석함과 탁월함으로 성실하게 헤쳐나갔고, 최연소 인사팀장으로 승진하게 되었다. 나와 친구들은 모두 그의 빠른 성공에 기뻐했다. A를 오랜만에 만난 자리에서, 친구들 사이의 실없는 대화가 오갔다.

"자동차는 BMW가 좋지 않아?"

"야, 차는 누가 뭐래도 벤츠 S클래스지~ 한 번 타보면 다른 차는 못 탄다는데?"

대화를 듣고 있던 A가 말했다.

"음… 내 인생에 벤츠 S클래스를 탈 일은 없을 것 같다."

다들 웃으며 넘어갔지만, 나는 여러 감정이 들었다. 그리고 3년이 지금 지금도 그 순간이 잊혀지지 않는다. 내가 아는 가장 똑똑한 사람인 A가 그런 말을 했다는 사실이 믿기지 않았다. 물론 그가 벤츠 S클래스를 살 능력이 되지 않는 것은 아니다. 하지만 직장에 다니고 아이를 키우면서, 현실에 몰두할 수밖에 없게 되고, 더 큰 꿈을 꿀 용기를 잃어버린 것이 슬펐다. 어릴 적 가장 멋진, 나의 자랑스러운 친구였던 그가 스스로 한계를 정해 버린 현실이 너무나 안타까웠다. 내가 보기에 그의 재능은 벤츠 1천 대를 살 수 있는 수준이었다. 그는 내가 아는 사람 중 가장 높은 현실 감각을 갖고 있었고, 커뮤니케이션 능력이 탁월했으며, 사람들을 즐겁게 하는 유머 감각이 뛰어났다. 만약 그가 방송계에 진출했다면 전현무 아나운서처럼 크게 성공했을 친구였다.

현명한 내 친구가 이 책을 읽는다면 아마 자신을 이야기한다는 사실을 바로 알아챌 것이다. 사랑하는 친구여, 나의 진심을 알아주기를. 현실과 고군분투하고 있는 내 친구가 다시 한번 꿈을 가졌으면 좋겠다. 내가 꾸는 꿈을 그도 꾸었으면 좋겠다. 그와 함께 꿈을 이뤄 석양을 향해 벤츠 S클래스를 타고 가며 "예전엔 그랬었지?"라며 웃고 떠들 그날을 소망한다. 꿈은 그 무엇보다도 찬란하기 때문이다.

부록

일론 머스크에게 가장 큰 영감을 준 12권의 책

더글러스 애덤스, 『은하수를 여행하는 히치하이커를 위한 안내서』

14세의 일론이 삶이 무의미하다고 생각하며 그 의미를 찾으며 실존적 위기를 겪을 때 가장 큰 도움이 되었던 책이다. 그는 이 책을 통해 '어떤 질문에 답을 하는 것'보다 '어떤 중요한 질문을 하는 것'이 더 어렵다는 사실을 배웠다. 질문을 적절하게 표현할 수 있다면, 대답은 쉬워지기 때문이다. 우주에 대한 우리의 궁금증 역시 같은 논리를 따른다. 우리가 우주를 얼마나 잘 이해하고 있느냐에 따라 우주 탐사에서 어떤 가능성에 대해 질문할 수 있는지 정해지는 것이다.

이와 같은 질문법을 따라가다 보면 "우리 삶의 의미와 목적은 무엇인가?"라는 큰 질문의 답에 점점 가까워지게 된다. 일론이 궁극적으로 답을 얻고 싶은 질문이다. 이 책을 통해 일론은 자신의 의식과 지식의 범위와 규모를 크게 확장할 수 있었고, 그의 우주 여행에 철학적인 의미를 부여하게 되었다.

아이작 아시모프, 『파운데이션』

일론의 가치관 형성에 가장 큰 영향을 준 공상과학 소설이다. 그는 2018년 스페이스X의 신형 팰컨 헤비 로켓을 통해 테슬라 로드스터를 화성 궤도로 쏘아 올리는 퍼포먼스를 보여주었는데, 그 안에 파운데이션의 디지털 버전을 탑재할 만큼 의미를 부여했다.

인류의 먼 미래, 가상의 세계관에서 은하 제국의 암흑기와 미래, 새로운 질서를 만드는 여정이 소설의 내용이다. 파운데이션의 세상에서 은하계에 인간이 살고 있는 행성은 약 2,500만 개에 달한다. 400억의 인류는 마침내 은하계를 완전히 정복해 버렸다. 하지만 이야기는 이러한 인류가 500년 안으로 멸망할 것이 분명하다는 주인공들의 대화로 시작된다. 은하 제국의 황제가 미래학자인 주인공에게 묻는다.

"은하계에 모든 별에 살고 있는 수많은 인간 가운데 지금부터 1세기 후까지 살아남을 사람은 하나도 없소. 그렇다면 왜 지금 우리가 5세기 뒤에 일어날 일까지 걱정해야 한다는 말이오?"

바로 이 질문에서 일론 머스크는 10대 소년 시절부터 지속 가능한 인류의 미래를 위해 필요한 일을 하겠다는 결심이 비롯된 것이다. 『파운데이션』의 스토리는 일론에게 인류 문명이 스스로 멸망시키기 전에 그것을 종식시킬 수 있는 일련의 조치를 취해야 한다는 교훈을 일깨워 주었다.

로버트 하인라인, 『달은 무자비한 밤의 여왕』

현대 밀리터리 SF의 아버지라 할 수 있는 로버트 하인라인의 책. 수많은 수상 경력에 빛나는 이 공상과학 소설은 1966년에 처음 출판되었으며 머지않은 미래의 디스토피아를 그린다. 일론의 상상력은 이를 통해 더욱 커진 것이 분명하다.

우주 개발이 진행되어 달에 지구의 식민지가 세워진 2075년. 범죄자나 정치범의 유배지로 시작된 달 문명은 지구와는 독립되어 시작했으나, 지구에서 세워진 달 총독부의 억압 아래 광물 및 농산물을 공급하는 식민지의 고난과 주민들의 생활을 묘사한 이야기이다. 이 책은 일론이 우주에서의 삶을 더욱 생생하고 구체적으로 상상하는 기반이 되었다.

J.R.R 톨킨, 『반지의 제왕』

일론이 '스스로 세상을 구해야 할 의무'를 심어준 거대 영웅 서사시이다. 그는 『반지의 제왕』을 읽으며 중간 세계를 함께 구하기로 결정한 영웅들의 모습을 보았다. 『반지의 제왕』의 주인공들은 항상 세상을 구해야 한다는 의무를 느꼈고, 아무리 어려운 상황에서도 스스로의 사명을 거부하지 않았다. 고통스럽고 나약해지는 순간이 오더라도 그들이 가진 숭고함과 의무감으로 결코 포기하지 않는 모습은, 어린 일론에게 큰 감명을 주기에 충분했다.

나오미 오레스테스, 에릭 M. 콘웨이, 『의혹을 팝니다(Merchants of Doubt)』

미국의 과학 역사가인 나오미와 에릭이 지구 온난화 논쟁과 담배 흡연, 산성비, DDT, 오존층 파괴 등에 대한 학계의 과학적 합의를 다룬 책이다. 일론은 트위터를 통해 "이 책은 읽어볼 가치가 있다. 흡연으로 인한 사망을 부정하는 사람들은 기후 변화를 부정하고 있는 것이다"라고 코멘트했다.

도날드 발렛, 제임스 스틸, 『하워드 휴즈의 제국』

유명한 괴짜 영화 제작자이자 항공업계 거물의 하워드 휴즈에 대한 전기이다. 하워드 휴즈는 가장 미국적이었던 평생 해보고 싶은 것은 다 해본 사람이었다. 그는 할리우드에서 〈스카페이스〉, 〈무법자〉를 제작하며 성공한 영화 제작자가 되어 수많은 여배우와 염문을 뿌렸고, 속도 경주용 비행기를 타고 시속 563km를 돌파하며 세계 신기록을 세웠다. 이어서 북미 대륙 횡단 기록과 91시간 세계 일주 기록을 연속으로 갱신하며 영광의 파일럿의 자리에 올랐다. 그는 '휴즈 항공기 회사'의 설립해 다양한 비행기를 만들기도 했다. 일론은 비행의 한계를 뛰어넘고 대기 속도 기록에 계속해서 도전한 하워드 휴즈의 삶에 큰 매력을 느꼈다.

월터 아이작슨, 『벤자민 프랭클린 인생의 발견』

일론은 미국 건국의 아버지 중 한 명인 프랭클린의 일대기가 자기 삶의 스토리와 비슷하다고 생각했다. 아무것도 없이 가출한 소년이 사업가가 되고, 정치가이자 외교관이 되어 자신의 꿈을 이룬 것이 프랭클린이기 때문이다. 프랭클린의 전기에서 일론은 사업가가 되는 과정에 큰 관심을 보였고, 그의 이야기가 정말 훌륭하다고 생각했다.

월터 아이작슨, 『아인슈타인 삶과 우주』

인류 역사상 가장 위대한 이론물리학자인 아인슈타인은 일론이 가장 존경하는 인물 중 한 명이다. 아인슈타인은 스위스의 평범한 특허 사무원이었다. 게다가 그는 어려운 결혼 생활에서 허우적대는, 주위 사람들에게 무례한 인간이었다. 교직이나 박사 학위를 취득하는 데도 실패했다. 이 책은 그런 아인슈타인이 어떻게 인류가 가진 우주의 원리에 대한 이해를 한 단계 높일 수 있었는지 탐구한다. 일론은 프랭클린 전기와 마찬가지로 이 책은 지성과 야망으로 세상을 변화시킨 천재의 이야기를 담고 있다고 말한다.

피터 틸, 『제로 투 원』

함께 페이팔을 설립하고, 운영했던 일론의 절친한 친구 피터 틸이 쓴 책이다. 과거 페이팔을 운영하며 서로 의견이 다른 적이 많았고, 이사회가 일론 대신 피터를 CEO에 앉히기도 했지만 그들의 우정은 변치 않았다는 사실은 매우 놀랍다. 때로는 불같기도 한 일론을 잘 달랠 줄 아는 피터는 일론이 인정하는 몇 되지 않는 '진정한 친구' 중 하나이다. 피터는 일론이 페이팔을 떠난 뒤에도 꾸준한 그의 지지자이자 투자자가 되어 주었다.

피터 틸은 페이팔 매각 이후 군사 보안과 관련된 빅데이터 프로세싱 회사인 팔란티어 테크놀로지를 창업했고 페이스북 투자, 벤처캐피탈을 운용하며 성공적인 투자를 이어가고 있다. 이 책에서 그는 여러 획기적인 회사를 구축한 자신의 노하우와 실리콘 밸리에서 배운 전투적인 통찰력을 보여준다.

제임스 배럿, 『파이널 인벤션』

인공지능, AI의 잠재적 위험성과 치명적인 단점에 관해 기술한 책이다. 기후 변화와 환경 파괴로 인해 지구를 떠나야만 하는 미래를 계속해서 상상해온 일론은 인공지능에 대해서는 매우 조심스러우며, 회의적인 시각을 유지하고 있다. 그는 컴퓨터의 연산 지능이 인간 지능을 능가할 경우 발생하는 상황을 경계한다. 인공지능의 발달로 그려지는 여러 공상과학 소설에서 보여주는 디스토피아, 무정부주의 같은 재난 상황에 대해 진지하게 고민하기도 했다.

그는 계속해서 인공지능의 위험성에 대해 공개적으로 경고하고 있다. 트위터를 통해 소설 『프랑켄슈타인』의 구절 "당신은 나의 창조주다. 그러나 나는 당신의 지배자다"를 공유했고 "AI는 핵무기보다 잠재적으로 더 위험하기 때문에 매우 조심해야 합니다"라고 말했다. 2014년 MIT에서의 인터뷰에서는 인공지능이 우리의 가장 큰 실존적 위협이라고 불렀고, 구글의 딥마인드에 투자하며 "인공지능에 무슨 일이 일어나고 있는지 주시하기 위함입니다"라고 말하기도 했다.

존 D.클라크, 『점화! 액체 로켓 추진체의 비공식 역사』

존 클라크는 1960~1970년대 미국에서 아폴로 계획의 로켓 연료 개발에 참여했던 화학자였다. 그는 책을 통해 로켓 연료 분야의 원리와 기술적인 세부 사항, 놀라운 결과를 가져왔던 실험들에 관해 설명했다. 로켓의 움직임에 대한 '왜'와 '어떻게'가 자세히 쓰여 있고, 당시의 정치적인 상황도 읽어볼 수 있다.

제임스 에드워드 고든, 『구조: 구조물은 왜 무너지지 않는가?』

일론이 로켓 공학에 대한 독학을 시작하며 그 기초를 다지기 위해 탐독했던 책이다. 구조 설계의 입문서를 원한다면 가장 추천한다고 한다.

참고 도서 및 사이트

- 『일론 머스크, 미래의 설계자』 애슐리 반스
- 『테슬라 모터스』 찰스 모리스
- 『일론 머스크』 월터 아이작슨
- 『일론 머스크의 세상을 바꾸는 도전』 박신식
- 『일론 머스크, 상상한 대로 이루다』 김찬곤
- 『일론 머스크와 지속 가능한 인류의 미래』 권종원
- 『테슬라 쇼크』 최원석
- 『442시간 법칙』 하태호
- 『우리는 달에 가기로 했다』 리처드 와이즈먼
- 『18시간 몰입의 법칙』 이지성

- 비즈니스인사이더 인터뷰
  https://www.businessinsider.com/elon-musk-favorite-books-2015-10
- 파운데이션 인터뷰
  https://www.youtube.com/watch?v=L-s_3b5fRd8&list=LL&index=1&t=276s
- 일론 머스크 트위터
  https://twitter.com/elonmusk?ref_src=twsrc%5Egoogle%7Ctwcamp%5Eser-p%7Ctwgr%5Eauthor
- 위키피디아 - 일론 머스크
  https://en.wikipedia.org/wiki/Elon_Musk
- 나무위키 – 일론 머스크
  https://namu.wiki/w/%EC%9D%BC%EB%A1%A0%20%EB%A8%B8%EC%8A%A4%ED%81%AC

◆ 나무위키 – 화성
https://namu.wiki/w/%ED%99%94%EC%84%B1#s-7.1

◆ 나무위키 – 스티브 잡스
https://namu.wiki/w/%EC%8A%A4%ED%8B%B0%EB%B8%8C%20%EC%9E%A1%EC%8A%A4

◆ 나무위키 – EV1
https://namu.wiki/w/GM%20EV1

◆ 나무위키 – 우주 개척
https://namu.wiki/w/%EC%9A%B0%EC%A3%BC%20%EA%B0%9C%EC%B2%99

◆ Brainy Quotes – Elon musk
https://www.brainyquote.com/authors/elon-musk-quotes

일론 머스크의 일대기

1974　탄생
1979　부모 에롤과 메이 머스크 이혼
1988　캐나다 이주 - 퀸스 대학교
1990　미국 이주 - 펜실베이니아 대학교 와튼 스쿨
1995　ZIP2 창업
1999　ZIP2 매각 - 지분 2,200만 달러
1999　페이팔 창업
2002　페이팔 매각 - 지분 1억 8천만 달러
　　　스페이스X 창업
2004　테슬라 투자 - 최대 주주 및 회장
2006　솔라시티 투자 - 최대 주주 및 회장
2008　테슬라 CEO 임명
　　　스페이스X 팰컨 1호 발사 성공
2009　테슬라 모델S 공개 - 메르세데스 벤츠 투자 유치
2010　테슬라 주식 상장
2015　스페이스X 팰컨 9호 발사 성공
2021　테슬라 시가 총액 1조 달러 달성
2022　포브스 선정 세계 부자 순위 1위 달성
2023　트위터 인수, IT 기업 X corp. 설립